U0090929

古典文學研究輯刊

七編

曾永義 主編

第10冊

王昭君戲曲研究
——以雜劇、傳奇爲範圍

陳盈妃 著

明傳奇夢運用之研究

陳貞吟 著

國家圖書館出版品預行編目資料

王昭君戲曲研究——以雜劇、傳奇為範圍　陳盈妃　著／明傳奇夢運用之研究　陳貞吟　著－初版－新北市：花木蘭文化出版社，2013〔民102〕
目 2+94 面／目 2+94 面；19×26 公分
（古典文學研究輯刊　七編；第 10 冊）
ISBN：978-986-322-099-2（精裝）
1. 明代傳奇 2. 雜劇 3. 戲曲評論
820.8　　102001631

ISBN-978-986-322-099-2

古典文學研究輯刊
七 編 第 十 冊　　ISBN：978-986-322-099-2

王昭君戲曲研究——以雜劇、傳奇爲範圍
明傳奇夢運用之研究

作　者　陳盈妃／陳貞吟
主　編　曾永義
總 編 輯　杜潔祥
出　版　花木蘭文化出版社
發 行 所　花木蘭文化出版社
發 行 人　高小娟
聯絡地址　新北市永和區中正路五九五號七樓
電話：02-2923-1455／傳眞：02-2923-1452
網　址　http://www.huamulan.tw 信箱　sut81518@gmail.com
印　刷　普羅文化出版廣告事業
初　版　2013 年 3 月
定　價　七編 16 冊（精裝）新台幣 26,000 元　

王昭君戲曲研究
——以雜劇、傳奇爲範圍

陳盈妃　著

作者簡介

陳盈妃，台灣省高雄市人，1969 年生，輔仁大學中文研究所碩士、彰化師範大學國文研究所博士，現任中州科技大學通識教育中心副教授，專長為古典戲曲、歷代詩話。著作有《中國文學析賞》，發表的期刊論文有〈唐人虎類小說研究〉、〈明初詞壇所反映之社會現象探究〉、〈真誠的愛與創造——江自得及其詩作內容析探〉、〈袁枚在女性墓誌銘中所反映的思想〉、〈二拍中僧道人物的負面形象及其成因析探〉。

提　要

王昭君出塞和番的故事，最早記載於東漢班固的《漢書》，發生在西漢元帝竟寧元年，迄今已逾二千年，在這漫長的時間洪流裏，它不僅未被遺忘，反而透過上層文人的借喻寄托，及民間傳說的發酵蘊釀，蛻變得更加哀怨動人。自東漢至今，關於昭君故事的記述，舉凡正史、方志、小說、變文、詩歌、戲劇、俗曲等所在多有。就現存關於昭君故事的作品來看，傳沿性大於開創性，而其中又以《漢書》、《後漢書》、《琴操》、《西京雜記》、〈王昭君變文〉、《漢宮秋》等作最重要，對後世的影響也最深。

本文以中國古典戲劇中的體製劇種為研究對象，扣除掉一些僅餘劇名但內容亡佚之作和地方戲劇，共計得王昭君雜劇作品五部及傳奇作品二部。在這七部昭君戲劇中，可分為三類：一是《漢宮秋》，其屬落拓士人之作，特色在於內容深刻、足以反映時代思想；二是《昭君出塞》、《弔琵琶》、《昭君夢》、《琵琶語》，其屬文人劇，特色在於附庸風雅、抒發個人情感；三是《和戎記》、《青冢記》，其屬民間創作，特色在於通俗鄙俚、詼諧逗趣。

至於各劇的比較：《漢宮秋》主題思想嚴肅，曲文賓白高妙鮮活；唯對昭君的形象塑造得極為失敗，關目布置亦有未妥當處。《昭君出塞》中昭君哀怨的形象頗鮮明，曲文賓白尚稱清麗；但主題思想不夠嚴肅，僅為附庸風雅，關目布置亦太簡單，缺少變化。《弔琵琶》的關目布置和人物塑造都針對漢劇作了修正，故較為適切，其曲文賓白由於有作者才氣縱橫的經營，顯的雋雅有深度；唯主題思想一方面雖為改良漢劇，另一方面卻也侷限於表達個人的抑鬱愁牢，涵蓋面不夠寬廣。《昭君夢》主題思想僅為翻案補恨，關目布置太單純，除了漢元帝外，其他的人物塑造尚可，曲文則清綺悠揚，尚有可觀。《琵琶語》關目布置富變化，人物塑造鮮明有趣；唯主題思想仍於翻案補恨，曲文賓白亦屬普通。《和戎記》在主題思想上強調教化，千篇一律，毫無新意，在關目布置上冗長、拖沓、甚至還有顛倒誤謬處，人物塑造強調忠臣烈女、才子佳人，但對單于的性格刻畫則乏合理性，顯得盲目，曲文賓白則淺白鄙俚，帶有濃厚的民間色彩。《青冢記》的〈送昭〉、〈出塞〉中，主題思想在表達昭君的哀怨愁苦，關目布置簡單適切，人物塑造主要針對昭君，刻畫深入，曲文賓白則雅緻鄙俚均有。由此可見七劇各有優劣，就戲劇藝術而言，五部雜劇均未擅長，但其於戲劇文學上顯較突出，尤其是《漢宮秋》、《弔琵琶》兩劇，成就更在諸劇之上，屬案頭佳作。另二部傳奇在戲劇藝術及文學上仍有待改進，未為良品。

目次

緒　論

王昭君出塞和番的故事，據班固《漢書》記載，發生於西漢元帝竟寧元年（西元前 33 年），迄今已逾二千年，在這麼長的時間洪流裡，它不僅未被遺忘，反而透過上層文人的借喻寄託，及民間傳說的發酵蘊釀，蛻變得更加哀怨動人，因此千百年來，一直深植人心。自東漢至今，關於此故事的記述，舉凡正史、方志、小說、變文、詩歌、戲劇、俗曲等所在多有。在這些文體裡，以戲劇最爲特別，其可唱可說，是一綜合的舞台藝術，與一般單純的文字形式和俗曲不同，因此，本文欲選此爲研究對象，視其特殊的展現。關於戲劇的種類，如就唱詞而言，可分成「詞曲系」和「詩讚系」。所謂詞曲系戲劇，指的是唱詞由詞牌或曲牌的長短句構成；而詩讚系戲劇，則是由七言詩或讚（亦作攢）十字構成。若就其音樂分，則前者爲曲牌系，後者爲腔板系，腔板系的音樂只依存於聲腔和板眼上，而曲牌系則還有宮調和曲牌的另兩個基礎，因此較爲謹嚴雅致。〔註 1〕在中國古典戲劇的發展中，雜劇、傳奇屬於曲牌詞曲系，至清乾隆後，腔板詩讚系的地方戲劇代之興起，故從體製劇種進入腔調劇種，本文以體製劇種爲主，扣除掉一些僅餘劇名，內容亡佚之作和地方戲劇，共計得王昭君雜劇作品五部：元代馬致遠《漢宮秋》；明代陳與郊《昭君出塞》；清代尤侗《弔琵琶》、薛旦《昭君夢》、周樂清《琵琶語》。及傳奇作品兩部：明代無名氏《和戎記》、《青冢記》。其中除了《青冢記》僅餘〈送昭〉、〈出塞〉兩齣外，剩下均是完整之作，這七部作品，就是本文的研究範圍。

對於王昭君雜劇、傳奇，一般學者僅在文學史、戲曲史或單篇論文（詳

〔註 1〕上述詞曲系戲劇及詩讚系戲劇的介紹，參考曾師永義《詩歌與戲曲》中〈中國古典戲劇的形成〉一文。

見第一章前言部分）中簡單帶過，但一方面多只做劇情及作者介紹，未有更廣更深的敘述，另一方面，焦點則集中在《漢宮秋》，其它作品顯見忽略。民國七十七年，台大中研所學生金容雅以《昭君戲曲之研究》爲題撰寫碩士論文，討論包括《青冢記》以外的六部雜劇、傳奇，但亦偏重在音律上，分析各劇的聯套、韻腳、音律協美處、誤律處、句式，又略述排場，至於其它方面則少論述，有鑑於此，本文欲另闢蹊徑，對故事的起源、發展，及各劇的作者、腳色、劇情、主題思想、關目布置、人物塑造、曲文賓白等做一較全面深入的探討比較，期能對昭君戲曲能有不同的體認和收穫。

本文的研究方法是先以縱向的探尋，了解昭君故事歷來的起源和發展，再以橫向排比，逐一對各劇介紹，最後做綜合比較。全文共分爲六部分，除了第一部分緒論，和最後一部分結論外，又別爲四章：緒論首言本文的研究動機、範圍、目的、方法和內容；第一章述及昭君故事的起源和發展，範圍包括自東漢至民國中現存的文字記載；第二章介紹王昭君雜劇作品的作者、腳色、劇情；第三章則介紹傳奇，由於兩部作品的作者均不可得而知，故此章只討論其他兩項；在對各劇均有基本認識後，第四章做綜合比較，項目包括主題思想、關目布置、人物塑造和曲文賓白；最後一部分爲結論，期透過上述章節的探析，得出各劇特色，因襲開創的情形及優劣。

余對於中國古典戲劇，向來一直未有接觸，就讀研究所期間，始本著一股好奇心啓蒙於葉師慶炳，沒想到就此產生極大的興趣，甚至以此爲論文研究方向，民國八十二年九月，葉師慶炳不幸病逝，深令人感到難過，這一年，所幸得由曾師永義指導，並聆聽兩門相關課程，受益良多。因此，在這裡要先向兩位恩師致上最誠摯的謝意。

另外，唸研究所期間，感謝家人全力的支持，讓我能無憂無慮地安心讀書。撰寫論文的這段日子裡，首先要特別感謝摯友振興，不但時時予我關懷鼓勵，更在忙碌之餘，抽空幫我打字、改稿、排版，備極辛苦。其次舍弟建志與芳萍熱心的分擔打字，及好友阿潘、美玲的親切問候，這些都是我永銘於心，不會忘記的。

由於才疏學淺，接觸戲曲的時間又不長，僅持著一股對古典戲曲及昭君故事的熱愛，從事了這樣的研究，雖然，在研究完成後，少有新論及創見，大部分仍只作整理及補充的基本功夫，但在閱讀過程中所累積的知識和快樂，無疑是最大的收穫。

第一章　王昭君故事的起源和發展

昭君故事，起源於東漢班固的《漢書》，自此往下發展，一直到今天，仍傳沿不輟，其間歷代或增添新的情節，或藉由不同的文體呈現，使其日益豐富而多樣化。本論文既欲研究昭君戲曲，因此擬先對故事本身的源流作一番介紹，是以設立本章。民國以來，俗文學漸受重視，對此主題的探討亦不乏其人：如梁容若〈關於王昭君之歷史與文學〉、黃鴻翔〈昭君故事及關於昭君之文學〉、余我〈中國歷代文人筆下的王昭君〉、容肇祖〈唐寫本明妃傳殘卷跋〉以及〈青冢志跋〉、劉萬章〈關於王昭君傳說〉、魏應麒〈「關於王昭君傳說」的答案〉、張長弓〈王昭君〉、黃綮琇〈王昭君故事的演變〉、張壽林〈王昭君故事演變之點點滴滴〉等均是。除此之外，黃文暘撰、董康輯的《曲海總目題要》；羅錦堂《元雜劇本事考》；徐培均、范民聲主編的《中國古典名劇鑑賞辭典》，及一般的戲曲史、劇本選，在提到昭君戲曲時，多會簡述故事源流。上述資料雖豐富，但畢竟篇幅都很短，蒐集既不全面，亦少見深入探討。民國七十年，東海大學中研所學生鄔錫芬曾以《王昭君故事研究》爲題撰寫碩士論文，其第四章〈與昭君故事有關的文學作品〉資料蒐集不少，但尙可補充。另外，文中對詩詞方面的討論，顯然太草率，對於《琴操》、《西京雜記》的年代亦直接沿襲前人的錯誤說法，而未予以判辨，這些，都是還要再加以修正處。本章欲就東漢至魏晉南北朝、唐宋、元明清、民國四個時期爲劃分，逐一討論此故事從開始至今的發展源流，在資料上力求完備，即使有略爲提及昭君，但於故事上毫無敘述者，亦於小結處列出作者書名及內容概要以供讀者參考。詩歌由於年代橫跨西晉至清，不欲分開討論，僅將其置於元明清時期的最後綜合陳述。另外，在眾多資料中，由於傳沿性多，開創性少，故僅對較重要或影響力較大的作品，才列出原文，其餘諸作，則直接說明來源及差異處，以下便一一論述之。

第一節　東漢至魏晉南北朝時期

此時期計有《漢書》、《琴操》、《西京雜記》、《後漢書》、《世說新語》五部作品。東漢班固的《漢書》，是昭君故事的最早記載，故本文便以此爲起源論述。查《漢書》卷九，元帝紀第九中云：

> 竟寧元年春正月，匈奴虖韓邪單于來朝。詔曰：「匈奴郅支單于背叛禮義，既伏其辜，虖韓邪單于不忘恩德，鄉慕禮義，復修朝賀之禮，願保塞傳之無窮，邊垂長無兵革之事。其改元爲竟寧，賜單于待詔掖庭王檣爲閼氏。」

另外，同書卷九十四，匈奴傳第六十四下云：

> 郅支既誅，呼韓邪單于且喜且懼，上書言曰：「常願謁見天子，誠以郅支在西方，恐其與烏孫俱來擊臣，以故未得至漢。今郅支已伏誅，願入朝見。」竟寧元年，單于復入朝，禮賜如初，加衣服錦帛絮，皆倍於黃龍時。單于自言願壻漢氏以自親。元帝以後宮良家子王牆字昭君賜單于。單于驩喜，上書願保塞上谷以西至敦煌，傳之無窮，請罷邊備塞吏卒，以休天子人民。……王昭君號寧胡閼氏，生一男伊屠智牙師，爲右日逐王。呼韓邪立二十八年，建始二年死。……呼韓邪死，雕陶莫皋立，爲復株絫若鞮單于。……復株絫單于復妻王昭君，生二女，長女云爲須卜居次，小女爲當于居次。……漢平帝幼，太皇太后稱制，新都侯王莽秉政，欲說太后以威德至盛異於前，乃風單于令遣王昭君女須卜居次，居次云入侍太后，所以賞賜之甚厚。

據《漢書》元帝紀和匈奴傳所載，呼韓邪單于因郅支單于被漢朝都護甘延壽、陳湯誅斬，又喜又懼，因此上書漢帝表示臣服，竟寧元年，復入朝，自言願爲漢婿，元帝便以後宮良家子王檣賜婚單于，以示兩國友好，並保邊塞安寧，王檣在匈奴先後嫁給呼韓邪單于和復株絫若鞮單于父子，生有一子二女，其子、婿、孫皆爲匈奴的顯貴重臣，這就是王昭君故事的原始記載，文中既無描寫昭君沈魚落雁之美，亦無敘述其出塞時萬般愁苦之怨，更無言及其爲全漢節而壯烈殉國之忠，相反的，對昭君和番事僅僅一筆帶過，甚爲簡單，一點也不淒美感人，事實上，昭君爲和親政策下犧牲之女子，和親政策始於漢高祖，自此以下至唐代，除東漢外，此策沿用不輟，其實行動機一方面是敷衍外國使不爲我害；一方面是羈縻外國使爲我助。而和親政策貢獻之女子，名義上雖同爲公主，然亦有等級之別，茲據《史學年報》第一卷第一期，王桐齡先生所著〈漢唐和親政策〉分其等級爲，一等：皇女、皇妹。二等：親王女。三等：宗室女。四等：宗室甥女。等外甲：功臣女。等外乙：家人子。不列等：王昭君。他接著說：

> 以上公主等級大概分爲七種，其以何種公主下嫁何國？須視對象物當時對中國之關係而定，無一定之標準。然對於大國有特別關係者，大都以皇女或皇妹下嫁；無特別關係者，大都以親王女或宗室女下嫁；對於小國，以宗室甥女下嫁；功臣女、家人子，皆替代皇女者，表面上應作爲皇女看待，亦下嫁大國君主；不列等之王昭君，乃下賜稱臣、納貢、入朝之呼韓邪單于者，乃完全爲贈品也。

由此可見昭君地位之低，由於呼韓邪單于是懼漢而前來朝貢的，元帝以昭君賜之，自然不必在地位上多加講究，而她和其他和親的女子相比，也顯得較不重要，史書自無必要對她大書特書，另一方面，班固生於東漢光武帝建武八年（西元 32 年），卒於和帝永元四年（西元 92 年），而昭君遠嫁匈奴是在西漢元帝竟寧元年（西元前 33 年），故班固作漢書時距離昭君史實已有一段時間，他既然對昭君的籍貫、容貌、出塞情形無詳細描寫，或許資料不足，已不可知，這不但使後代史書更難追溯歷史原貌，以作更詳盡的敘述，也給予其它文體更大的發揮空間，以充實其內容。

繼《漢書》後，《琴操》卷下的〈怨曠思惟歌〉中云：

> 王昭君者，齊國王襄女也，昭君年十七時，顏色皎潔，聞於國中，襄見昭君端正閑麗，未嘗窺看門户，以其有異於人，求之皆不與，獻於孝元帝，以地遠，既不幸納，叨備後宮，積五、六年，昭君心有怨曠，僞不飾其形容，元帝每歷後宮，疏略不過其處，後單于遣使者朝賀，元帝陳設倡樂，乃令後宮粧出，昭君怨恚日久，不得侍列，乃更脩飾，善粧盛服，形容光暉而出，俱列坐，元帝謂使者曰：「單于何所願樂？」對曰：「珍奇怪物，皆悉自備，惟婦人醜陋，不如中國。」帝乃問後宮，欲以一女賜單于，誰能行者起。於是昭君喟然越席而前曰：「妾幸得備在後宮，麤醜卑陋，不合陛下之心，誠願得行。時單于使者在

旁，帝大驚，悔之不得復止，良久，太習曰：「朕已誤矣！」遂以與之，昭君至匈奴，單于大悦，以爲漢與我厚，縱酒作樂，遣使者報漢，送白璧一雙，駿馬十匹，胡地珠寶之類，昭君恨帝始不見遇，心思不樂，心念鄉土，乃作〈怨曠思惟歌〉曰：「秋木萋萋，其葉萎黃，有鳥爰止，集于苞桑，養育毛羽，形容生光，既得升雲，獲侍帷房，離宮絕曠，身體摧藏，志念幽沈，不得頡頏，雖得餧食，心有徊徨，我獨伊何，改往變常，翩翩之燕，遠集西羌，高山峨峨，河水泱泱，父兮母兮，道里悠長，嗚呼哀哉，憂心惻傷。」昭君有子曰世違，單于死，子世違繼立，凡爲胡者，父死妻母，昭君問世違曰：「汝爲漢也？爲胡也？」世違曰：「欲爲胡耳。」昭君乃吞藥自殺，單于舉葬之，胡中多白草，而此冢獨青。（據平津館本）

關於《琴操》的作者，由於歷來著錄的情形不一，遂有東漢桓譚、蔡邕，東晉孔衍三種說法，針對此問題，清人馬瑞辰在平津館本《琴操》校本序中曾詳加考辯，認爲該書確實爲東漢蔡邕所撰，〔註1〕要注意的一點是文中所錄的〈怨曠思惟歌〉，應不是昭君自作，而可能是作者自行加入的。〔註2〕蔡邕的

〔註1〕參看容肇祖〈唐寫本明妃傳殘卷跋〉民俗週刊第二十七、二十八期合刊本，民國17年9月。張長弓〈王昭君〉，嶺南學報第二卷第二期，民國20年7月。張壽林〈王昭君故事演變之點點滴滴〉，文學年報第一期。

〔註2〕平津館本《琴操》校本序中云：
琴操之體不一，有暢、有歌詩、有操、有引、而統謂之操。暢者暢其志，桓子新論云：「達則兼善天下，無不通暢是也。」操者顯其操，新論云：「窮則獨善其身，而不失其操是也。」引、廞同音通用，爾雅：「廞；興也。」鄭康成曰：「廞；興也，猶詩之興，是引即詩因物起興之義也。」隋經籍志載《琴操》三卷，晉廣陵相孔衍撰，崇文總目、中興書目，並以屬之孔衍，而傳注所引，及今讀畫齊叢書所傳本，皆屬蔡邕，惟初學記引箜篌引爲孔衍《琴操》，其文與蔡邕《琴操》不殊，是知隋志言孔衍撰者，謂撰述蔡邕之書，非謂孔衍自著也，隋志於孔衍《琴操》外，又載《琴操》鈔二卷，《琴操》鈔一卷，不著撰人，蓋有異本，非異書也。唐志又別載極譚《琴操》二卷，按桓譚新論有琴道篇，不聞有《琴操》，《琴操》言伏羲始作琴，與琴道言神農始作琴不合，則《琴操》決非桓譚所作，文選注引新論，雍門說孟嘗君曰：「今君下羅帳，來清風。」北堂書鈔引作《琴操》，是唐人誤以琴道篇爲《琴操》之證也。蔡邕本傳言邕所著有敘樂，而無《琴操》，而今本《琴操》及傳注所引，皆屬蔡邕，疑《琴操》即在敘樂中，猶琴道爲新論之一篇耳。北堂書鈔引蔡邕琴賦，言仲尼思歸，即將歸操也。梁公悲吟，即楚高梁子霹靂引也。周公越裳，即越裳操也。白鶴東翔，即別鶴操也。樊姬遺歎，即列女引也。與夫鹿鳴三章，楚曲明光，俱與《琴操》合，則《琴操》爲中郎所撰，信有微矣。

這段記載和班固的《漢書》大相逕庭，不但增加了對昭君身世、容貌、出塞原因、哀怨的描述，更違背史實地讓昭君不願再嫁單于子而吞藥自殺，如此一來，雖然與史實不符，但無疑提高了故事的戲劇性，也美化了昭君的形象，使她不僅有文才又守禮教，這對昭君故事而言，是一項重要的創作，也讓它易於被人接受而流傳下去。

接著是小說《西京雜記》，這是一本雜載人間瑣事的書，共分六卷，其卷二中云：

> 元帝後宮既多，不得常見，乃使畫工圖形，案圖召幸之，諸宮人皆賂畫工，多者十萬，少者亦不減五萬，獨王嬙不肯，遂不得見，匈奴入朝，求美人爲閼氏，於是上案圖，以昭君行，及去召見，貌爲後宮第一，善應對，舉止閑雅，帝悔之，而名籍已定，帝重信於外國，故不復更人，乃窮案其事，畫工皆棄市，籍其家資皆巨萬，畫工有杜陵毛延壽，爲人形，醜好老少，必得其眞，安陵陳敞，新豐劉白、龔寬，並工爲牛馬飛鳥眾勢，人形好醜，不逮延壽，下杜陽望，亦善畫，尤善布色，樊育亦善布色，同日棄市，京師畫工，於是差稀。

《西京雜記》和《琴操》一樣，都有作者究竟屬誰的疑問？其作者的歸屬不外五端：一、劉歆；二、葛洪；三、吳均；四、蕭賁；五、不知姓名者。歷來說法不一，不過自從余嘉錫先生在《四庫提要辨證》中題出該書是葛洪雜鈔舊文成書而託名劉歆之作後，再經董作賓、洪業先生的補充論辯，〔註3〕現

唐志載《琴操》一卷，視隋已亡二卷，中興書目言琴調，周詩五篇，古操引，共五十篇，視崇文總目言總五十九章，又亡其四，若宋藝文志載孔衍琴操引三卷，蓋僅據隋志存其目，非眞有其全書也。陳氏書錄所載周詩五篇，操引二十一篇，與今本合，是今世所傳，即直齋所見之本，惟陳氏云止一卷，今分爲二卷，陳氏曰不著氏名，今題曰蔡邕撰，其分合著錄，微有不同，證之傳注，所引亦有互異，今淵如觀察，校正付梓，受而讀之，古誼所存，足以左證經傳，其言歌詩五曲，皆在大戴記投壺篇八篇可歌之中。蓋漢初樂府尚存八篇，其後〈貍首〉、〈采繁〉、〈采蘋〉三篇，又屢不可歌，故僅存其五，其言暴風疾雨，在周公沒後，與尚書大傳史記合，足證書金滕篇秋大熟，以下當爲亳姑逸文，其言季桓子受齊女樂，孔子欲諫不得，作龜山操，足證孔子爲魯司寇不用之説。其言孔子聞殺趙鳴犢，作將歸操，足證孔叢子阪歌，吾將言歸爲僞作。至於鄒虞白駒，不必有合於四詩之説，要不失爲一家之言，是固當與月令章句獨斷諸書並傳者已，嘉慶十年長至，翰林院庶吉士，桐城馬瑞辰序。

由上述可知《琴操》一書的實際作者和歷來的著錄情形。

〔註3〕〈怨曠思惟歌〉非昭君自作，理由有二：

今多數學者已贊同此說，故本文亦將該書列爲西晉葛洪所撰。

《西京雜記》和《琴操》有一個共通點：即都在爲昭君不得見幸，以及遠嫁匈奴找一個適當的理由。《琴操》中言昭君因是邊遠的女子而不見幸，被冷落在後宮五、六年，所以當元帝問後宮，欲以一女賜單于時，昭君便在鬱積了滿腔的悲怨下請行。《西京雜記》則言元帝按圖召幸，昭君因不肯賄賂畫工而不得見御，匈奴入朝，求漢女爲閼氏，元帝按圖選中了昭君，昭君只得被迫遠嫁異鄉。兩書的說法雖然都很合情理，但《西京雜記》的畫工毀圖說無疑對後世昭君故事的發展起了重大影響，因爲在《琴操》的故事中，是元帝負了昭君，但在《西京雜記》中卻把整個事件的罪魁禍首全推給畫工，而讓元帝和昭君都成爲無辜的受害者，這樣的安排較易引人同情，並產生共鳴，是以後世的昭君文學作品沿用不輟。另外，在故事的結局上，《琴操》言昭君自殺，《西京雜記》則未交待，自殺的情節提高了昭君的人格，加上後代逐漸講求女子的節操，因而常被襲用，《琴操》和《西京雜記》代表了早期昭君故事在民間流傳的二個不同系統，自此而下，後世文學從中取得題材，寫昭君的美、怨、節烈，寫畫工的貪財可恨，因此，這二段記載在昭君故事的演變上，擔任了創始且重要的地位，影響至深且巨。

南朝宋時，范曄著《後漢書》，其卷八十九，南匈奴列傳第七十九中云：

> 初，單于弟右谷蠡王伊屠知牙師以次當〔爲〕左賢王。左賢王即是單于儲副。單于欲傳其子，遂殺知牙師。知牙師者，王昭君之子也。昭君字嬙，南郡人也。初，元帝時，以良家子選入掖庭。時呼韓邪來朝，帝勅以宮女五人賜之。昭君入宮數歲，不得見御，積悲怨，乃請掖庭令求行。呼韓邪臨辭大會，帝召五女以示之。昭君豐容靚飾，光明漢宮，顧景裴回，竦動左右。帝見大驚，意欲留之，而難於失信，遂與匈奴。生二子。及呼韓邪單于死，其前閼氏子代立，

一、這首詩如果是昭君所作，《漢書》及《後漢書》不應闕而不錄。因爲《漢書》西域傳錄烏孫公主歌，《後漢書》列女傳錄蔡琰的悲憤詩，不應於《漢書》匈奴傳和《後漢書》南匈奴列傳中獨闕昭君的怨詩。另外，《漢書》在蘇武傳中只錄李陵起舞之歌，而不錄世傳的蘇李贈答之什，《後漢書》在列女傳中只錄蔡琰的悲憤詩，而不錄胡笳十八拍，都足以證明二書棄取頗爲嚴謹，如果此詩眞是昭君所作，應不會不錄。

二、《詩鏡總論》云：「王昭君黃鳥詩，感痛未深。以絶世姿作蠻夷嬪，人苟有懷，其言當不止此，此有情而不能言情之過也。」由此亦可見此詩非昭君自作。

欲妻之，昭君上書求歸，成帝勑令從胡俗，遂復爲後單于閼氏焉。

觀看《後漢書》的內容，發現其與《漢書》的昭君史實相比，實加油添醋不少：例如對昭君容貌的誇飾、對她之所以被選去和番理由的說明、對元帝見到昭君後悔恨不捨的描述、及昭君對再嫁一事的反應等等，這樣的記載，雖然使原來的事件更加清楚、合理，但我們禁不住懷疑，首次記載此事的班固，時代已有差距，既然僅如此簡單的陳述，時代相隔更遠的范曄，何以能對當時的狀況知道得更加清楚，做如此多的增添？除此之外，《漢書》中言及王檣（牆）字昭君，在匈奴嫁二夫，與呼韓邪單于生一子，並與復株絫單于生二女；《後漢書》則言昭君字嬙，嫁二夫，與呼韓邪單于生二子。由此則前、後漢書所記，差別甚大，至於何以會如此？蓋范曄生於晉安帝隆安二年（西元398年），宋文帝元嘉元年（西元424年），因事觸怒劉義康，左遷爲宣城太守，《後漢書》就是在這個時候開始寫的，上距昭君史實已四百五十年以上，期間摻入了不少文人附會和民間傳說，范曄在作史書時，採行了這些說法，遂成此與史不符，竟帶有文學性質的記載了。至於昭君姓名、字號的問題，既然史書所載不一，自引起學者的考辯，〔註4〕本文由於著重在故事的發展，故不針對此問題詳加引述。

最後一部是南朝宋臨川王劉義慶撰的小說《世說新語》，全書共分六卷、三十六門，其卷五賢媛第十九中稱王昭君爲王明君，此乃因觸晉文帝司馬昭之諱而改，內容方面則大體本《西京雜記》而更簡略，此外，並無其它情節加入。

以上五部便是自東漢至魏晉南北朝時期，有關昭君故事的記載，除了《世說新語》沿襲成分較重外，其餘均有創始功能，尤其是《琴操》的「吞藥自殺」和《西京雜記》的「畫工圖形」說，對後代的文學更有重大影響，這就是此時期的概況。

第二節　唐宋時期

此時期計有〈王昭君變文〉、〈周秦行紀〉、《歷代名畫記》、《舊唐書》、《輿地紀勝》、《野客叢書》、《樂府詩集》七部作品。

〔註 4〕參見《四庫提要辨證》卷十七，余嘉錫撰，藝文印書館印行。〈西京雜記作者辨〉，董作賓撰，《閩潮》第一期。〈再說西京雜記〉，洪業撰，《中研院史語所集刊》三十四期。

首先是唐代的民間創作〈王昭君變文〉，所謂變文，是一種唐、五代時流行於寺院、民間的俗講話本，遲至十九世紀末，才在敦煌石室的藏書中被發現，民國五十年，楊家駱先生主編《敦煌變文》一書，書中將這些俗講話本予以搜集、整理、校刊，共得七十八種，並在引言中說：「變文云云，只是話本的一種名稱而已。但變文一稱，世已習用，所以本書仍稱之爲變文。」由此可知將這些敦煌俗講話本通稱爲變文，是犯了以偏蓋全的毛病。事實上，敦煌俗講話本可大別爲講經文、變文、押座文三種，其差異在結構方面。其中的變文，依內容分類，有演釋佛經、敷衍歷史傳說、歌詠時事、敘懷或遊戲四種，份量以演釋佛經的最多。若依韻散組合的形式來看，主要有韻散重疊、韻散相成、韻散相生三種，但像劉家太子變、祇園因由記全是散文；舜子變除了最後以二絕句作結外，亦俱爲散文，這是較特別的。〔註5〕

在《敦煌變文》一書中，有一篇內容敘及昭君故事者，但卻沒有標題，編者將之題爲〈王昭君變文〉，就其形式、結構而言，是十分吻合的，這篇〈王昭君變文〉在內容上屬於敷衍歷史傳說，在體製上則爲韻散相成的形式，至於寫作年代，約在唐穆宗長慶至唐僖宗中和年間（西元 821～884 年）。全文分成上下兩卷，上卷前有缺損，而下卷完好，上卷從昭君到匈奴後開始說起，由於起首缺去的行數甚多，故不能得知她何以遠嫁，但下卷有言：

> 昭軍一度登千山，千迴下淚，慈母只今何在？君王不見追來。當嫁單于，誰望喜樂。良由畫匠，捉妾陵持，遂使望斷黃沙，悲連紫塞，長辞赤縣，永別神州。

由此可知，這是從畫工毀畫的說法，當和《西京雜記》出於同一系統，在上卷缺去的行數中，或許有言及畫工的。在這篇變文中，作者全力描寫昭君入胡，觸目皆非，鬱鬱寡歡的怨恨惆悵，單于見她因悶悶不樂終致得病，於是千方百計地想要討她歡心，並醫治她的病，只可惜天不從人願，昭君由於憂愁太深，不久便死去了，單于悲慟不已，予以隆重厚葬，墳高數尺，號稱青冢。後來漢哀帝發使和番，遂差漢使楊少徵前來弔祭，全文便結束在祭詞中，鄭振鐸在《中國俗文學史》上冊中說：「以這樣的祭詞作結束，在『變文』裡

〔註5〕王師夢鷗在《唐人小說校釋》的〈周秦行紀〉、〈周秦行紀敘錄〉、〈牛羊日曆〉、〈周秦行紀論〉、及附錄〈牛羊日曆及其相關的作品與作家辨〉等篇中對此問題論辯甚詳，另外，劉開榮在《唐代小說研究》、汪辟疆在《唐人小說》書中皆有相關的論述，此處乃綜合王師夢鷗的結論而成。

是僅見。」可見其結構的特別。

觀察〈王昭君變文〉和前一時期諸作的最大不同處有二：一是著重對單于的描述。在前此的作品中，對單于都只是輕描淡寫，頂多說他得到昭君後大為歡喜而已，但在變文中，單于對昭君的珍愛疼惜，深情無限，卻躍然紙上，深深令人感動，反觀對漢元帝的一無所述，則單于雖是自請和親，造成昭君一生悲劇的始作俑者，但從另一方面來看，卻也變成有情有義，通達事理的君王，令人不忍責怪了。變文和前此昭君故事的第二個不同點，在於對結局的安排。史書說昭君到匈奴後，再嫁生子，《琴操》中說單于死後，子世違繼立，欲從胡俗復妻昭君，昭君因此而吞藥自殺，無論是那種結局，昭君都已嫁給呼韓邪單于，並在匈奴生活一段時間，但到了變文中，昭君和番後，因思鄉情切，難以排遣，沒多久就病死了。元代馬致遠的雜劇《漢宮秋》，進一步說昭君和番後，不願入胡，因此行至番漢交界的黑龍江，便投河死了。昭君由在匈奴老死、生活一段時間、入胡沒多久而病沒、至未入胡而亡，這一步步的演進，使昭君愈來愈節烈，人格也相對的提高，增加人們對她的尊敬。綜上所述，後世雜劇的作者，每每把單于塑造成「只愛美人不愛江山」的痴情種，不但為昭君而大舉興兵，甚至願為她答應任何要求。另外，在昭君的結局安排上，多讓她壯烈殉國，這其中很有可能就是受到唐代變文的影響。

在這篇變文中，有的詞語不甚可解，甚至還有些訛字，此乃因它是民間文學之故，所以只求音相同，於字則不甚推敲，但就文學技巧而言，此篇想像豐富、結構嚴謹、描寫細膩，不可不說是一篇佳作，且於昭君故事的演變上，也負起了漢魏六朝至元雜劇間的重要銜接。

其次是唐人小說〈周秦行紀〉，該篇取自《太平廣記》卷四八九的雜傳記類，篇末不注出處，僅於題下附注「牛僧孺譔」四字，歷來文人或以此為牛氏所作而大加批評，但到了南宋初年，已引起書志家的懷疑，據今人詳加考證，此篇系李德裕門人韋瓘有心搆陷牛氏之偽作，年代在唐文宗太和末至開成中，目的止於罷免那無禮於君，且不忠不孝的牛僧孺。〔註6〕〈周秦行紀〉中對昭君的描寫，有符合史實言其嫁給單于父子者，但對此事頗表鄙薄；亦有沿襲《西京雜記》中畫工搆陷之說者，但卻明言此畫工即是毛延壽。由此可概略勾勒出韋瓘對昭君故事的描述是：昭君美豔動人，卻為畫工所誤，而

〔註6〕上述據曾師永義〈關於變文的題名、結構和淵源〉整理而來，收錄於《說俗文學》一書，聯經出版社。

遠嫁匈奴，先後妻呼韓邪和復株le若鞮單于，這樣的結構是前有所承的，其創新處若有，可能即在毛延壽的認定罷了！

除了〈王昭君變文〉、〈周秦行紀〉外，唐代還有張彥遠的《歷代名畫記》，本書共分十卷，前三卷爲綜論，第四卷至第十卷則個別介紹自軒轅至唐武宗會昌年間，歷代能畫人名共三百七十二位。其中第四卷列舉西漢畫家六人，分別是：毛延壽，杜陵人；陳敞，安陵人；劉白，新豐人；龔寬，洛陽人；陽望，下杜人；樊育，長安人。接著有一段文字敘述，內容與《西京雜記》大同小異，可知是抄襲該書而來，所不同者，《西京雜記》言「新豐劉白、龔寬」，《歷代名畫記》則列劉白，新豐人；龔寬，洛陽人。雜記中不記樊育籍貫，畫記則列其爲長安人。描敘文字由雜記中取來，但更簡省，意思卻完全相同。

繼唐代而下，有後晉劉昫等撰的《舊唐書》，其卷二十九，志第九，音樂二中云：

> 明君，漢元帝時，匈奴單于入朝，詔王嬙配之，即昭君也。及將去，入辭，光彩射人，聳動左右，天子悔焉。漢人憐其遠嫁，爲作此歌。晉石崇妓綠珠善舞，以此曲教之，而自製新歌曰：「我本漢家子，將適單于庭，昔爲匣中玉，今爲糞土英。」晉文王諱昭，故晉人謂之明君。此中朝舊曲，今爲吳聲，蓋吳人傳受訛變使然。

觀看《舊唐書》對昭君的描述，乃沿襲《後漢書》而來，且因重點在敘述明君之樂，因此對故事點到爲止，著墨不多。

宋代作品有三部：一是王象之的《輿地紀勝》，其爲地理書籍，共分二百卷，其中卷七十四是介紹荊湖北路的歸州，在古跡部分載有「明妃廟」一則，內容主要取自《琴操》，又加入樂史的《太平寰宇記》，時人的昭君入胡自彈琵琶說及昭君古蹟而成，在情節上沒什麼創新處。這裡將昭君的籍貫隸屬於歸州，歸州即指秭歸縣，爲西漢所置，是屈原故里，屬南郡，東漢因之，魏晉時曾屬他郡，並爲郡治，唐時改爲歸州，明時廢州，入秭歸縣，屬荊州府，清雍正時改爲直隸州，宣統時復名秭歸縣，所以，說昭君是秭歸人、南郡人、歸州人、荊州人都是同樣的意思。

二是郭茂倩編的《樂府詩集》，全書共一百卷，它雖是一部詩歌總集，但在卷二十九相和歌辭的吟歎曲「王明君」下有一長段敘述文字，既非爲詩，故列在此處討論，這段文字主要是從《舊唐書・音樂志》、《古今樂錄》、《技錄》、《琴論》、《琴集》等書中敘述「王明君」此曲的起源和發展情形，在故事的部分，則只收錄了《西京雜記》的記載，既無案語，亦無評論。

三是王楙所撰的《野客叢書》，其卷八中載有「明妃事」，內容節錄《漢書》、《西京雜記》、《後漢書》、《琴操》中的昭君故事，並認爲此事《漢書》所載太簡略，當以《後漢書》爲較正確的記載，事實上《漢書》既然距離事件發生的時間最近，故應較符合史實才對，至於《後漢書》實已摻入前代傳說，其它《西京雜記》、《琴操》、《樂府解題》所述的昭君故事，既非正史，又加入傳說及附會的成分，當然離史實就愈來愈遠了。

第三節　元明清時期

此時期欲探討者，計有《明一統志》、《陝西通志》、《隋唐演義》、《歷代題畫詩類》、《清白士集》、《四大美人》、《雙鳳奇緣》七部作品，及元明清昭君戲曲、西晉至清的詩歌二項。

《明一統志》爲明代李賢第等奉敕撰，全書共分九十卷，其中有「昭君村」的記載，內容主要沿襲《西京雜記》的「畫工圖形」說，及石崇〈王明君辭序〉琵琶送行的說法，只是逕把畫工認定爲毛延壽，彈琵琶者認定爲王昭君，前說在唐代已出現，後說最遲在宋代也已流傳，這二者在本節最後詩歌的部分都會詳述，因此，這段記載不過是綜合前代的說法而已。

《陝西通志》爲清代沈青崖等編纂，全書共一百卷，其中有「漢書元帝本紀云賜單于待詔掖庭王嬙爲閼氏。」的記載，唯引用《漢書》而已。

《隋唐演義》是元代羅貫中原撰，清代褚人穫改撰的章回小說，全書共一百回，在第二十八回「眾嬌娃翦綵爲花，侯妃子題詩自縊」中，侯妃子的遭遇便是取材自昭君故事，她不肯賄賂負責揀選宮女的許庭輔，正和王昭君不願以千金去買囑畫師一樣，皆因個性高潔，只得冷落後宮，不過她雖有意仿效昭君的行徑，但終究熬不過淒涼漫長的時日而懸樑自縊。文中對昭君故事的敘述，亦傳沿自前代：「點痣」來自明代無名氏傳奇《和戎記》中的「左痣右疤」，「畫師」源自《西京雜記》，「遠嫁單于」根據《漢書》，「琵琶」、「青冢」分別沿自石崇的〈王明君辭序〉和唐代詩作，此乃雜揉各說而成。

《歷代題畫詩類》爲清代陳邦彥等奉敕編，全書共一百二十卷，其中卷四十二，有宋人韓駒的詩〈題李伯時畫昭君圖〉，詩前有序言及昭君事，內容與《野客叢書》類似，都是節錄《漢書》、《後漢書》、《西京雜記》、《琴操》

中對昭君故事的說法，再發表評論。文中指出《後漢書》所言之非，即「其言不願妻其子而詔使從胡俗，此是烏孫公主，非昭君也」，並認爲四說因無從考證，故不知孰是孰非，但以《琴操》之說最不可信，可能因《琴操》中言昭君呑藥而卒的緣故。末言「昭君南郡人，今秭歸縣有昭君邨，邨人生女，必灼艾炙其面，慮以色選故也。」是從宋代邵博的《聞見後錄》所記「歸州有昭君村，村人生女無美惡，皆炙其面」而來。故綜合言之，這也是一段昭君故事的雜錄和評論。

《清白士集》爲清代梁玉繩撰，內容言《琴操》的「呑藥自殺」和《漢宮秋》的「投江而死」說，皆與《漢書》不合，「蓋詞家假設之言，非關事實，猶文選長笛賦所云屈平適樂國澹臺載尸歸也。」見解可謂平常，不過舉例證成，更具說服力而已。

另有二部清代小說，撰者皆未詳，一部是《四大美人》，全書又分成四部分：即〈西施豔史演義〉、〈貂蟬豔史演義〉、〈貴妃豔史演義〉、及〈昭君豔史演義〉。除了〈貴妃豔史演義〉有二十章外，其餘均有十八章，屬章回小說，茲將〈昭君豔史演義〉內容概述如下：

漢元帝時，因朝廷無事，政治清簡，便覺長宵寂寞，欲選妃相伴，無奈高祖以平民爲天子，深知民間疾苦，因挑撰繡女，會騷擾百姓，爲患甚巨，故限定每二十年才得以選一次，元帝知道祖制難違，但在現有的宮女中又挑不出貌美的佳人，因此心中十分不悅，正宮林皇后知道後，教元帝應對之道，帝大喜，傳旨差內監八名分往各府州縣挑選民間女子，充當宮娥，百姓聞知，驚惶不已，紛紛將女兒速行婚嫁。這時在荊門州，有王穰夫婦之女王嬙，字昭君，既聰明美麗，又有文才，十分知名，王穰在知道點選繡女一事後，正與夫人商量將女兒立刻婚嫁，但王嬙卻勸慰父母，表明自己願意前去應選，話猶未了，州官已到，威逼王穰，王嬙出面答應州官前去應選，州官將王嬙帶到館驛，負責選美的內監張讓見到王嬙後十分歡喜，命人好好看待，又怕她寂寞，在選來的女子中，挑了虞迴風、周輕燕二人陪伴，到了京城，張讓繳旨，元帝甚喜，賞賜張讓，並給假一個月，另派畫工毛延壽，擇其尤美者，畫圖進呈，毛延壽見了王嬙，託一內監向她要千金作爲潤筆之資，王嬙不肯，於是便在其圖形的面部之上，兩眼之下，居中各點了一點黑痣，獻於元帝，元帝認爲圖畫上雖有兩點黑痣，但難掩其美貌，欲召見之，毛延壽急諫元帝，說此痣名曰「淚痣」，尋常婦女若有一點，已主剋夫之兆，況王嬙兩眼下皆有，尤爲大忌，元帝乃止。昭君獨坐深宮，冷落寂寥，後由友人李婉華口中得知遭毛延壽陷害本末，傷心不已，時匈奴大單于請求和親，元帝欲選宮女，託名公主，賜婚下嫁，王嬙寫了一封信給掖庭令，自請前往，將行之日，元帝於未央宮前殿置酒送王嬙下嫁匈奴，王嬙上殿，眾人驚歎其美，元帝憤而誅斬毛延壽，但因不得失信夷狄，乃封王嬙爲永安公主，與義妹李婉華一同出塞，途中王嬙彈奏皇后贈的琵琶聊以抒懷，到了匈奴，單于大喜，對王嬙疼愛有加，納婉華爲側妃，且謹事漢朝，達二十年之久，王嬙生有一子二女，單于得暴疾死後，其子嗣位，欲從胡俗妻其母，王嬙遂仰藥而死，婉華亦以首觸其棺而亡，世子將兩人合葬，塞外之地，草皆枯黃，唯此冢草色青綠可愛，大概是王嬙精魂不滅所致吧！

上述就是〈昭君豔史演義〉的內容梗概，我們不難看出其中採自《漢書》、《琴操》、《西京雜記》、《後漢書》處，另外，演義中還雜入一些前代文人的作品，例如杜甫的詩作〈詠懷古跡之三〉、蔡邕《琴操》的〈怨曠思惟歌〉、江文通〈恨賦〉中的賦詞、託名主昭君的〈報元帝書〉、石崇的〈王明君辭〉、常建的〈過昭君墓〉詩等，因此，這可說是一部雜揉前代昭君故事，再加入作者自己評論之書。

另一部作者未詳的清代小說是《雙鳳奇緣》，其序文署「嘉慶十四年春月上浣之三日，雪樵主人梓定」，由此可知時間約當清季中葉，至於雪樵主人是誰？則不可知。全書共分八十回，每回約二千餘字，開頭均有詩一首，結尾則冠以「未知情況如何？且看下回分解。」的相似字眼，屬章回體，茲依據張壽林先生〈王昭君故事演變之點點滴滴〉一文，將其內容概述如下：

> 越州太守王忠，夫人姚氏，年俱半百，「只生一女，取名皓月，又叫昭君。生得有沉魚落雁之容，閉月羞花之貌，……精通翰墨。」「年方十七」尚待字閨中，那年八月中秋，飲酒微醉，夢與漢天子相約婚娶。同時漢天子也得了同樣的夢，因命毛延壽「到越州選取應夢人。」毛延壽到了越州，王忠不肯把女兒獻出，受了毛延壽的辱打。昭君爲了從前的夢，正思念著漢天子，便請她父親王忠答應了，而且借此羞辱了毛延壽。延壽藉了要昭君坐像睡像各一張的名義，向王忠要五百金送畫工，昭君卻自己畫了，只送給毛延壽二百金，於是毛延壽便在「每張畫圖眼下點了芝麻大一點黑痣，」說是傷夫滴淚痣，命主損三夫。同時別選了一個名叫定金的美女，回到長安。漢元帝果然信了毛

> 延壽的話，寵幸定金，封在西宮，於是定金和毛延壽遂假傳聖旨把昭君貶入冷宮，王忠夫婦發到遼東充軍。王忠夫婦在遼東生下一女，依了昭君從前的預囑，取名賽昭君。這年元帝開科取士，選中了劉文龍爲狀元。而昭君在宮中夏去秋來，十分傷感。一天夜裡，對著淒涼的月色，獨自彈著琵琶。恰巧被正宮林皇后聽見，因此會見昭君，知道了一切的情形。於是林皇后到西宮去，把一切情形都告訴了元帝，元帝立刻和林皇后親到冷宮，迎接昭君，封她爲西宮娘娘，把定金貶入冷宮，到夜裡她便自殺了。一面又教李陵去捉毛延壽，但毛延壽卻改妝逃到了匈奴，把昭君圖獻給單于。單于受了毛延壽的挑唆，便進了一首啞謎詩去難元帝，卻被狀元劉文龍看破，單于遂大舉人馬入關，元帝使李陵、李廣去征伐，都戰敗了。在這裡卻插入了李陵被擒，與蘇武和番的故事。後來匈奴用了仙人的妖術，圍困了京城，元帝無法，只得依了張丞相的計策，用一個宮女代昭君去和番，匈奴才班師回國。但毛延壽認出了昭君是假的，因此單于又派人馬二次進犯雁門關，元帝不得已，爲了要保存自己的天下，只得忍心捨了昭君，由她自己選定劉文龍護送出，於是元帝把文龍收爲御弟，賜名王龍（那時文龍結婚僅僅一天），和昭君十分悽苦的離了自己的祖國。在路上他們異常的悲傷，但是昭君卻得了王龍的幫助。到了塞北，昭君首先請單于殺了毛延壽，一方面依仗九姑神在夢中贈她的仙衣，唬住單于，叫他造一座浮橋還願，在浮橋造好的時候，她便自沈在白洋河死了。死後因夢見元帝怨他失約，後來林皇后病死，元帝便娶了昭君的妹妹賽昭君爲后，賽昭君爲了報自己姐姐的怨仇，因勸元帝北征，平定了匈奴，祭了昭君奏凱回朝，不久賽昭君便生了一個太子。全書便在這樣慶賀團圓中結束了。

由此可看出本書情節，主要承襲元、明戲曲而來，例如元雜劇《漢宮秋》、明傳奇《和戎記》、《牡丹亭》等。作者在第八十回末言及本書命名之由，乃「因前有昭君，後有賽昭君續姻報仇，始終異兆，總不外忠孝節義四字，青史名標，人人欽仰，漢古奇女子，出於一家姊妹，故云雙鳳奇緣。」綜觀全書，文筆淺陋，爲了把不甚複雜的昭君故事敷衍成八十回的長篇小說，因此加入了李陵被擒和蘇武和番等事件，未免顯得枝蔓，不過，從另一方面來看，書中雖有不符史實的穿插及諸多神怪的情節，但因它是民間演義，作者爲了適應讀者，也就不妨信口開河，並以仙法等事來引人注意。而且，《雙鳳奇緣》可算是昭君故事從東漢至今篇幅最長、流傳也最廣的一部長篇小說，因此仍有其重要性和價值。

戲劇盛行於蒙元，自此以降，歷代都有以昭君故事爲題材的劇作，在此先論及元明清三代。在元代方面，據《錄鬼簿》前輩已死名公才人有所編傳奇行世者條下，有關漢卿《漢元帝哭昭君》雜劇一種，這應該是昭君故事在舞台上的首次展現，可惜劇本今已失傳，另外，還有張時起的《昭君出塞》、吳昌齡的《夜月走昭君》兩本雜劇作品亦已失傳，今所存者，唯馬致遠的《漢宮秋》雜劇，因此該劇可說是現存昭君劇本中最早的一種。明代有陳與郊的《昭君出塞》雜劇，和無名氏的《和戎記》、《青冢記》傳奇，其中《青冢記》大部分已散佚，現僅存〈送昭〉、〈出塞〉兩齣。清代則有尤侗《弔琵琶》、薛旦《昭君夢》、周樂清《琵琶語》三雜劇，及亡佚的無名氏《昭君傳》傳奇。總計元明清三代現存的劇作共有七部，這七部劇作在以下兩章中將會詳述。總括而言，元明清昭君戲曲對此故事提供了兩項重要的轉折：一是在表現形式上，跳脫平面文字的限制，使之得以活潑鮮明地展現於舞台。二是在情節安排上，一方面對昭君的身世、家庭狀況，入宮見幸的經過，乃畫工毀圖的情形等都做了更詳細清楚的敘述，使故事完備合理；另一方面在結局上，不但使昭君的死更加節烈感人，《琵琶語》中且有獨特的處理，讓昭君超登仙籍，可謂別出心裁。

最後論述關於昭君的詩歌，現存最早的是西晉石崇的〈王明君辭〉，自此以下至清代，作品毫無間斷，唯時代久遠者，保存作品較少，明、清兩代作品最多。首先將昭君詩歌作一歸納整理的是宋代的郭茂倩，他在《樂府詩集》第二十九卷，相和歌辭的吟歎曲中，收錄有西晉、劉宋、梁、陳、北周、隋、唐七代三十七位作者的詩作，詩名有〈王明君〉、〈王昭君〉、〈明君詞〉、〈昭君詞〉、〈昭君歎〉五種，共四十八首。

第二位將昭君詩歌作整理的，是清代的胡鳳丹，他在清德宗光緒三年六月（西元 1877 年）完成《青冢志》一書，搜集了自東漢至清朝的書籍中，有關王昭君古蹟、紀實、圖畫、評論、詩序及古今體詩的記載，內容可說包羅萬象，非常豐富。此書今無單行本，但收集在清代張廷華所輯的《香豔叢書》第十八集的卷三、卷四中。《青冢志》共分爲十二卷：卷一記載昭君古蹟十七則，其中包括昭君村、王昭君宅、香溪、琵琶橋、明妃廟、青冢、昭君祖冢碑七項。卷二包含昭君的紀實七則、圖畫三則、及評論十二則。卷三包含晉石崇的〈明君詞序〉、宋呂伯可的〈王昭君辭序〉、清顧景星的〈詠王明妃序〉、清陸燿的〈王明君詞序〉共四則，及清陸次雲的〈明妃辯〉一則。從卷四至卷十二的九卷中，均是有關昭君的古今體詩記載，總計有晉、劉宋、梁、陳、北周、隋、唐、宋、金、元、明、清十二代三百五十二人的作品四百四十七首，數量眾多，詩名包括〈王昭君〉、〈王明妃〉、〈王明君〉、〈王嬙〉、〈昭君辭〉、〈明君詞〉、〈明妃曲〉、〈王昭君歌〉、〈王昭君吟〉、〈明妃引〉、〈明妃詠〉、〈明妃篇〉、〈昭君行〉、〈昭君怨〉、〈昭君歎〉……等，種類繁多，體制不一，除此之外，還有對昭君圖畫、昭君村里、及昭君墓、青冢的詩詞吟詠。總而言之，《青冢志》可說是有關昭君的詩作中，收集最完備的一部。

繼胡鳳丹之後，有民國葉婉之著《昭君詩評》一書，亦對歷來的昭君詩作予以收集，本書完成於民國六十四年五月（西元 1975 年），內容包括晉、劉宋、梁、陳、北周、隋、唐、宋、明、清十代七十九位作者的詩作九十七首，每首均先錄詩作，再有注釋、繹義、詩評三部分，解說甚詳。書前有小序及概說，在概說處，作者將所輯的昭君詩作依各篇的內容方法分成純寫昭君者、諷刺詩、翻案詩、自傷懷抱，別有寄託者等四類，這種分類雖非絕對，尚有一篇中包括數類者，但已可看出各詩的大致類別。《昭君詩評》和前此二書的最大不同，在於對各詩有詳細的解釋和評析，便於讀者閱讀、鑑賞，但也有缺失：一是該書成於《青冢志》後，所收詩作卻不及〈青冢志〉的四分之一，其間差距甚大，令人費解？二是作者在概說中既已把詩分成四類，然在本文中卻不見歸類，只是一味地將各詩按時代先後羅列而已，使人不知各詩所屬的類別爲何？

在這三部昭君詩集中，收錄情形也有差異，例如〈昭君詞〉：

跨鞍今永訣，垂淚別親賓，漢地行將遠，胡關逐望新。

交河擁塞路，隴首暗沙塵，唯有孤明月，猶能遠送人。

宋代郭茂倩的《樂府詩集》列爲唐代陳昭撰；清代胡鳳丹的《青冢志》題作陳朝陳昭，且把「漢地行將遠」作「漢地隨行盡」、「塞路」作「塞霧」、「隴首」作「隴日」；民國葉婉之的《昭君詩評》將該詩歸爲清代陳昭，且易詩名爲〈明君詞〉。同一個陳昭，三書竟歸入三個不同的朝代，且詩名、詩作也有差異，令人不知孰是孰非，雖然這僅是其中一例，筆者未對三書的所有詩作詳加比較，但已可見作品在傳抄過程中的差異情形，這是讀者在閱讀時，應多加留意的。

詩歌由於數量眾多，且對故事較無完整描述，因此不一一列舉，以下僅舉出詩歌中對昭君故事有所增添或影響者：

1、胡盛漢衰之說及昭君和琵琶的牽連

在所有的詩作中，西晉石崇的〈王明君辭〉是最早的作品，其對後世有重大影響，茲先錄其辭及序如下：

> 王明君者，本是王昭君，以觸文帝諱改之，匈奴盛，請婚于漢，元帝以後宮良家子昭君配焉。昔公主嫁烏孫，令琵琶馬上作樂以慰其道路之思，其送昭君亦必爾也，其造新曲，多哀怨之聲，故敘之于紙云爾。

〈王明君辭〉

> 我本漢家子，將適單于庭，辭訣未及終，前驅已抗旌，僕御涕流離，轅馬悲且鳴。哀鬱傷五內，泣淚沾朱纓，行行日已遠，遂造匈奴城，延我於穹廬，加我閼氏名。殊類非所安，雖貴非所榮，父子見陵辱，對之慚且驚，殺身良不易，默默以苟生。苟生亦何聊，積思常憤盈，願假飛鴻翼，乘之以遐征，飛鴻不我顧，佇立以屏營。昔為匣中玉，今為糞上英，朝華不足歡，甘與秋草并，傳語後世人，遠嫁難為情。

根據史書記載，匈奴呼韓邪單于因降漢，願婿漢室，元帝才將昭君賜給他當閼氏，但石崇卻云：「匈奴盛，請婚于漢，元帝以後宮良家子昭君配焉。」把原先漢帝對匈奴的賜婚，改成匈奴挾其強勢對漢帝的逼婚，石崇生存的司馬氏時代，因遭逢五胡亂華，因此反映時勢地將匈奴寫成強大不可抗拒，如此的轉變，雖離史愈遠，但卻加深了詩詞的感染力，因它把原先昭君個人遭遇之怨，改成了國家因衰弱而被強虜欺凌之哀，後世戲曲《漢宮秋》、《弔琵琶》、《和戎記》、《青冢記》及小說《雙鳳奇緣》等無不持胡盛漢衰的說法，甚至對漢帝及滿朝文武加以諷刺責備，蓋皆由此而來。

其次談到琵琶，石崇在序中說：「昔公主嫁烏孫，令琵琶馬上作樂以慰其道路之思，其送昭君亦必爾也。」按曹魏時傅玄（西元 218～278 年）在其《傅鶉觚集》中的〈琵琶賦〉序中云：

> 世本不載，作者聞之故老云，漢遣烏孫公主嫁昆彌，念其行道思慕，使二人知音者載琴、箏、筑、箜篌之屬，作馬上之樂。觀其器中虛外實，天地象也。盤圓柄直，陰陽敘也。柱有十二，配律呂也，四弦，法四時也。以方語目之，故云琵琶。取易傳于外國也。杜摯以為嬴秦之末，蓋苦長城之役，百姓弦鼗而鼓之，二者各有所據之意。

由此可知，令隨行之人以琵琶作馬上之樂慰行道思慕，乃是烏孫公主嫁昆彌

的傳說，流傳於當時故老口中，那麼，時代略後於傅玄的石崇（西元 249～300 年）顯然也受了這個傳說的影響，再加上自己「以此類推」的猜測，故有是說。然而，石崇只是認爲昭君出塞時，應該也有隨行的人彈琵琶遣懷而已，並沒有說是昭君自彈琵琶出塞。自晉以下，「琵琶」入詩，屢見不鮮，然由詩中不易看出此琵琶是否爲昭君所彈，一直到宋代，如呂本中的〈昭君詩〉有：「昭君請自嫁單于，當時各倚顏如玉，露髩雲鬟胡地塵，帳中誰是可憐人，左抱琵琶右揮手，胡地漢宮能幾春。」句，明顯指出彈琵琶者爲昭君，而畫家在繪昭君出塞圖時，也讓她手抱琵琶，宋代王楙的《野客叢書》有言：

> 傅元〈琵琶賦〉序曰，故老言漢送烏孫公主嫁昆彌，念其行道思慕，使知音者于馬上奏之，石崇〈明君詞〉亦曰匈奴請婚于漢，元帝以後宮良家子配焉。昔公主嫁烏孫，令琵琶馬上作樂，以慰其道路之思，其送明君亦必爾也。則知彈琵琶者，乃從行之人，非行者自彈也。今人畫明妃出塞圖，作馬上愁容，自彈琵琶，而賦詞者又述其自鼓琵琶之意矣。魯直〈竹枝詞〉注，引傅元序以謂馬上奏琵琶，乃烏孫公主事，以爲明妃用，蓋承前人誤。僕謂黃注是不考石崇明君詞故耳。

由此可見至少到宋代時，琵琶歸屬於昭君，成爲她出塞時抒懷解憂的工具了，而首先讓琵琶、昭君兩者發生關連者，不得不歸功於石崇。

2、入宮見幸

在《漢書》、《琴操》、《西京雜記》、《後漢書》、《世說新語》等諸多昭君故事的記載中，昭君都是臨行匈奴時，才首次被元帝召見，因此，昭君非但沒有寵幸於元帝，甚至連見面的機會都沒有，然而這樣的說法在詩人抒情、富想像的文筆下，卻有更動，試看北周王褒的〈明君詞〉：

> 蘭殿辭新寵，椒房餘故情。
> 鴻飛漸南陸，馬首倦西征。

再看唐代蔣吉的〈昭君冢〉：

> 曾爲漢帝眼中人，今作狂胡陌上塵。
> 身死不知多少載，冢花猶帶洛陽春。

從「新寵」、「故情」、「曾爲漢帝眼中人」中，已透露漢帝和昭君間似乎有一段感情，至元代劉因的〈明妃曲〉中有：

> 悔不別君未識時，免使君王憐玉質。

君心有憂在遠方，但恨妾身是女郎。

句中明顯指出兩人在漢宮中早已相識，因此離別時更加不捨，在馬致遠的雜劇《漢宮秋》中，昭君不但入宮見幸，還被封爲明妃；明代無名氏的傳奇《和戎記》中，王嬙被寵幸，且封爲昭君；清代雪樵主人的小說《雙鳳奇緣》中，昭君亦見幸，並封爲西宮娘娘。上述作品中皆讓昭君由臨行召見演變成和元帝情感深厚，如膠似漆，如此一來，使昭君更不願離國遠嫁，悲傷哀怨也更深了！而這其間的轉變，在王褒、蔣吉的詩作中可見端倪。

3、毛延壽的認定

最早提到毛延壽的是西晉葛洪的《西京雜記》，其言漢元帝在查知昭君因不賂畫工，遂不得見幸後，便殺了毛延壽、陳敞、劉白、龔寬、陽望、樊育六位畫工，但沒有說昭君不肯賄賂的畫工就是毛延壽，自《西京雜記》後，文人屢提及畫工圖畫事，並認爲由於圖畫誤人，才使昭君遠嫁番邦。最早將幫昭君畫圖的畫工認定是毛延壽的，始自唐代，在李商隱的〈王昭君〉詩中有云：

毛延壽畫欲通神，忍爲黃金不爲人。

馬上琵琶行萬里，漢宮長有隔生春。

另外，韋瓘託名牛僧孺所作的唐人小說〈周秦行紀〉中，昭君有詩云：

雪裡穹廬不見春，漢衣雖舊淚痕新。

如今最恨毛延壽，愛把丹青錯畫人。

按李商隱生於唐憲宗元和七年，卒於唐宣宗大中十二年（西元 812～858 年），而〈周秦行紀〉作於唐文宗太和末至開成中（約西元 827～840 年），由於兩者時間相近，遂不知何作爲先？自唐代認定那位導致昭君走向悲劇的可惡畫工是毛延壽後，後代詩作、小說、戲曲便都少不了毛延壽這個人物了！至於爲何要把這個罪名附會到毛延壽身上？依張壽林先生在〈王昭君故事演變之點點滴滴〉一文中的推想，認爲：

完全因爲《西京雜記》所舉當時被殺的畫工，第一個就是毛延壽，而且他又是長於描畫人物的，把這個罪名附會在他身上，實在是必然的。

筆者認爲這樣的推論是很合理的。

4、青冢的出現

史書中對於昭君的死有記載，然而在民間的傳說中，昭君不但死的慘烈

（或呑藥、或病歿、或投河），而且死後還留下一座精神象徵——青冢，足供後人憑弔。查「青冢」一詞，最早出現在盛唐詩人的詩句中，如李白的〈王昭君〉詩中云：

燕支長寒雪作花，蛾眉憔悴沒胡沙。

生乏黃金枉圖畫，死留青冢使人嗟。

另外，杜甫的〈詠懷古跡之三〉中云：

群山萬壑赴荊門，生長明妃尚有村。

一去紫臺連朔漠，獨留青冢向黃昏。

按李白生於唐武后大足元年，卒於唐肅宗寶應元年（西元 701～762 年），而杜甫生於唐睿宗先天元年，卒於唐代宗大曆五年（西元 712～770 年），由於兩人生卒年相近，遂難判斷兩首詩作孰先孰後，在此並列。事實上，在東漢蔡邕所撰的《琴操・怨曠思惟歌》中有云：「昭君乃呑藥自殺，單于舉葬之，胡中多白草，而此冢獨青。」由此可知在當時就已有此傳說，唐代詩作中所出現的「青冢」，可能即循此傳說而來。

「青冢」一詞在唐代的作品中屢見不鮮，如詩作釋皎然的〈昭君怨〉、李咸用的〈昭君〉、崔塗的〈過昭君故宅〉、鄭嵎的〈津陽門詩〉、賈島的〈寄滄州李尚書〉、劉滄的〈邊思〉、張喬的〈書邊事〉、秦韜玉的〈塞下〉、韓偓的〈錢小玉家爲番騎所虜〉、陳陶的〈關山月〉及白居易、杜牧、胡曾、張蠙的〈青冢〉等均是，另外在變文中也有「墳高數尺號青塚，還道軍人爲立名」、「青塚寂寥，多經歲月，使人下馬，設樂沙場，害非單布，酒心重傾，望其青塚，宣哀帝之命。」可見「青冢」一詞在唐代已盛行於文人、民間作品中，自唐以下，不論是在詩歌或戲曲中，更是運用不輟，因此，唐詩中將「青冢」兩字合用，對後世的影響是很大的。

以上是吟詠昭君的詩歌中，對故事有所影響者，當然，由於前代的作品保存有限，難免有散佚的情形，再加上昭君和番是流傳於民間的故事，口耳相傳，不一定訴諸筆墨，因此，上述四點未必始自昭君詩歌，這只是對現今保留有關昭君的文獻記載來說而已，另一方面，我們在詩作中可發現不少詩人對人物、事件的評論，或藉昭君事來寄託抒懷，這點由於對故事本身沒有影響，故於前不論，但這種書寫方式無疑提供讀者更多不同的角度來看待這個故事，也能達到「以古鑑今」的功效。

第四節　民國時期

此時期欲探討者，依類型分，計有戲劇、俗曲、及研究成果三項。民國以來，屬於昭君故事的劇本創作，計有顧清海的《昭君》、郭沫若的《王昭君》、曹禺的《王昭君》、李浮生的《新漢明妃》、張伯謹編的《昭君出塞》及鄭道貞的《王昭君》共六部。《昭君》一劇重在人物性格的描寫，於情節上特別之處是讓元帝死在酒色過度下，而給昭君一個好的歸宿。郭沫若和曹禺的《王昭君》屬於話劇，前者是爲宣傳社會主義而作，後者則是爲符合周恩來「提倡漢族婦女嫁給少數民族」而作，故可說都別具它義，已淪爲政治宣傳的工具。黃絜琇在〈王昭君故事的演變〉中，有對郭沫若《王昭君》劇作的介紹，茲節錄如下：

> 郭沫若君的王昭君劇，成于一九二三年七月，不過是近十年內的作品，全劇二幕，第一幕的背景是毛延壽的畫室，室外園景隱約可見，第二幕是掖庭，景緻很新麗的，全劇很短，祇做到昭君起行去匈奴而止。故事隨了作者的幻想，和以前的不同。王昭君或王待詔是秭歸縣人，三歲的時候，父親死了，母親便取了一個異姓的兒子來養，同姓的親屬，因爲爭產的壞意，就乘機在元帝選妃的時候，報了昭君的名字，于是眞的選去，他們更勸她的母親假扮老媽子跟了去，那留下的蝦蟆子受不得欺負就跳了長江死了。十八歲的昭君和母親到了宮庭之後，毛延壽又問她要錢，她不肯給他，于是他就畫她的圖畫到很醜，但是毛延壽的女兒淑姬和弟子龔寬都很同情昭君，他們兩個愛人打算救昭君，在單于使者請美人，元帝選了昭君的圖要她去後，他們把毛延壽的卑劣的行爲，在元帝微行到延壽家時，和盤托出告訴了元帝，這時延壽正是在庭向昭君求愛的時候，昭君把他罵了一頓，還打了嘴巴，元帝回去，把延壽定斬了，但是延壽臨死時痛罵元帝和龔寬，因爲元帝縱慾，龔寬也已有妻而又向淑姬求愛，延壽死後，那個爲了女兒的出塞而瘋狂了的昭君的母親又死了。昭君在極端失望的時候，憤而求去匈奴，雖然這時元帝已不許她去，淑姬因爲知道了龔寬的污史，又死了父親，憤而陪她同去，祇留了那個半傻的元帝對著延壽的頭和昭君的眞的像起了無限感慨，幕就下了。

由此可見本劇和前此有關昭君的文學作品差別之大，其中描寫昭君的親屬陷害她們一家、毛延壽因索賄不成而毀圖、淑姬出賣自己的父親、元帝及龔寬的縱慾放浪等，在在展現了人性的醜惡，全劇由於爲社會主義思想所主導，故創新處雖多，卻非佳作。《新漢明妃》全劇共分八場，劇末附有整理人琴師郭曉農、徐春圃的話云：「舊本漢明妃，因歪曲歷史，辱國喪邦，故教育部於民國五十二年通令禁演。新漢明妃李浮生先生之創作，脫稿於民國五十九年，不僅主題意識正確，且與正史相符。……自第一場至第六場均爲李君之手筆，第七、八場則採用崑曲『昭君出塞』之原作，衹稍整編。」其實本劇與正史相符處，只在把「匈奴盛，請婚于漢」的部分還原成是呼韓邪單于入朝納貢，自言願婿漢氏，元帝乃以後宮女子王嬙賜之而已，其餘部分仍多沿襲明代的傳奇《和戎記》和《青冢記》，與史符，劇末結束於昭君嫁至番邦，呼韓邪前來親迎的和樂氣氛中，亦未言及昭君再嫁生子的史實。《昭君出塞》全劇唱、白錄自明代傳奇《青冢記》，只是改由京劇的形式表現而已。《王昭君》又名《漢明妃》，全劇共分二十三場，劇情採自《漢宮秋》、《青冢記》和清代小說《雙鳳奇緣》融合而成。

至於俗曲，據劉復、李家瑞等編的《中國俗曲總目稿》，將其定義及範圍說明如下：

> 歌謠與俗曲的分別，在於有沒有附帶樂曲：不附樂曲的如『張打鐵，李打鐵』，就叫做歌謠；附樂曲的如『五更調』，就叫做俗曲。所以俗曲的範圍是很廣的：從最簡單的三句五句的小曲起，到長篇整本，連說帶唱的大鼓書，以至於許多人合同扮演的蹦蹦戲，中間有不少的種類和階級。但我們沒有把皮黄和崑曲包括在內。這裡面也並沒有多大的理由，只是因爲這兩種已經取得正式的舞臺劇的資料，不在『雜耍』之列；若是望文生義，以爲『雅』『俗』之分在此，那就錯了；小曲中很有極雅的雅詞，皮黃崑曲中也儘有俗不可耐的作品。

本書中所收錄有關昭君故事的俗曲共十六首，每首均錄曲名、印刷情形、頁（行）數、及內容（僅抄錄開首二行），若有類別、流行區域、出版處者，亦予以標明，以下茲將這十六首作品列出，以見一斑：

俗曲名	類別	流行區域	印刷情形	出版處	頁（行）數
昭君	馬頭調	北平	抄本		四頁
昭君	山歌	北平	抄本		五行
昭君傳	南詞		木刻	馬如飛開篇	一頁
昭君傳	南詞		木刻	馬如飛開篇	一頁

昭君傳	南詞		木刻	馬如飛開篇	一頁
昭君傳	南詞		木刻	馬如飛開篇	一頁
昭君出塞	大鼓書	北平	抄本		十四頁
昭君出塞		北平	木刻	寶文堂	四頁
昭君出塞	子弟書	北平	抄本		二十二頁
昭君出塞		北平	鉛印		二頁
昭君投涯		廣州	鉛印	以文堂	四頁
昭君和番		北平	鉛印		四頁
王昭君和番	戲考	福建	鉛印	集新堂	二頁半
王昭君去和番		北平	木刻	霓裳續譜	四行
王昭君和番歌		廈門	鉛印		九頁
王昭君冷宮歌		廈門	鉛印		九頁

上述俗曲，一曲僅一本者記頁數，若不滿一頁者記行數。觀看這些俗曲，多流行在北平、廣州、福建、廈門一帶，內容沿襲前代的戲曲和小說，並無新情節的加入，僅是敘事、抒情及歌詠的性質罷了。

此時期上距昭君史實已有二千年左右，由於其間累積的作品已非常豐富，因此在故事情節上難有創新，亦罕見佳作，不過由於學者轉而從事昭君文學的蒐集、考辯與研究，一方面使得資料日趨齊備、正確；另一方面也使得探討的層面更加深入，這些是值得欣喜的，關於這方面的作品，在本章前言部分已列舉，茲不贅述，昭君故事從原先的平淡無奇，至今的哀戚動人，期間自經過長期的發展，今後，相信這個古老而美麗的故事仍會繼續不斷的流傳下去。

第五節　小　結

昭君出塞和番發生在西漢元帝竟寧元年，從東漢班固《漢書》首次記載以來，一直到今天，歷經各種朝代，及正史、方志、小說、變文、詩歌、戲劇、俗曲等不同文體的流傳，可謂力量強大，且深植人心。東漢至魏晉南北朝時期是此故事的起源，也是發酵蘊釀最旺盛的一段，期間作品雖不多，地位卻都十分扗要，如《漢書》、《後漢書》屬正史，《琴操》、《西京雜記》在情節上有重大且影響深遠的開創。唐宋時期多半承襲前代的發展，唯〈王昭君變文〉寫作技巧高明，且擔負起漢魏六朝至元雜劇間的銜接，因此地位顯得重要。元明清時期作品數量眾多，不但加注了前代所沒有的表現形式——戲曲，使得此故事得以搬上舞臺，更迅速且廣泛地流傳於民間；同時也出現了前所未有的長篇小說——〈昭君豔史演義〉和《雙鳳奇緣》。詩歌由於適合抒情及發表議論，一般容易加以忽略，認爲在故事上沒什麼幫助，事實上不然，由上文的探討中可見它對於情節的發展仍有增添啓發和影響。民國時期，創作雖少，但流傳仍廣，而且學者繼之在前代豐富的作品基礎上，做更深入的研究。這就是東漢至今，昭君故事的發展概況。

除了以上四節所列的作品外，還有一些作品中也有提到昭君，但因於故事方面毫無敘述，故被秉除在外不予討論者，這些作品以敘述昭君古蹟的最多：計有宋代歐陽忞《輿地廣記》、王象之《輿地紀勝》、王十朋《梅溪集》、邵博《聞見後錄》、及清代蔣廷錫《大清一統志》的「昭君村」；宋代樂史《太平寰宇記》的「王昭君宅」；唐代張泌《妝樓記》、宋代《輿地紀勝》、《太平寰宇記》、明代李賢第《明一統志》的「香溪」；宋代《輿地紀勝》的「琵琶橋」；宋代范成大《吳船錄》、《輿地紀勝》的「明妃廟」；宋代《太平寰宇記》、清代張匡學《水經注釋地補遺》的「青冢」；以及宋代《輿地紀勝》的「昭君祖冢碑」。另外，宋代陳隨隱《隨隱漫錄》中云：「司馬氏諱昭，改昭君爲明妃。」宋代郭若虛《圖畫見聞志》言及昭君圖畫的服裝問題，及清代張廷華《香豔叢書》中的〈老狐談歷代麗人記〉說到昭君容貌之美，屬於橫絕千古之麗等，以上這些記載均是，在此僅一併列出，以供讀者參考。

第二章　「王昭君雜劇」作者、腳色、劇情論述

「雜劇」之名起於宋代，宋雜劇嚴格說來，有廣狹二意：廣義的「雜劇」和西漢的「角觝戲」、東漢以至六朝由角觝改名的「百戲」一樣，都是當時各種技藝的總稱。如果予以分類的話，那麼滑稽戲、歌舞戲、傀儡戲、雜技、南戲等，都可以冒雜劇之名；而狹義的宋雜劇，應當指「滑稽戲」。宋代的雜劇，在金代叫做院本，所以，金院本和宋雜劇兩者間並無不同，只是易代別名而已。由金院本發展而下，有所謂的北曲雜劇，北曲雜劇簡稱北劇或雜劇，可以說是金院本加上北諸宮調而形成的，它在金代叫「院么」，在元代叫「么末」，後來繼承宋雜劇的名稱而叫「雜劇」，所以，院么乃元雜劇的前身，亦即院本的改進者，元雜劇的體製規律非常謹嚴，其所包含的必要因素有四段、題目正名、四套不同宮調的北曲、一人獨唱、賓白、科範、腳色等七項，另有可有可無的次要因素楔子、插曲、散場等三項，總計十項構成因素。在作者上，多是書會中才人，地位卑微，內容方面，則能充分反映元代政治社會。明雜劇以「南雜劇」或「短劇」爲代表，所謂「南雜劇」指凡用南曲塡詞，或以南曲爲主而偶雜北曲、合套，折數在十一折之內任取長短的劇體；而所謂「短劇」則指折數在三折以下的雜劇。這兩者其實都是南戲北劇的混合，它改進了北劇限定四折四套北曲，和由末或旦獨唱的刻板形式，而代以南戲傳奇排場聯套的諸多變化，以調劑冷熱，並給予各腳色均可任唱的自由，可說是改良後較爲進步的戲劇形式。明雜劇由於逐漸掌握在文人手中，因此情感漸趨空虛，故事漸趨單薄，不再能具體反映民間疾苦和人情物態，到了明代末葉以後，已經趨向案頭，文人寫作

的態度只求文字優美，能夠抒懷寫意，就算達到目的。清代雜劇承明人遺緒，而更變本加厲，其間劇本無不力求超脫凡蹊，屏絕鄙俚，故雅致雋逸之趣隨處可得。雜劇至此，可說是辭賦的別體，而適宜當作案頭小品來欣賞了，〔註 1〕以上就是雜劇在中國戲劇史上的發展概況。

現存王昭君故事以雜劇形式來呈現的，計有元代馬致遠《漢宮秋》；明代陳與郊《昭君出塞》；清代尤侗《弔琵琶》、薛旦《昭君夢》、周樂清《琵琶語》，共五部，本章欲就各劇的作者、腳色、劇情三項分別論述，以做爲第四章各劇比較的基礎。但在此之前，先要釋名何謂「腳色」，以及各劇所使用的版本問題。

關於「腳色」，曾師永義在《說俗文學・中國古典戲劇腳色概說》中有非常精闢詳細的說明，茲簡述如下：

腳色不能單以演員釋之，中國古典戲劇的「腳色」只是一種符號，必須通過演員對於劇中人物的扮飾才能顯現出來。它對於劇中人物來說，是象徵其所具備的類型和性質；對於演員來說，是說明其所應具備的藝術造詣和在劇團中的地位。

「腳色」一詞始見於南宋理宗時趙升所撰《朝野類要》卷三〈入仕欄〉，指簡單的身家履歷或名銜之意；又見於《永樂大典》南宋戲文《張協狀元》，其中所云「後行腳色」，顯然指戲劇之腳色而言。由於兩者時代接近，因此腳色的本義究竟爲「名銜」、「履歷」，或爲戲劇之所謂「腳色」，已不可得而知。

戲劇的腳色，除《張協狀元》外，起初但稱「色」，「色」乃緣於宋教坊的十三部色，稱「部」稱「色」，原表教坊中各種伎樂的類別，宋教坊十三部中，既然以「雜劇爲正色」，則宋雜劇中由具有各種不同技藝之演員所扮飾的類型人物，自然亦以「色」稱之。以「腳」作爲戲劇「腳色」之義的，有元末夏伯和《青樓雜誌》之「外腳」，及王驥德《曲律》雜論第三十九下之「雜腳」。「腳」、「色」二字分稱，既然皆有戲劇腳色之義，則其合爲一複詞，亦是自然趨勢。「腳色」爲詞，始見於《張協狀元》後，元明兩代未見其例，迄清康熙間李漁《閒情偶記》中才又有「出腳色」一項，乾隆間李斗《揚州畫舫錄》中亦有「江湖十二腳色」之語，則「腳色」一詞用爲戲劇腳色之義，至清代乃習焉自然。民

〔註 1〕以上據曾師永義《中國古典戲劇的認識與欣賞》中〈中國古典戲劇的形成〉、〈中國古典戲劇的發展〉及《參軍戲與元雜劇》中〈元雜劇體製規律的淵源與形成〉三文整理而來。

初王靜安《古劇腳色考》一書出，「腳色」二字為戲劇之名詞，更無疑義。至於或作「角色」，是因為「腳」、「角」音相同，假借之故。

劇種不同，腳色的簡繁也隨之有異，譬如宋金雜劇院本只有末、淨二類，元雜劇則擴充為末、旦、淨三門，南戲傳奇又加上生、丑而成為五綱，到了皮黃，更有七行之稱，即：生、旦、淨、丑、流、武、上下手。嚴格說來，皮黃的流、武、上下手三行，和元雜劇、明清傳奇的「眾」、「雜」類似，都是指那些不入流的演員而言。因此，我國古典戲劇中的腳色，就其門類而言，不外乎生、旦、淨、末、丑、雜（眾）六綱，其孳乳繁衍，亦就此六綱而分派滋生。

在版本方面：《漢宮秋》現有明脈望館校古名家本、明顧曲齋輯刊之顧曲齋本、明臧晉叔編的元曲選本、明孟稱舜編的酹江集本四種。《昭君出塞》僅存明沈泰輯編的盛明雜劇初集本。《弔琵琶》現有清鄒式金輯編的盛明雜劇三集本、民國鄭振鐸纂集的清人雜劇初集本二種。《昭君夢》僅存清鄒氏金輯編的盛明雜劇三集本。《琵琶語》亦僅存道光庚寅仲冬靜遠草堂刻本。《漢宮秋》的四種版本中，脈望館校古名家本未著據校底本之來歷，故不能斷定其年代，「然從脈望館曾以內府本及于小穀本為據本之原則推之，此類據本雖未著來歷，其必以為所據校刊本為早，則亦可斷言。故此類未著來歷各本，其據本之年代大體仍可信其出於萬曆間諸刊本前。」；〔註2〕顧曲齋本僅知刊於萬曆年間，其與脈望館校古名家本幾乎完全相同，可稱為「舊本」；元曲選本有前後兩集，分別刊於萬曆四十三年及四十四年，已對舊本略有改訂；酹江集本刊於崇禎六年，其斟酌於舊本與元曲選本之間。由此看來，脈望館校古名家本應屬最早、最接近原貌者，故本文選此為準論述。至於《弔琵琶》，亦選擇年代較前者，即清鄒氏金輯編的盛明雜劇三集本為準。其餘諸劇，則以現存僅有的版本討論之。

第一節　漢宮秋

一、作　者

本劇作者為馬致遠，字千里，號東籬，大都（今北京）人，與關漢卿、鄭光祖、白仁甫同列為元曲四大家。生平不詳，約生於宋理宗淳祐十年（西

〔註 2〕見楊家駱《全元雜劇初編》第一冊編述例第七條。

元 1250 年）左右，卒年據他的〔中呂・粉蝶兒〕《至治華夷》套數及元代周德清《中原音韻・序》推斷，當在西元 1321～1324 年之間，也就是英宗至治元年以後，泰定元年以前。《錄鬼簿》、《曲錄》中俱云其嘗任江浙省務提舉，此種官職無從考查，大概是鹽務或茶務一類的小官，也就是稅吏一流。

馬致遠的主要活動時期在元貞、大德之際，此時他加入元貞書會，據賈仲明的〈凌波仙詞〉中云：

> 元貞書會李時中、馬致遠、花李郎、紅字公，四高賢合捻黃粱夢。東籬翁頭折冤，第二折商調相從，第三折大石調，第四折是正宮，都一般愁霧悲風。

至於何謂書會？曾師永義在《中國古典戲劇的認識與欣賞》中云：

> 「書會」是元代一般落拓文人的組織，根據地是像大都、杭州那樣的大城市裡，他們自稱「才人」，爲劇團編撰劇本、或改寫劇本，有時也著作賺詞、彈詞、詞話，甚至於「弄猢猻」那樣的通俗文學。錄鬼簿於紅字李二、花李郎下均注：「教坊劉耍和婿。」馬致遠和他們合編劇本，眞是「偶倡優而不辭。」他顯然也是書會中的才人。

元貞爲元成宗的年號，時間在西元 1295～1296 之間，馬致遠在五十歲左右看破世事，罷官歸隱，而加入書會，正是在退隱之後，其雜劇創作，以此時期最多，一直到晚年，仍創作不輟。

馬致遠一生共作雜劇十五種，現存七種，即《破幽夢孤雁漢宮秋》、《呂洞賓三醉岳陽樓》、《西華山陳摶高臥》、《江州司馬青衫淚》、《半夜雷轟荐福碑》、《馬丹陽三度任風子》、《開壇闡教黃粱夢》；殘存佚文者一種，即《晉劉阮誤入桃園》；全佚存目者七種，即《凍吟詩踏雪尋梅》、《風雪騎驢孟浩然》、《呂蒙正風雪齋後鍾》、《呂太后人彘戚夫人》、《孟朝雲風雪歲寒亭》、《劉伯倫酒德頌》、《王祖師三度馬丹陽》。在他現存的七種雜劇中，《漢宮秋》、《岳陽樓》寫成於元世祖至元年間，是早年的作品。東籬的雜劇，在元代已受士林推崇，周德清在《中原音韻・序》中就把關、馬、鄭、白並提，尊馬致遠爲四大家之一。賈仲明在《錄鬼簿》中，也讚譽道：「戰文場、曲狀元，姓名香、貫滿梨園。」《元史》的〈選舉志〉中無明文記載「以曲取士」之說，故「戰文場、曲狀元」並非指馬致遠曾得曲科狀元，而是稱頌他的曲是當時第一、舉世無雙。及至明代，馬致遠的評價越來越高，朱權列他爲元曲作者一百八十七人之首，且在《太和正音譜》中云：「馬東籬之詞，如朝陽鳴鳳，其詞典雅清麗，可與靈光、景福，兩相頡頏，有振鬣長鳴，萬馬皆瘖之意，又若神鳳飛鳴於九霄，豈可與凡鳥共語哉？宜列群英之上。」可謂評價甚高。另外，臧懋循輯刻《元曲選》，也把馬致遠的《漢宮秋》置於卷首，可見其看重。

若就內容而言，曾師永義認爲東籬雜劇可分爲四類：「歷史劇以《漢宮秋》爲代表，文士劇以《薦福碑》爲代表，神仙劇以《岳陽樓》爲代表，妓女劇以《青衫淚》爲代表。這四類雜劇正可以具體的看出雜劇在元代文人的手中是表現些什麼樣的內容、思想和風格。」〔註3〕由此可見其雜劇創作的多樣性及代表性。

除了雜劇外，馬致遠也是一位散曲名家，其著作豐富，《東籬樂府》中收有他的小令一百零四首，套曲十七套，及附錄的殘缺套曲五套。他的套曲〔雙調・夜行船〕〈秋思〉，周德清推爲「萬中無一」之作，而小令〔天淨沙〕〈秋思〉，王國維譽爲「純是天籟」，其散曲影響遠大，故被後世奉爲楷模。

二、腳　色

《漢宮秋》一劇共有四折，第一折前有一楔子，其腳色安排如下：

沖末扮番王（楔子、及第二、三折）
淨扮毛延壽（楔子、及第一、二折）
駕扮漢元帝（楔子、及第一、二、三、四折）
王旦扮王嬙（第一、二、三、四折）
外扮丞相：包括尚書令五鹿充宗、內常侍石顯（第二、三、四折）
雜扮頭目、內官、宮女、番史、番兵

另外，其腳色出場次序如下：

楔子：番王引一行頭目、毛延壽、漢元帝引內官和宮女
第一折：毛延壽、王嬙引二宮女、漢元帝引內官
第二折：番王、毛延壽、王嬙引宮女、漢元帝、丞相、番使
第三折：番使、王嬙、漢元帝引行、丞相、番王引一行
第四折：漢元帝引內官、王嬙（魂旦）、番兵、丞相

〔註3〕見曾師永義《中國古典戲劇的認識與欣賞》，正中書局。

三、劇　情

全劇共有四折一楔子，茲將劇情介紹如下：

楔子：番王呼韓耶單于統領部落，國勢漸強，他想遵循舊例，求漢代公主以和親，於是派使往漢，尚不知漢帝可否允諾。在漢朝方面，漢元帝因後宮寂寞，正在苦惱，奸臣毛延壽藉機慫恿元帝挑選天下美女以充實後宮，目的要他多昵女色，少管朝政，元帝大喜，派中大夫毛延壽為選擇使，遍行天下刷選，並將選中者各圖形一軸，以便元帝按圖臨幸。

第一折：毛延壽來到成都秭歸縣，選得一絕色的農家女子王嬙，字昭君，因索賄不得，遂在美人圖上點了破綻，使她長閉深宮，見不到君王。一夜，昭君彈奏琵琶排遣孤寂，正巧被巡宮的元帝發現，元帝挑燈細看，為昭君的美豔傾倒，遂敕封為明妃，並問她為何屈居冷宮，從而得知毛延壽的惡行，遂傳旨立斬毛延壽。

第二折：先前呼韓耶單于遣使臣款漢，並請嫁公主給他，漢帝以公主尚幼為辭，使單于心中頗為不悅，正巧此時毛延壽畏罪遣逃番邦，將昭君的圖像獻給單于，要他按圖索女。單于大喜，急忙遣使向漢天子索求，並親率甲士入塞打獵，伺機而動。再者，元帝自會昭君，如痴如醉，終日守著那皓齒星眸，無心於朝政。一天，元帝早早退朝回到西宮閣下，在一旁偷覷愛妃對鏡梳妝，自得其樂。這時尚書令和內常侍前來啓奏番國遣使來索王嬙和番，若不應允，百萬雄兵，刻日南侵。元帝大驚，進退維谷，他責怪滿朝文武貪生怕死，畏刀避箭，眼看著無計可施，王嬙為顧全大局，自願和番。

第三折：元帝含悲忍辱，在灞陵橋頭為明妃餞行，面對別離，元帝又一次請求文武百官計議退兵，但仍舊無濟於事。明妃留下漢服，改穿胡服貂裘，在萬般不捨的依依離情中離開了家鄉。單于在塞內迎接昭君，十分歡喜，隨即封她為寧胡閼氏，一起北返。行至番漢交界的黑龍江，昭君要求借酒一盃，向南澆奠辭漢，隨即投江而死。單于感歎，將昭君葬於江邊，號為青冢，並為解兩國釁隙，遂將毛延壽解送漢朝處治。

第四折：元帝自昭君去後，心情憂煩，百日不設朝。一夜，他掛起昭君的美人圖，觀賞遣懷，一時困倦少睡。忽夢昭君從北地私自逃回漢宮，前來拜見，可是才一會兒，就被番兵抓去，元帝驚醒，才知原是一場夢。此時，猛聽得嘹嘹嚦嚦，孤雁哀鳴，慢一陣，緊一陣，深深勾人心紘，孤零的雁，悽楚的人，使元帝哀傷煩惱不已。元帝下場後，丞相上場說出番國差使綁送毛延壽來，表明昭君已死，情願兩國講和，元帝於是下令斬首毛延壽以祭獻明妃。

第二節　昭君出塞

一、作　者

陳與郊，浙江省杭州府海寧縣人，生於明世宗嘉靖二十三年（西元 1544 年）二月二十三日，卒於明神宗萬曆三十八年（西元 1610 年）十二月四日，享年六十七歲。他的字號，據八木澤元《明代劇作家研究》考定有，字：廣野、隅陽（禺陽、嵎陽、虞揚）。號：隅園、玉陽（玉陽仙吏），蘋川、奉常（太常）、黃門。別署：碧浪齋、高漫卿、任誕軒。

陳與郊的先祖為春秋齊卿高傒，及至宋代，歷仕太宗、眞宗而以軍政逸才見稱的高瓊，為其先世。南宋時，遷往浙江臨安，至明成祖永樂年間，東園公諒再徙海寧，入贅為陳氏之婿，從此改姓陳。

與郊的父親名陳中漸，字守進，號風山，著有《風山全集》。母親為嚴氏，生子四人：與郊、與相、與侯、與伯。與郊為長子，其妻朱氏，生子祖皋、瓛。穆宗隆慶元年（西元 1567 年），與郊二十四歲，以鄉試及第，神宗萬曆元年（西元 1573 年），與郊三十歲，寓居安徽歙縣嚴鎮，並應江南鄉試而及第，次年他再赴北京應進士試，以第四名登榜，授河間府推官，從此踏上仕途。推官在任六年，被徵調北京中央政府任吏部給事中，後再遷工科右給事中，工科左給事中，萬曆十四年丙戌（西元 1586 年），以吏科散給事分考，萬曆十七年己丑（西元 1589 年），復為禮闈同考官，以科臣而二度兼科舉試官，在當時數十年是少有的事。萬曆十八年庚寅（西元 1590 年），拔擢為提督四夷館太常少卿，以母八十乞歸省親，不料於途中接獲訃聞，匍匐奔還，又三年，竟以任試官「考選過濫」遭免官，於是重返故里，於海寧縣築「隅園」以終老。

與郊生平嗜學，凡五經、史學、詩賦，多所涉獵。在創作方面，他不好作詩賦，卻好作傳奇小令，令兒童歌之，以此自娛。他的著作很多，集子總名《奉常佚稿》，分為四種：分別是《隅園集》、《黃門集》、《蘋川集》、《詅癡符》。《隅園集》收錄他的雜文及詞曲，其中全無詩賦，此書現有二版本，即十六卷的萬曆丁巳海寧陳氏賜緋堂刻本，及十八卷的明末海寧家刊本，二版本稍有差異，但正可互相補足。《黃門集》三卷，收錄其給事中任內所上的奏疏，所謂黃門，乃因其官職之故。《蘋川集》八卷，蘋川是與郊晚年之號，收錄其退官後居故里時與人之書札。《詅痴符》，指與郊《櫻桃夢》、《鸚鵡州》、《麒麟罽》、《靈寶刀》四種傳奇之合稱。與郊所作雜劇，今可見者有《昭君出塞》、《文姬入塞》、《袁氏義犬》三種，均收於明代沈泰所編的《盛明雜劇》中。另外，散見於他書的還有《題紅葉》、《淮陰侯》、《中山狼》三劇，然由於今日無傳本，故不得見。除了《奉常佚稿》和雜劇作品外，與郊還著有《檀弓輯註》二卷、《考工記輯註》二卷、《文選章句》二十八卷、《方言類聚》四卷、《廣修辭指南》二十卷、《杜律註評》二卷、《古今樂考》、《晉書鉤玄》二卷二冊。其中《檀弓輯註》、《考工記輯註》、《廣修辭指南》、《杜律註評》、《古今樂考》五種，現今均未見其書。至於《晉書鉤玄》，據《海寧州志稿》卷十二中記載，見澹生堂書目，今於澹生堂藏書目卷四續收記傳類下有此書目，並註陳與郊輯，但查與郊隅園集《晉書鉤玄序》卷一中言：「……晉陵錢公守常山之明年，出所輯鉤玄者梓之，其爲卷僅二，而爲言僅二萬八千有奇……故今學士大夫知晉陵之心，則知其所卒業矣。晉陵治常山多異績，不載，以別有傳循史者。」指出晉陵錢公輯《晉書鉤玄》，與郊不過爲他作序而已，故此書應自與郊著作中刪除。

除了著作外，與郊亦曾編刻書籍，《海寧州志稿》卷十二陳與郊條下言：「嘗校刻太玄、潛虛及屈宋揚馬諸家賦，并石刻各種行世。」卷二十九中亦言：「留心太玄、潛虛，好屈宋揚馬張左諸家賦，考訂梓之。」至於《古名家雜劇》一書，標名「明、玉陽仙史編」，但署名「玉陽仙史」的明劇作家有二人，一爲陳與郊，一爲王驥德。究竟編者爲誰？歷來說法不一，大部分學者，如王國維、吳梅、傅大興、羅錦堂、孫楷第、八木澤元、王沛綸等均主張此書編者即爲陳與郊。楊家駱先生在《全元雜劇初、二編》述例第十條中提出反駁，以古名家雜劇爲古雜劇增名家二字，且爲王驥德所編。鄭騫先生在〈臧懋循改訂元雜劇平議〉古名家雜劇下注云：「今按，玉陽仙史是王驥德別署，見顧曲齋本古雜劇序文及序後印章，王先生（按：王國維）之說別無佐證，恐非是。但古名家雜劇一書似是萬曆時書坊陸續刊行而假借玉陽仙史之名，並非親手編定。」曾師永義亦主此說。從陳與郊、王驥德目前可見的資料中，皆未提及二人曾編此書，以此書之重要性，若爲二人所編，不應全然不提，況書中版式不同，似非一人一時之選，所以在三種說法中，筆者認爲以第三種說法較爲可能。

二、腳　色

《昭君出塞》爲僅僅一折的短劇，所以其中腳色的安排也頗爲簡單，計有：

貼扮宮女

旦扮王昭君

眾扮中常侍二人、中涓二人、力士二人及護送的官員（中常侍四人、中涓二十人、羽林將領）

生扮漢皇

外、末扮護送的官員

三、劇　情

此劇劇情如下：

一天，宮女領漢皇詔旨，前來宣王嬙上殿，下嫁單于。昭君聞後哀傷不已，宮女只得在一旁安慰，昭君問宮女何有此事？宮女告知是毛延壽因收不到賄賂而誤寫丹青，漢皇按圖遣嫁，故指派她前去和番，昭君當下悔恨不已，宮女要她面奏漢皇，告知實情，昭君則怕如今自己形容憔悴，不正如畫中模樣？

治漢皇宣昭君上殿，一見她竟與畫中相去天淵，知是毛延壽誤事，於是便命令武士斬了毛延壽。漢皇本欲別選淑女賜單于，但由於已獻昭君之名，唯恐失信，反而顯得和親沒有誠志，所以只得作罷。昭君欲拜辭漢皇，漢皇戀戀不捨，昭君亦柔腸寸斷，漢皇命令中常侍四人、中涓二十人，及羽林將領等，一一如嫁公主舊例，護送昭君出關。

眾人請昭君換新粧上馬，一路行來，眾人安慰她，前去和番要比先前在冷宮好，況且單于好歹也是一國之主，但是昭君並不欽羨單于的身分，她討厭此種和親政策，後向隨從要來琵琶彈奏訴苦，一旁的宮女勸她莫爲情傷，昭君告之她不爲情傷，只是感慨漢朝爲求和平，一昧遣女和番，那能了解和番者心中哀怨、思鄉及不忍離京的情懷？昭君料想自己此去將老死北方，不免悲傷，終於行至玉門關，眾人請昭君過關，昭君哀傷怨恨，眾人要她保重，她則要眾人還宮後面奏漢皇，說她是因感皇恩而前去和番，漢皇若問及容貌，莫道比先前憔悴，要漢皇放心，全劇遂於離別中結束。

第三節　弔琵琶

一、作　者

此劇作者爲尤侗，字同人，更字展成，號悔菴，又號艮齋，晚年自號西堂老人，蘇州府長洲縣斜塘人（即今江蘇省吳縣），生於明神宗萬曆四十六年（西元 1618 年），卒於清聖祖康熙四十三年（西元 1704 年），享年八十七歲。

尤侗五歲啓蒙，年十八，補長洲縣弟子員，二十後，應鄉試、省試、科試，唯屢次落第。三十五歲，至京師會試，並選授永平府推官。在任上第五年，因邢可仕一案，坐撻旗丁擅責例，降二級調用。侗不赴補，買舟而南，歸家後便在舊宅東邊築看雲草堂，並自號悔菴，以志三十九歲之非，並製北曲《讀離騷》，用以自況。順治十五年，有詔因公詿誤者許自陳開復，尤侗乃北上謀雪冤復職，適世祖評賞「怎當他臨去秋波那一轉」制義，即藉學士王熙之力，進呈《西堂雜俎》一冊，世祖覽之，親加批點，歎爲眞才子。又有人以《讀離騷》進覽聖前，世祖讀之歡喜，命播爲宮中雅樂。康熙十八年時，尤侗六十一歲，聖祖詔開博學鴻辭特科，侗應徵入都，待詔闕下，該年，其妻逝世，遂有《哀絃集》之撰。次年應廷試，欽取五十人，尤侗被列二等，授翰林院檢討，纂修明史。康熙十九年，蜀亂平，眾臣同上平蜀頌，聖祖獨指侗名稱爲老名士，天下均羨其榮遇，隔三年，尤侗以年老辭官歸鄉，家居二十餘年而卒。

關於尤侗的著作，有《尤西堂全集》、《西堂雜俎》一、二、三集、《明史藝文志》、《西堂樂府》等，其中《西堂樂府》是尤侗的戲曲作品，包括雜劇的《讀離騷》、《弔琵琶》、《桃花源》、《黑白衛》、《清平調》，以及傳奇的《鈞天樂》。《弔琵琶》本《漢宮秋》而改以昭君主唱，力寫她的經歷及內心感受，尤侗在《西堂樂府》自序中言：「東籬四折，全用駕唱，大覺無色，明妃千秋悲怨，未爲寫照，亦是闕事，故予力爲更之。」創作動機由此可見。

二、腳　色

此劇共有四折，且在第一折和第二折間有一楔子，全劇腳色安排如下：

正旦、魂旦扮王昭君（第一、二、三、四折）

旦扮蔡琰（第四折）

正末扮漢元帝（第一、二、三折）

沖末扮單于（楔子及第二、三折）

淨扮毛延壽（楔子）
雜扮單于隊子、守關卒子、內官、宮女、番眾、胡婦
眾扮文武百官

至於腳色的出場次序如下：
第一折：王昭君、漢元帝引內官、宮女
楔子：單于領番眾、毛延壽
第二折：漢元帝引眾官、王昭君、單于引隊
第三折：漢元帝、王昭君（魂旦）、單于隊子、守關卒子、單于
第四折：蔡琰引胡婦、王昭君（魂旦）

三、劇　情

茲將全劇劇情介紹如下：

第一折：昭君退居永巷，不覺三年，一夜獨坐無聊，遂彈弄琵琶遣悶，正巧漢元帝經過，聽聞琵琶聲頗爲哀怨，便加以詢問，昭君娓娓道出己身遭遇及遭毛延壽畫圖點破事，元帝加以證實後，怒而下令問斬毛延壽，並冊封昭君爲妃，元帝喜愛昭君，要她繼續彈琵琶，當晚並同宿共眠。

楔子：呼韓邪單于正率領番眾打獵，這時毛延壽帶著昭君的圖畫亡命逃番，毛延壽遇到單于後，便慫恿單于興兵索取昭君。單于看了昭君的圖像甚爲欣喜，欲得昭君爲閼氏，決定依毛延壽之計，興兵索取。

第二折：漢朝接獲消息後，由於文臣無謀，武將不戰，不得已只得派昭君去和番，漢元帝親自送別，離情依依，萬般不捨卻又無可奈何，昭君慨歎國家衰弱，僅能以此下策換取和平，至玉門關口，漢帝先回，文武百官繼續送行，他們請昭君換上胡服，下車上馬，並彈奏一曲琵琶以解懷悶，不料一彈，絃竟斷了，昭君哀怨不已，吟詩一首以寄悲怨，並修書一封，要漢王代爲照顧家人。抵達番界，單于一見昭君滿心歡喜，封爲寧胡閼氏，行至交河，昭君投水，單于認爲斷送美人，又失兩家和好，全因毛延壽而起，故下令殺了毛延壽。

第三折：漢王得知昭君死訊，悶悶不樂，一日睡時，昭君魂靈前來敘情，昭君再次請求漢帝代爲照顧家人，漢帝告以思念之情。不一會兒，昭君魂靈告辭，漢帝欲少留之，單于領兵追趕，漢帝驚醒，才知原是一場夢。

第四折：蔡琰慨嘆己身及昭君遭遇，領胡婦前來青冢祭悼，三行奠禮後，

並爲昭君鼓胡笳十八拍，彈畢，摔毀琴以殉昭君，此時昭君魂靈現身，抱琵琶騎馬，向墳頭打轉，蔡琰因感兩人同病相憐，哀怨不已。

第四節　昭君夢

一、作　者

此劇作者爲薛旦，字既揚、季央，號訴然子，一作聽然子，江蘇無錫人，本籍長州，寓居吳縣，生卒年不詳，約崇禎、順治年間在世，是清初的戲曲作家，善譜曲，繼娶之室名停雲，出自名家，長於歌劇，夫婦同居無錫。其著有劇本二十一種，分別是：《書生願》、《醉月緣》、《戰荆軻》、《昭君夢》、《狀元旗》、《蘆中人》、《後西廂》、《飛熊兆》、《紫瓊瑤》、《賜繡旗》、《齊天樂》、《翡翠園》、《玉麟符》、《粉紅襴》、《喜聯登》、《續情鐙》、《長生桃》、《一宵泰》、《取金陵》、《土山會》、《九龍池》。然現今除了雜劇《昭君夢》之外，其餘均未見傳本。薛旦的傳奇作品共有十種，《新傳奇品》評爲：「鮫人泣淚，點滴成珠。」可謂感人。

二、角　色

本劇共分爲四折，其腳色安排如下：

末扮睡魔、內監（睡魔第一、二、四折，內監第四折）

旦扮王昭君（第二、三、四折）

老旦、小旦扮胡女、宮女（胡女第二折、宮女第四折）

外扮氤氳大使（第三折）

淨扮金甲神、單于（金甲神第三折、單于第四折）

小生、副淨扮內監（第四折）

生扮漢元帝（第四折）

另外，腳色的出場次序如下：

第一折：睡魔

第二折：王昭君、胡女、睡魔

第三折：氤氳大使、王昭君、金甲神

第四折：王昭君、內監、漢元帝、宮女、單于、睡魔

三、劇　情

全劇共分四折，茲將劇情介紹如下：

第一折：睡魔上場，說道他奉氤氳大使法旨，要給昭君一回好夢，送她回漢宮，睡魔來到單于帳中，見昭君獨自悶坐，便欲帶她入夢。

第二折：昭君坐在單于帳中，心情煩悶，思念漢朝，她想到自己來到胡地已數年，容顏漸老；又想起毛延壽誤寫丹青，不免怨恨，並對漢朝的積弱不振，只得靠和親政策換取和平，甚表不滿，當晚單于不在，昭君坐在燈下沉思，不覺困倦，剛欲睡去，卻被鑼聲驚醒，迨後來睡去，睡魔便帶她逃回漢宮。

第三折：氤氳大使為了結公案，親自來到玉門關，遠遠望見睡夢中的昭君前來，昭君怨嘆自己薄命，求仙長相助，仙長說道此乃前生業障，不須怨悵，並招來神馬，與昭君一同回漢。一路上經過古戰場，看見許多白骨，又經黑龍江，渡水而過，終至漢宮，仙長遂命她自己進去。

第四折：昭君入漢宮，先遇到二個喝醉的內監，這時漢皇在長樂宮夜宴，待酒醉而出，竟遇昭君，問清實況後，漢皇要昭君先至未央宮休息，昭君睡去，夢到單于追來，這時睡魔來把她喚醒，昭君驚醒後，才知自己原來是在作夢。

第五節　琵琶語

一、作　者

此劇作者為周樂清，字安榴，號文泉，又號鍊情子，浙江海寧人，生於清乾隆五十年（西元 1785 年），約卒於清咸豐五年（西元 1855 年），享年七十一歲。先世姓沈，遠祖為宋代的沈與求，至明代正統年間，沈家有人出繼為其姑父之後嗣，遂以周氏為姓。父名喜猷，字順斯，號慕萱，周樂清自祖父至他，皆為獨生子，他先後娶二妻納三妾，共生三子六女。

周樂清一生大半在宦游生涯中度過，自他父親陣亡後，他「承蔭以佐貳隨營」，後隨文柩返里，連續遇上祖父母及母親之喪事，以至丁憂在家，服除後，一再參加鄉試不舉，以父蔭任為地方官員，曾任湖南道州判官，祁陽、沅陵、麻陽等縣知縣，咸豐三年（西元 1853 年）冬，周樂清以年邁病衰為由辭官引退，之後，寓居萊州一年餘去世。周樂清在任職各地期間，一再平反冤獄，頗受群眾愛戴，且行事公正，作風清明穩健。

周樂清的著作有《補天石傳奇》八種，其實爲合刊之八種雜劇，此八種雜劇分別是：《晏金臺》、《定中原》、《河梁歸》、《琵琶語》、《紉蘭佩》、《碎金牌》、《紞如鼓》、《波弋樂》，此八部作品皆採歷史上著名之故事，再加以更動史實，摻入虛構之情節，重新安排關目，以將悲劇或令人感到遺憾的故事，造成喜劇或大團圓的結局，故名爲《補天石傳奇》。此傳奇作於道光九年（西元 1829 年）冬天，當時，周樂清正自黔陽卸任北上，此部作品並曾在他作官之湖南、山東兩地上演，且曾傳往朝鮮，即使在當時，此作亦受文人讚賞及流行。周清樂在《初稿》第六冊甲寅詩中云：「拙著《補天石傳奇》謬爲時輩稱許。」然日人青木正兒《中國近世戲曲史》批評爲：「此數者皆爲古來恨事，固人人爲之飲恨者，然飲恨之處，即有悲壯之美，存悲劇之趣味，及翻之爲喜劇團圓，雖或可稱一時之快，然再顧之則淡然無餘味，況其曲詞素樸無華，排場亦少可觀者耶？斷非佳作，可不必深論之也。」鄭振鐸在《清人雜劇初集》序中亦言：「補天八劇，強攖陳蹟，彌其缺憾，未免多事，更感索然。」評價可謂不一。

二、角　色

此劇共分爲六齣，茲將腳色安排列之如下：

雜扮吏卒、車婆、仙女、宮娥（番女、漢女）、番兵、毛延壽

小旦扮宮娥、董雙成

丑扮宮娥、毛延壽、番后

旦扮王昭君

生扮陳湯

外扮甘延壽

老旦扮王母

末扮東方朔

貼扮青鳥使者

副淨扮毛延壽、伊秩王

淨扮番王

至於腳色的出場次序爲：

第一齣：四卒、車婆、宮娥、王昭君、陳湯、甘延壽

第二齣：四仙女、王母、董雙成、東方朔
第三齣：青鳥使者、東方朔、毛延壽、番王、四卒
第四齣：番后、宮娥、青鳥使者改扮之番婢、番王
第五齣：陳湯、甘延壽、吏卒、番兵、毛延壽、宮娥、車婆、伊秩王、王昭君、東方朔、青鳥使者
第六齣：王昭君、宮娥、仙女、東方朔、青鳥使者、王母

此劇中較重要的角色有王昭君、東方朔、青鳥使者、毛延壽、王母等，而他們所出現的齣數爲：

王昭君：第一、五、六齣，共三次
東方朔：第二、三、五、六齣，共四次
青鳥使者：第三、四、五、六齣，共四次
毛延壽：第三、五齣，共二次
王母：第二、六齣，共二次

三、劇　情

全劇共分六齣，茲將全劇劇情介紹如下：

第一齣訴廟：後宮女子王嬙，因不肯賄賂畫工毛延壽，遂不得寵幸，時因選女和親，選中昭君，後來漢皇知道事情原委，欲罰毛延壽，毛延壽聞風遠遁，漢皇雖捨不得昭君，但因不肯與外邦爽約，仍遣送昭君和番。昭君既行，來到雁門關，看塵沙撲面，笳鼓驚心，心下不禁哀傷，時宮娥來報，說陳湯、甘延壽二將軍前來迎接，陳、甘二人認爲漢朝國勢正盛，實無遣女和番之必要。昭君想赴王母行宮拈香，要眾軍士稍候，她心想一出此關，欲歸無日，遂要侍兒拿來琵琶，在聖母駕前哭訴，直到天色將晚，眾軍士催之方行。

第二齣駐雲：王母娘娘正要去赴嫦娥廣寒清風之會，不料有股怨氣阻擋雲頭，娘娘遣董雙成前去查看，董雙成請王母先在雁門關的行宮裡暫駐，查看結果。董雙成回報王母，此怨氣乃來自和番之女王昭君，王母慨歎漢朝國勢衰弱，又可憐昭君遠赴異域，便要侍女們邀東方朔前來商量計策，既要全漢家國體，又要保昭君全節，東方朔沉思後獻上一計，欲循陳平舊策，獻王嬙圖予番后，引起番后的妒心以絕此事，王母應允，東方朔又向王母要求青鳥使者同行，王母亦答應。

第三齣啣圖：番王召見毛延壽，問他和親女子是否眞如所獻畫像般貌美，毛延壽以生命作擔保，正當二人賞圖之際，青鳥使者飛來將圖啣走，番王認爲觀圖時正逢此怪事，恐非吉兆，毛延壽要番王寬心，並願意再畫一幅進呈。青鳥使者啣圖前去回覆東方朔，東方朔頗爲歡喜，青鳥使者欲改變宮裝前去獻圖；遂要東方朔稍待，等任務完成，再同行覆命。

第四齣吼獅：青鳥使者改扮番婢，前去獻畫給番后，並在言語上加以挑撥、煽動，番后果然大怒，差人請番王前來，她拿昭君畫像向番王質問，並告訴番王漢人奸詐，之所以遣昭君前來，說不定是要施展美人計。況且護送者陳湯、甘延壽二人又曾是手斬致支單于的猛將，如今親自護送昭君前來，不得不防，就連毛延壽的棄漢投番，可能都是漢人的安排。番王聽此剖析，甚覺有理，番后要他速修國表，拒絕和番女子，以免讓漢人奸計得逞。番王應允，決定連夜趕辦，並差遣伊秩王沿途迎接漢使及昭君。

第五齣歸璧：陳湯、甘延壽一行護送昭君臨近番界，伊秩王上前來阻擋，並要眾人回返，說兩國交好，不須送女和親。陳、甘二人將事情原委告訴昭君，昭君頗爲歡喜。另一方面，青鳥使者向東方朔誇耀自己的功勞，並說王母娘娘欲度王嬙超登仙籍，話畢，二人便一同回去覆命。

第六齣圓樂：昭君重返雁門關，想起自己經歷的種種，無限感慨，願今後看破塵緣，洗心向道。宮娥這時前來報告：陳、甘二將接旨，已准番邦辭表，並將二將加爵，將毛延壽立時正法，並欲立昭君爲正宮。昭君聽後便修辭表，表明己心願潛修向道。東方朔和青鳥使者在雲中看到昭君修表，頗感欣慰，便下凡界來指點昭君，告訴昭君，她之所以能免於和番，乃受王母及他二人之助，昭君感恩拜謝，東方朔、青鳥使者要昭君同赴瑤宮謁見王母，昭君把辭表交予侍兒，交待完畢後，隨即同去，來到仙山，拜見王母，王母要昭君同登仙界，並因她善彈琵琶，恰可與原先的七仙女合成八音，眾仙女齊聚歡宴，並要求昭君獨彈一調，眾人同樂。

第六節　小　結

總結上述五部王昭君雜劇，在作者方面，唯馬致遠是落拓的書會才人，陳與郊、尤侗、周樂清都做過官，薛旦雖生平不詳，但因其妻出自名家，故其地位應亦不低，由此可見在作者上，確實有上移之勢。

在腳色方面，綜合各劇的安排情形，可依生、旦、淨、末、丑、雜（眾）六綱列表顯示如下：

劇名 角色	漢宮秋	昭君出塞	弔琵琶	昭君夢	琵琶語
生		生：漢元帝		生：漢元帝 小生：內監	生：陳湯
旦	正旦：王昭君	旦：王昭君 貼：宮女	正旦：王昭君 蔡琰	旦：王昭君 老旦：胡女 宮女 小旦：胡女 宮女	小旦：王昭君 小旦：宮娥 董雙成 老旦：王母 貼：青鳥使者
淨	淨：毛延壽		淨：毛延壽	淨：金甲神 單于 副淨：內監	淨：番王 副淨：毛延壽 伊秩王
末	駕：漢元帝 沖末：番王 外：丞相	末：護送官員 外：護送官員	正末：漢元帝 沖末：單于	末：睡魔 內監 外：氤氳大使	末：東方朔 外：甘延壽
丑					宮娥、毛延壽 番后
雜	頭目、內官 宮女、番使 番兵		單于隊子 守關卒子 內官、宮女 番眾、胡婦		吏卒、車婆 仙女、宮娥 番女、漢女 毛延壽 番兵
眾		中常侍、中涓 護送官員力士	文武百官		

關於各門腳色的命名及分化，茲不贅述，不過有一點要提出說明的是《漢宮秋》中所謂的「駕」是俗稱，非腳色名，意指扮演帝王后妃的人，又可分爲駕末和駕旦，這裡指的當然是駕末，即扮演漢元帝者。就諸劇腳色安排的異同而言，除了雜（眾）那些不入流的演員外，元雜劇以末、旦、淨三門爲主，明清雜劇受到南戲、傳奇的影響，又加入生、丑二門，至於《弔琵琶》雖爲清代雜劇，但由於全用北曲仿元人作劇，故安排情形同於《漢宮秋》。另外，雜劇因體製短，故演員人數少，即使人數最多的《琵琶語》，亦只有十幾位，場面不大。在運用上，諸劇均避免重複，在每折分由不同的人物上場，表現富變化。

而在腳色安排的優劣上，《漢宮秋》由駕末獨唱，因此和一般的元雜劇一樣，都有勞逸不均的現象，而且也使得主要人物昭君得不到發揮，明清雜劇改進了此種體製，給予各腳色任唱的自由，故其餘四劇的分配便較均衡，但仍以昭君所佔的份量最重，可謂安排適當。另外，在《昭君夢》和《琵琶語》中有同樣身分的人由不同腳色扮演的情形：前者如內監分由小生、副淨、末扮演，後者如宮娥分由小旦、丑、雜扮演。雖然同樣身份的人物，可依其性情涵養、善惡忠奸的不同，而由不同的腳色來扮演，但內監、宮娥本屬不入流的小人物，出現既少，話更是說不到幾句，實無必要由多種腳色分飾，況且小生、小旦本表次於生、旦的次要男、女主角，以此扮演內監、宮娥，顯然不適合。更有甚者，《琵琶語》中毛延壽才出現兩次，竟由副淨、丑、雜三種腳色扮演，未免太誇張，犯了不統一的毛病。

在劇情方面，就承襲與改革創新來看，《漢宮秋》承襲了《西京雜記》的「畫工圖形」及〈王明君辭序〉的「匈奴逼婚」說，而改革創新處有以下數端：一、將宋人的昭君自彈琵琶出塞說，改成在冷宮時彈奏遣懷，被元帝聽見。二、詳細敘述昭君入宮見幸的經過及情形。三、指出畫工毀圖乃是在眼睛上動了手腳。〔註4〕四、將《琴操》中昭君吞藥自殺及〈王昭君變文〉中抑鬱病死的結局，改成不肯順番，投江而死，提高她的形象。五、爲表現元帝的痴情，新增「灞橋送別」、「夜夢昭君」二項，眞摯感人。

《昭君出塞》承襲《西京雜記》的「畫工圖形」、「按圖遣嫁」、及宋人的「昭君自彈琵琶出塞說」，並將《漢宮秋》的元帝灞橋送別改成派人如嫁公主舊例護送，此外，別無新情節加入。

《弔琵琶》的情節類似《漢宮秋》，唯於細處略有變動（這在第四章第三節人物塑造部分將述及），其主要的創新處即在第四折蔡琰祭弔青冢的加入，甚感特別。

《昭君夢》亦承襲《西京雜記》的「畫工圖形」、「按圖遣嫁」說，再者將《漢宮秋》中元帝夜夢昭君的情節改成昭君自行作夢返鄉，並予以擴大敷衍，加入神化人物。

〔註 4〕《漢宮秋》第一折中，元帝唱道：

〔醉扶歸〕我則問那待詔別無話，卻怎麼這顏色不加茶，點得這一寸秋波玉有瑕，端的是卿眇目，他雙瞎，便宣的八百姻嬌比並他，也未必強如俺娘娘帶破賺丹青畫。

《琵琶語》和《昭君出塞》一樣，都承襲了「畫工圖形」、「按圖遣嫁」、「昭君自彈琵琶出塞」三種說法，而其創新改革處有：一、將護送使者改成手斬致支單于的陳湯、甘延壽兩將。二、加入王母、東方朔、青鳥使者救昭君的情節，使其出塞未成。三、昭君最後既未遠嫁，亦未自殺，而是飛登仙界，結局特殊。

由上述可知五劇中除了《昭君出塞》以外，剩餘四劇均有改革創新，其中又以《漢宮秋》和《琵琶語》刪改幅度較大，但《漢宮秋》在情節上無疑較動人，且對後世的昭君戲劇影響也較深。

第三章　「王昭君傳奇」腳色、劇情論述

「傳奇」由「南戲」蛻變而來，故先談「南戲」，南戲又名戲文、南曲戲文、永嘉雜劇、溫州雜劇、鶻伶聲嗽等，濫觴於北宋徽宗宣和間，南渡後至光宗紹熙時盛行於民間，醞釀期長達八十餘年，可說是宋雜劇加上村坊小曲而初步形成，再涉取南諸宮調，也就是「覆賺」而成立。元人一統後，北劇南來，南戲也同時北上，逐漸產生交化，但由於北劇的勢力較雄厚，故終元一世，南戲僅潛伏於民間，不能與北劇相抗衡。宋元南戲的作者，基本上和北劇一樣，都是書會中的才人，至於內容則質樸無華，較顯通俗。明代時，南戲在兩方面改進，逐漸蛻變成傳奇：一是格律，南戲不分齣，開首有題目，長短無定，但用南曲而不講求宮調；傳奇分齣，題目移作開場下場詩，長短在三十至六十齣之間，講求宮調，以南曲爲主間用北曲合腔合套。二是文辭，南戲率多本色鄙俚；傳奇大抵藻飾典雅。另外，南戲之聲腔，明初採用北曲的絃索調，後來士大夫崇尚海鹽腔，又有弋陽、餘姚、崑山等腔並行。嘉靖間，魏良輔以崑山腔爲基礎，並融合其它聲腔的長處而創「水磨調」，梁辰魚更編《浣沙記》來助陣，於是這種改良後的崑山腔水磨調漸爲士大夫所喜，統領劇壇，其它聲調或未絕響，或有滋生，但都只能囿於一隅。因此，簡單的說，明傳奇乃南戲經過北曲化、文士化、崑腔化的結果。明傳奇的作家和雜劇一樣，都漸上昇至文人之手，內容上工麗纖巧，重文學而輕藝術。傳奇進入清代的最大成就是戲劇理論的建立，從而使得戲劇文學和藝術的結合完成。戲劇理論的建立，功在李漁；戲劇文學和藝術的結合完成，則屬洪昇。清初的傳奇作品，本在數量上超過崑山水磨調鼎盛期的萬曆年間，但乾隆以後，隨著亂彈的興起，作家作品都大爲衰微，終於被腔板詩讚系的地方劇取

代，這就是傳奇在中國戲劇史上的發展概況。〔註1〕

現存王昭君故事以傳奇形式來呈現的，計有明代的《和戎記》、《青冢記》兩部，由於其作者均不可考，故本章僅欲就各劇的腳色、劇情兩項分別論述。有關腳色的名義，上章已說明，至於版本問題：《和戎記》現僅存明萬曆間的富春堂刻本，其中殘缺四頁，另有十七張圖像；《青冢記》原書已散佚，現僅於清乾隆間錢德蒼增輯的《綴白裘》六集卷三中殘存〈送昭〉、〈出塞〉兩齣，故以下便據此探討。

第一節　和戎記

一、腳　色

此劇共分爲三十六折，玆先將腳色安排敘述如下：

末扮開場人、王龍、魯成、小吏、番將、平王、群臣、虜王

旦扮王嬙

貼扮王秀貞、毛延壽之妻、蕭善音

外扮王朝珊、張槐、太白金星、沙陀國王、虜王

夫扮王朝珊之妻

淨扮毛延壽、張守信、隨從、番兵、群臣

生扮漢元帝

丑扮差人、冷宮內使、小校、吏卒、番將、隨從、群臣、虜王

眾扮殿前快行急腳使、士兵、將兵

另外，再將各折中腳色出場的次序敘述如下：

第一折：末（開場）

第二折：王嬙、王秀貞、王朝珊、王朝珊之妻、王龍

第三折：毛延壽、毛延壽之妻

第四折：魯成、張槐、毛延壽、漢元帝

第五折：小吏、毛延壽、王朝珊、王嬙、王秀貞

第六折：毛延壽、小吏、差人、毛延壽之妻

〔註 1〕上述據曾師永義《中國古典戲劇的認識與欣賞》中〈中國古典戲劇的發展〉一文整理而來。

第七折：漢元帝、張槐、魯成、毛延壽
第八折：王朝珊、王朝珊之妻、王嬙、王秀貞、王龍、朝廷使臣
第九折：王嬙
第十折：太白金星、王嬙、漢元帝、張槐、冷宮內使、殿前快使急腳使
第十一折：王龍、小校、士兵
第十二折：毛延壽、毛延壽之妻
第十三折：王龍
第十四折：毛延壽
第十五折：王龍
第十六折：毛延壽、吏卒
第十七折：沙陀國王、番將、毛延壽
第十八折：虜王、番將
第十九折：張槐、劉宣、漢元帝
第二十折：劉宣、張守信、將兵
第二十一折：虜王、番將、劉宣
第二十二折：漢元帝、王嬙、劉宣、蕭善音、虜王、隨從
第二十三折：毛延壽
第二十四折：沙陀國王、蕭善音、毛延壽、群臣
第二十五折：沙陀國王、隨從、蕭善音、虜王
第二十六折：虜王、番兵
第二十七折：漢元帝、王嬙、群臣
第二十八折：王朝珊、王朝珊之妻、王秀貞、王嬙、隨從
第二十九折：王嬙、群臣、虜王
第三十折：太白金星
第三十一折：王嬙、王龍、隨從、番兵、虜王、沙陀國王、毛延壽
第三十二折：王龍、漢元帝
第三十三折：王嬙、番兵、虜王、沙陀國王
第三十四折：漢元帝、王嬙（魂旦）、張槐
第三十五折：王朝珊、王朝珊之妻、張槐、王秀貞
第三十六折：漢元帝、王秀貞、張槐

另外，再針對劇中主要人物的出現次數統計如下：

漢元帝：第四、七、十、十九、二十二、二十七、三十二、三十四、三十六折，共計九次。

王嫱：第二、五、八、九、十、二十二、二十七、二十八、二十九、三十一、三十三、三十四折，共計十二次。

毛延壽：第三、四、五、六、七、十二、十四、十六、十七、二十三、二十四、三十一折，共計十二次。

沙陀國王：第十七、二十四、二十五、三十一、三十三折，共計五次。

虜王：第十八、二十一、二十二、二十五、二十六、二十九、三十一、三十三折，共計八次。

王秀貞：第二、五、八、二十八、三十五、三十六折，共計六次。

王龍：第二、八、十一、十三、十五、三十一、三十二折，共計七次。

蕭善音：第二十二、二十四、二十五折，共計三次。

劇中以王嫱和毛延壽兩人的出場次數最多，漢元帝次之，沙陀國王只出現五次，反而比虜王少。漢元帝和王嫱同折出現總共只有四次，分別在第十、二十二、二十七、三十四折。毛延壽是劇中的大反派，處心積慮，處處破壞，故出現次數較多，以增加劇情的衝突性。以次數而言，腳色的重要性乃集中在漢元帝、王嫱、毛延壽、虜王諸人身上，安排可謂適切。

二、劇　情

本劇共分為三十六折，茲將各折劇情敘述如下：

第一折：末腳上場，敘述劇情梗概。

第二折：王嫱和妹妹王秀貞，弟弟王龍，同為父親慶壽。

第三折：西臺御史毛延壽邀請夫人共賞春光。

第四折：群臣早期，元帝慨歎缺少正宮，左丞相張槐啓稟漢皇，說他夜來在司天台觀星望斗，見太陰星落在越州城，因此，推薦以越州太守之女王嫱為正宮，元帝為確信實情，遂命毛延壽前去越州描畫儀容。

第五折：毛延壽抵達越州，欲向王嫱之父王朝珊索討一千兩金子，才肯畫儀容，王朝珊無力支付，毛延壽不悅而回，王朝珊叫王嫱出來商議對策，王嫱決定自畫眞容，遂請妹妹王秀貞幫忙準備，畫好儀容。

第六折：王朝珊派人把王嫱自畫的眞容送去給毛延壽，毛延壽見後大怒，痛打差人，打道回府，回府後怒猶未消，心生一計，欲改王嫱眞容，其妻相勸無效，毛延壽把眞容改成左痣右疤，有敗國忘家之相，欲獻元帝，使王嬙貶入冷宮。

第七折：毛延壽回廷，面奏漢元帝，呈上改畫的眞容，元帝看後大怒，命令將王嬙打入冷宮中。

第八折：元帝派使臣前到越州宣旨，將王朝珊一門遣配，王嬙打入冷宮，王嬙家人聽後頗為傷心，並怨恨佞臣誤國。

第九折：王嬙在冷宮中，想起一家離分，身陷冷宮，不禁深怨毛延壽，不久神思困倦，便少睡片刻。

第十折：太白金星奉玉皇之旨，賜瑤琴一張予王嬙，欲使他們夫妻重合，太白金星藉夢境告訴王嬙，迨王嬙夢醒，果見瑤琴一張，便起而彈奏，哀哀訴怨，時值中秋夜，元帝正遊園時，近冷宮聽聞琴聲，便向冷宮內使問話，知是王嬙所彈，於是宣她覲見，問她在冷宮操琴，心下有甚冤苦，王嬙娓娓陳述自己的遭遇，元帝在了解實情後封她為昭君，封王朝珊為國公，王龍為國舅兼監斬，並命令王龍領兵前去毛延壽家，將毛延壽滿門良賤，盡行誅戮。

第十一折：王龍點視三軍，欲前去誅戮毛延壽全家。

第十二折：毛延龍知道大禍將至，顧不得夫妻舊情，就匆匆別了夫人，並將王嬙原本未點破的美人圖帶在身邊，欲獻給單于王索取昭君和番以報冤。

第十三折：王龍前去捉拿毛延壽，卻了無蹤跡。

第十四折：毛延壽離鄉奔邊城避難。

第十五折：王龍追趕毛延壽，遠望其隱遁山林，但卻尋遍不著，只得放棄歸舊營。

第十六折：毛延壽慌亂逃難，想起妻兒命喪，老幼受災，不禁心生怨恨，誓報此深仇大恨，一路奔逃，終抵夷漢交界之雁門關，毛延壽心中歡喜，欲施計報仇。

第十七折：沙陀國王由於漢朝尚未進奉，心中不樂，番將提議領兵前去征伐，正當一行人巡視邊境時，番將看見一漢人前來，原來是毛延壽。毛延壽稟告沙陀國王，漢朝有傾城美女，但因漢王迷戀酒色，不肯獻來。國王聽後大怒，決定發動武力奪取昭君，遂封毛延壽為並肩一字王，封虜王為都元帥，統領百萬人馬，千員猛將，準備前去索取昭君。

第十八折：大元帥虜王點校兵馬，準備興兵。

第十九折：早朝時，安國侯張槐和平王劉宣稟告漢元帝，說毛延壽已將美人圖獻給單于王，單于現正派兵索取昭君，元帝聽後大怒，欲徵求文武官員退卻番兵，但無人肯去，後來漢元帝之弟平王自願領兵前去，元帝遂命其著金花一朵，御酒三盃，領兵征番。

第二十折：東平王劉宣帶領正先鋒宋顏照，副先鋒張守信，右元帥張槐，左元帥魯成準備討番，一路行來已近番營，劉宣差人先去探取消息，準備明早與番兵對陣。

第二十一折：番漢正式交戰，平王質問虜王何以興兵犯界？虜王答道：「一來你主久不進奉，二來占昭君娘娘。除是將昭君早早獻上，萬事皆休。」平王勸道不應僅爲一女子而戰，虜王不聽，兩相交戰的結果，平王節節敗退，虜王追趕並圍城，要漢朝獻出昭君，方肯罷休。

第二十二折：漢元帝與王嬙遊園之時，平王回報討番失敗，兩人驚慌失措，不知如何是好？這時平王獻上一計，可派宮女代替昭君前去番審，元帝聽後大喜，即刻詔選宮女，蕭善音自願代昭君去和番，元帝便賜龍鳳袍、金冠、宮鞋、龍車鳳輦、侍女等，並親賜御酒三盃，令蕭善音前去，並囑咐她千萬不可說出實情，虜王見到蕭善音前來，誤以爲是昭君，頗爲歡喜，遂領兵而回。

第二十三折：蕭善音前來番邦已三年有餘，毛延壽一直不敢去覲見，但他心裡一直疑慮漢王不知會不會以宮女代替昭君，故欲趁單于主壽辰時進朝探看究竟，若和番者非昭君，仍要報血海深仇。

第二十四折：時値沙陀國王壽旦，群臣慶賀，毛延壽於此時識破昭君爲宮女所扮，急奏國王，王聞之大怒，派虜王復領番兵，帶美人圖前去索取昭君。

第二十五折：沙陀國王宣人喚出娘娘來對質，蕭善音不得已說出假冒原由，國王聽後大怒，拔劍殺了蕭善音，並吩咐虜王，這回興兵前去，一定要索取昭君，方可休兵罷戰。

第二十六折：虜王再次點校軍隊，準備明日攻城。

第二十七折：番兵襲境，漢王不知如何是好，昭君上一表章，表示爲了社稷大局著想，自願前去和番，漢王雖然不捨，但亦無計可施，兩人相對，訴不盡絲絲哀愁。

第二十八折：昭君即將去番地，臨行前拜別親人，彼此相見涕零。

第二十九折：昭君出塞，一路上愁恨交加，群臣送她出關，昭君要來琵琶彈奏，藉以抒懷，虜王前來迎接昭君，昭君要沙陀國王先降了三事，才肯入番地。

第三十折：太白金星在雲端看見昭君受苦，便吩咐土地公化作一隻白雁傳書給漢王：一表君臣之義；二全夫婦之情；三顯昭君貞節。

第三十一折：昭君來到雁門關外，番將迎接，但她要番王先答應三件事方肯入關。一要降書一紙、二要金箱玉印、三要毛延壽親自來迎接。番王應允，先送來前二者，昭君要王龍將之送回漢王，後來昭君又親自向沙陀國王陳述毛延壽罪狀，要求殺毛延壽，沙陀國王起初不肯，但昭君不願入關，於是便殺了毛延壽，並將他五馬分屍，昭君親自見到屍首後，方才干休，但仍以時間太晚爲由，要求明日再進關。

第三十二折：王龍回奏漢王，已得降書、玉印，殺了毛延壽，且昭君已投烏江自喪，元帝聽後大爲震驚，認爲這一切皆昭君之功，準備翌日再行旌贈。

第三十三折：昭君在邊地，欲寄書信給漢王，表達情意，抬頭正好看見一隻白雁，獨自孤飛，好似自己離了漢王，昭君將指尖破血寫書，感嘆今生無緣，盼漢帝代爲昭顧爹娘。書畢，繫於雁足代傳，這時番兵請昭君進城，昭君藉口沐浴，自投烏江而亡，沙陀國王知道後頗爲哀傷，恨不得與昭君共赴黃泉，以得成親。

第三十四折：昭君死後數月餘，元帝思念成疾，一日忽夢昭君前來訴說思念之情及己身遭遇，並希望元帝能娶她的妹妹王秀貞，元帝醒來，發現原是一場夢，後看見孤雁飛來，足上繫有昭君血書，閱畢，遂宣張槐進殿，要張槐與內臣同去喚王秀貞來，共掌山河。

第三十五折：內朝使臣前來王家宣讀聖旨，矜表王嬙，並欲娶王嬙之妹王秀貞爲正宮，王嬙父母聽了頗感欣慰。

第三十六折：漢元帝見了王秀貞後大喜，認爲她有御妻之色，隨即成親，封王秀貞爲賽君之職，與元帝同掌山河。

以上是全劇劇情，昭君雖然仍被塑造成跳江的悲劇形象，但劇終改以昭君之妹王秀貞嫁給漢帝，以喜劇收場。

第二節　青冢記

一、腳　色

在青冢記僅存的〈送昭〉、〈出塞〉兩齣中，腳色的安排如下：

〈送昭〉

外、生、淨、末扮文武百官

付扮王龍

旦扮王昭君

雜扮太監、宮女、伙長、四小軍

丑扮馬夫

〈出塞〉

外扮老韃子

老旦、貼扮歌妓

雜扮伙長、報子

淨、丑扮苦獨立

旦扮王昭君

付扮王龍

三、劇　情

茲將〈送昭〉、〈出塞〉二齣劇情介紹如下：

送昭：王昭君欲往北和番，皇帝命令王龍護送，文武百官亦至，昭君要文武百官免送，她斥責漢朝積弱無力，竟要女子去和番以求取和平，她感嘆今後要離別漢王，又恨毛延壽誤寫丹青，肩背儀容往外番，既捨不得爹娘，又望不見家鄉，萬般愁緒，肝腸寸斷。一路行至雁門關，二個番兵上前迎接，昭君便要他們至關前等候。

出塞：番兵在一起插科打諢，報子來稟告，娘娘已至雁門關，王龍以為昭君此去，絲竹之音不得再聞，便要求昭君彈奏琵琶，正當昭君邊彈邊唱時，沒想到絃竟斷了。昭君心思煩悶，她告訴王龍，心頭有五恨：一來難忘父母恩；二來難割捨同衾枕；三來損害了黎民百姓；四來那國家糧草多輸盡；五來百萬鐵衣郎，教他晝夜辛勤。王龍勸昭君，到了番邦，還不是一樣享用榮華富貴，何須悲怨？何須愁悶？昭君告以寧做南朝黃泉客，也不願作他邦掌印人，因此哀哀怨怨，流淚入關。

第三節 小 結

總結上述兩部王昭君傳奇，在腳色方面，亦先依生、旦、淨、末、丑、雜（眾）六綱列表顯示如下：

劇名 腳色	和 戎 記	青 冢 記
生	生：漢元帝	生：文武百官
旦	旦：王昭君 貼：王秀貞，毛延壽妻 蕭善音	旦：王昭君 老旦：歌妓 貼：歌妓
淨	淨：毛延壽，張守信 隨從，番兵，群臣	淨：文武百官，苦獨立 付淨：王龍
末	末：開場人，王龍，魯成 小吏，番將，平王 群臣，虜王 外：王朝珊，張槐 太白金星，沙陀國王，虜王	末：文武百官 外：文武百官，老韃子
丑	丑：差人，冷宮內使，小校 吏卒，番將，隨從 群臣，虜王	丑：馬夫，苦獨立
雜		太監，宮女，伙長
眾	殿前快行急腳使 士兵，眾將	

由於這兩劇均屬傳奇，故腳色安排較多，各門都有，其中《和戎記》的人物豐富多樣，《青冢記》不得全貌，未知如何，但在〈送昭〉、〈出塞〉這兩齣中，份量顯然集中在昭君、王龍，其餘人物僅負責插科打諢，或無關緊要，充充場面而已。

另外，《和戎記》在腳色安排上還有以下三點可注意：一、全劇均未註明何種腳色扮演何種人物上場，僅一味標出腳色名，讀者須由內容上下文自行判斷，雖然這大部分均可由曲文、賓白中看出，可是仍有少部分費人疑猜，還好這種情況都只發生在隨從、番兵、群臣等不重要的人物身上，故影響不大。二、劇中有逕用俗稱或人名者，如王朝珊之妻簡稱「夫」，表夫人之意；第二十二折中，虜王簡稱「虜」均是。三、同一個虜王，全劇分別以外、末、丑腳擔任，未爲統一。由這幾點看來，該劇顯然並非嚴謹之作。

《青冢記》中有一個蠻重要的腳色，那就是王龍，他擔任護送昭君出塞的任務，後代戲曲常常沿用。再者，〈送昭〉中的「四小軍」、〈出塞〉中的「報子」逕用俗稱，依常理來判斷，應由雜腳扮演才是！

在劇情方面，《和戎記》大體承襲《漢宮秋》再衍生其它枝節而成，其改革創新處有以下數端：一、王嬙，字淑貞，「昭君」乃見帝以後才有的封號。二、提昇昭君的身分地位，將她由漢劇中的農人之女改成太守之女，並多出其弟王龍，其妹王淑貞。三、把昭君的入宮原因和遇帝見幸都加入神話色彩。四、增加蕭善音代昭君番番，後被識破，番王二度興兵索婚的情節，可謂另起高潮。五、繼《漢宮秋》後，更清楚的說出毛延壽毀畫的情形。〔註2〕六、將結局改成元帝復娶昭君之妹，團圓收場。雖然全劇改革創新處不少，但由於技巧不高明，在戲劇藝術上反而未見動人。

《青冢記》的〈送昭〉、〈出塞〉情節主要沿襲《西京雜記》的「畫工圖形」、〈王明君辭序〉的「匈奴逼婚」、及宋人的「昭君自彈琵琶出塞」說，此外，別無新情節的加入。

〔註 2〕《和戎記》第六折中毛延壽言：「左邊臉上加一點作一痣，此乃防大害子之痣，主敗國忘家，左眼上捋筆一拖，乃是孤獨之痕，君王看見，必然不肯用他，打落冷宮受苦，那時纔認得我老毛手段也。」

第四章 「王昭君雜劇、傳奇」比較

在上兩章對王昭君雜劇、傳奇有一基本認識後，本章欲就此七劇做綜合比較，其項目計有：主題思想、關目布置、人物塑造及曲文賓白。曾師永義在《說戲曲·評騭中國古典戲劇的態度和方法》中指出好的戲劇應該要主題嚴肅、關目靈動、人物鮮明、曲文高妙及賓白醒豁，可謂立論紮實，分析透徹，本章擬以此為諸劇優劣的判斷準則，以下引述曾師該書所言，便不再註明出處，期能透過此章，了解諸劇的異同及價值、地位。

第一節 主題思想

好的戲劇應該要有嚴肅的主題思想，曾師永義云：

> 戲劇的一般目的雖然是給予觀眾娛樂，但是優良的劇作家往往在娛樂之中，寄寓某種嚴肅的思想。有了某種嚴肅思想的蘊涵，然後戲劇才有深度，同時導入以正途。這種正確的引導作用，是在主觀的潛移默化中達成的，而非訴諸客觀的說教與刺激。所以戲劇的主題，可以寄托遙深，而卻要表達平實；可以事涉荒唐，而卻要言外見意。可以一斑而窺全豹，也可以剎那而即永恆。

能達到如此，作品價值才可提昇，並流傳久遠。在七劇中，《漢宮秋》的主題，顯而易見是在鋪敘帝王后妃間濃蜜的愛情，這點和白樸的《梧桐語》一樣，兩者間必相摹仿，只是未知孰先孰後。除此之外，還有一個較隱藏且受人爭議的主題，那就是馬致遠是否在創作此劇時，欲透過劇中人物而借古喻今、指桑罵槐地諷刺積弱不振，終至亡於異族的南宋王朝？若果眞如此，則劇作的嚴肅性和深度自然大爲提昇，否則它只不過是一部歷史人物的愛情劇而已，比起後者，寓意就顯得較淺薄，力量也隨之削弱不少。針對這個問題，我們可從此劇的創作年代，及當時的政治環境來看：按南宋亡於元世祖至元十六年，而《漢宮秋》作於至元二十四年以前，〔註1〕時間相距不遠，馬致遠既然經歷了元滅宋的民族爭戰，那麼，身爲一個失意的漢族知識份子，其藉作品來抒發自己對國家滅亡的看法，是極有可能的。另外，我們再觀察馬致遠的散曲和其它劇作，發現當中確實有很多帶著寄懷洩憤的情緒，因此，說《漢宮秋》的主題，主要是在反映作者的民族意識，不無原因和道理。近代學者論述此劇時，多認同這方面的主題思想，曾師永義在該書雖指出陳述漢劇有此主題思想者，未免太過牽強附會，〔註2〕但在年代較後的《中國古點戲劇的認識與欣賞》一書中，復言本劇「這種漢奸國賊和庸臣儒將所襯托出來『愁花病酒』的君王，正說明了國勢所以積弱，一旦強鄰壓境，就只有束手待斃的根源。而這正與偏安江左的南宋朝廷不相上下。我們不必說馬東籬有絕對的影射和寄意，但如此聯想也是不太牽強的。」由此可知說法已略爲修正，並不排除這方面主題思想存在的可能性。綜合以上所言，筆者認爲漢劇主題除了鋪敘情感外，主要是有更嚴肅的政治批判在其中。

既然東籬欲借用昭君和番的故事來批判南宋的滅亡，那麼，他透過元帝

〔註1〕在元世祖朝溧陽路總管元淮的《金囦集》中有〈弔昭君〉詩：「昔年上馬衣貂裘，不貫胡沙萬里愁。閣淚無言窺漢將，偷生陪笑和箜篌。環佩影搖青塚月，琵琶聲斷黑河秋。當時若賂毛延壽，安得高名滿薊幽。」，其註云：「馬智遠詞」，「智」當係「致」之誤，從詩意知是檃括馬致遠的《漢宮秋》而來。劉世德先生在民國51年1月24日的文匯報上有〈從元淮的五首詩談元雜劇的幾個問題〉一文，考定〈弔昭君詩〉爲元淮在溧陽任上所作，時間爲元世祖至元二十四年秋，因此，《漢宮秋》當作於至元二十四年以前。

〔註2〕曾師永義在《說戲曲‧評騭中國古典戲劇的態度和方法》中云：「有人說馬致遠的《漢宮秋》雜劇『是借歷史故事來指斥宋代亡國時候，皇帝的昏庸，文臣武將的無能、怕死又無氣節。』可是《漢宮秋》和白樸的《梧桐雨》，無論題材、關目、結構都很相近，如果《漢宮秋》旨在指斥宋代的亡國君昏臣庸，那麼《梧桐雨》也就應當具有相同的主題思想。其實劇中的王昭君不過是遷就觀眾趣味美化的形象，以達成社會意識要求的人物化身而已。試看明傳奇《和戎記》和平劇《漢明妃》中的王昭君，豈不是又進一步把王昭君刻劃成理想中的完美典型了嗎？而劇中盛稱夷勢，期孤忠於弱女子，早已表現在石崇的〈王明君詞〉中，不獨馬致遠的《漢宮秋》爲然。由此可見，評騭劇本過分的牽強附會，不止欺人，而且自欺；自欺欺人的評論，當然掩蓋劇作的眞面目，抹去劇作的眞價值。這層迷霧也似的障礙，是應當首先祛除淨盡的。」

之口嚴斥怯懦妥協的宋金臣僚；透過昭君高尚的民族氣節表彰宋末不甘受異族統治的義士；透過毛延壽的罪行披露誤國媚敵的奸臣。但為何對於南宋亡國的君主，卻不見透過元帝來做任何指責，而只是一味地寫他善良至愛的一面，以搏得觀眾同情？馬美信在章培恆主編的《十大戲曲家》中云：「馬致遠借古喻今，對當代政事進行了抨擊，但對封建王朝的最高統治者仍寄于希望，表現出思想的局限。」張庚、郭漢城在《中國戲曲通史》中亦云：「《漢宮秋》中，馬致遠十分同情漢元帝的遭遇，即使這個皇帝是軟弱的、昏庸的，也仍然認為他是國家社稷的代表。全劇以漢元帝為主角，並且用很大篇幅描寫漢元帝對昭君的愛憐、依戀、懷念。……把漢元帝塑造成一個多情、善良的帝王，讓廣大觀眾諒解他、同情他，這已經表現了馬致遠的思想局限。」以上兩說均對此問題做了最佳解釋，由此可知，東籬在劇中對元帝庸懦無能的一面雖呈現卻不忍強責，甚至著力描寫他的痴情以做掩飾，主要是因為同情南宋君王所致。因此，漢劇的主題主要可說是在抨擊時政，愛情的大量鋪敘不過是為了同情帝王所採取的方式罷了！其思想應是嚴肅深刻，帶有亡國遺民的悲痛、憤恨在其中的。

《昭君出塞》以抒發昭君去國離鄉時憂傷哀怨、無奈惶恐的情感為主題，篇幅既只有一折，因此對故事不一一敷衍，只大致帶過以簡省關目，而花大量的筆墨描寫其出塞時的情景，可謂單純且能掌握重心。另外，與郊屬於明代後期作家，戲劇至明代，已由庶民之手轉移至士大夫，有貴族化、文人化的趨向。在主題思想方面，自亦有所不同，曾師永義云：

> 明代以後，我國古典戲劇變成倫理教化的工具，旨在勸善懲惡，社會庶民的鮮活生命力逐漸從戲劇中消失。另一方面，戲劇轉入傳統文人的手中，他們創作的目的，是為了寫寫個人的胸懷志向，或者發發個人的抑鬱牢騷；甚至於只是藉這種戲劇的體裁來逞逞個人美麗的詞藻，表現個人的風雅和享樂，戲劇在他們手裡，自然造成情感空虛的傾向。也因此主題思想的嚴肅與正確，在明代以後的戲劇中，便成了較弱的一環。

與郊家境富裕，天性淳厚，寄情於書法、園藝及戲劇，其寫作劇本並非專業，只是如同當時的縉紳文士以此為風雅韻事，馳騁其中以展現文才而已，故創作動機屬於後者，其中自無嚴肅深刻的思想反映。

《弔琵琶》藉昭君的遭遇及蔡琰對他的祭弔，表達了作者自我遣懷的主題思想：尤侗一生起伏甚大，雖曾受世祖及聖祖的賞識，但爲時較短，他仕途坎苛，屢屢受挫，一直到三十五歲才入京會試，擔任永平府推官，沒想到在任上又遭人陷害，險些被革職，他索性歸鄉奉親，不幸在途中幼子身亡，康熙年間，父母妻子又相繼過世，故大抵失意落寞的時間居多，其劇作《西堂樂府》常另含寓意，以抒發愁悶，而不只是吟風弄月，鋪寫文人逸事而已。本劇自不例外，昭君遠嫁，投河而死，尤侗一方面藉蔡琰的悲傷祭弔，以抒發千古幽恨，另一方面亦趁機以他人酒杯，澆胸中塊壘，發發個人未能得志明君、施展抱負的抑鬱愁牢。

《昭君夢》的主題思想在於「翻案補恨」，由於正史上的昭君被按圖遣嫁，到匈奴當閼氏，從此老死異域，不得返鄉，甚令人同情，故作者在不更動史實的情況下撰寫本劇，一方面讓昭君藉神仙的幫助得於夢境歸漢，另一方面也使觀眾獲得心靈上的滿足，不致遺憾太深。沈惠如在《小說戲曲研究・中國古典戲曲中的「翻案補恨」思想》中將本劇的表現方式列爲「空中樓閣式」，其云：

> 有些作者補恨的方法，是透過夢中、陰間或天上來達成的，也就是說，劇中人的現實生活仍很悲慘，但卻藉著虛幻的空間求得了滿足。如清薛旦的《昭君夢》，敘述睡魔神入昭君夢中引她回漢宮與漢王相見。這是從夢中稍事彌補。……《昭君夢》中睡魔神的口白云：「須知富貴的，要與他一個惡夢，貧賤的，要與他一個好夢，這便世界均平了。」這正可以代表「空中樓閣氏」的補恨作者的基本心態。

凡人對事物無不希求圓滿，多愁善感的文人更是如此，所以韓憑夫婦死後，終化做兩樹合抱，並有鴛鴦棲止於上；梁祝雙雙殉情，亦能化做蝴蝶翩翩飛舞，永不分離，薛旦作此劇的心裡亦是如此，由全劇四折中有三折在鋪敘夢境，就可知其「補恨」的心態是如何的強烈了！

《琵琶語》和《昭君夢》相同，都是以「翻案補恨」爲主題思想，只是薛旦尚顧及史實，言昭君已嫁單于，本劇中昭君甚至連出塞都沒有成功，尚未入關便被遣送回漢了，周樂清在《補天石傳奇》自序中言：「余既非太史公世掌典章，亦非柳屯田善謳風月，知我者有以諒之。倘必欲事事考其正僞，則有《通鑑》、二十一史在，無庸較此戲場面目也。」由此可知作者只是爲戲作戲，不顧史實的心態，沈惠如在上文將此劇列爲「改頭換面式」，並云：

> 在翻案補恨的劇作中，此種最爲常見，即將故事全面改寫成喜劇收

> 場。……而集翻案補恨之大成者，要算清周樂清的《補天石傳奇》了。周樂清作此劇的動機是根據毛聲山評《琵琶記》中有「欲撰補天石」戲曲之語，但只是條目，不見其書，所以仿之寫成了八種：《宴金臺》（燕太子丹亡秦事）、《定中原》（諸葛亮滅吳、魏二國使蜀得一統天下之事）、《河梁歸》（李陵得自匈奴歸漢，遂滅匈奴之事）、《琵琶語》（漢王昭君得自匈奴再歸中國事）、《紉蘭佩》（投汨羅而死之楚屈原回生爲楚王所用事）、《碎金牌》（宋秦檜伏誅，岳飛滅金立功事）、《枕如鼓》（晉鄧伯道失子復得事）、《波弋樂》（魏荀奉倩之妻不死，得夫婦偕老之事）。如此一來，這些歷史事實均得改頭換面了。

在所有的昭君戲曲中，本劇是最有趣，哀傷氣氛最淡的一部，乃因作者這種改頭換面式的翻案補恨主題思想使然。

《和戎記》的主題思想在表彰忠孝節義及勸善懲惡。所以劇中的御弟平王奮勇率兵迎敵、宮女蕭善音不顧己身安危的代嫁、昭君更是慷慨激昂的自願和番，先向單于要求降書、金箱玉印以爲國雪恥，後又因保全自身名節而命喪烏江，這些都具體展現了忠臣義士愛國的偉大情操；至於叛國奸臣毛延壽，雖短時間得在番邦耀虎揚威，享受榮華富貴，但終究沒有好下場，最後五馬分屍地慘死異鄉。明初由於太祖、成祖父子對戲劇的嚴格規定，〔註3〕遂只能妝扮神仙道扮及義夫節婦孝子順孫勸人爲善者，而對於扮演歷代帝王后妃忠臣烈士先聖先賢則予以禁止，如此一來，戲劇已淪爲宣傳宗教、道德的工具。明末政府的禁令雖已逐漸鬆懈，但相沿成習，戲劇仍不離忠孝節義、倫常教化，本劇的主題思想正是明代戲劇教條化下的眞實反映。

《青冢記》由於殘缺不完整，故無法得知全劇的主題思想，現僅存的〈送

〔註 3〕明太祖洪武六年刑部尚書劉惟謙等奉敕撰的《大明律》講解卷二十六刑律雜犯云：「凡樂人搬做雜劇、戲文，不許粧扮歷代帝王后妃忠臣烈士先聖先賢神像，違者杖一百；官民之家，容令粧扮者與同罪，其神仙道扮及義夫節婦孝子順孫勸人爲善者，不在禁限。」
到了成祖，更嚴厲的執行他父親這項律令，明顧起元《客座贅語》卷十國初榜文云：「永樂九年七月初一日，該刑科署都給事中曹潤等奏乞勅下法司，今後人民倡優裝扮雜劇，除依律神仙道扮義夫節婦孝子順孫，勸人爲善及歡樂太平者不禁外，但有褻瀆帝王聖賢之詞曲駕頭雜劇，非律所該載者，敢有收藏傳誦印賣，一時拿送法司究治。奉聖旨：但這等詞曲，出榜後，限他五日都要乾淨將赴官燒毀了，敢有收藏的，全家殺了。」由此可見太祖、成祖時對戲劇的嚴格規定。

昭〉、〈出塞〉兩齣，前者表達的是昭君對國家積弱的斥責，以及對己身遭遇的感嘆；後者則是抒發其臨出關前依依不捨的愁懷及滿腔憤恨。單就這兩齣來看，主題和與郊的《昭君出塞》是頗爲相似的。

第二節　關目布置

在關目布置上，應靈動自如，曾師永義云：

> 所謂「關目」是指劇中的重要情節。笠翁對於關目的布置，有「脱窠臼」、「立主腦」、「減頭緒」、「密針線」的主張。他認爲戲劇應傳寫新奇，切忌攘割勦襲、陳陳相因；每部戲應以一人一事爲主腦，其他關目皆爲此人此事而妝點設色，因此頭緒不可繁多，要一線到底，並無旁見側出之情。關目的布置，要血脈相連，埋伏照映，靈動自如。如果是傳奇，還要注意到上半部結尾的「小收煞」，務使有懸宕之疑；全劇收場的「大收煞」，則求其無包括之痕，而有團圓之趣。這種見解非常正確。只是我國古典戲劇所受講唱文學影響頗深，敘述說明的意味過於濃厚，關目布置難有懸宕之疑；取材歷代相襲，難脱窠臼。

這正說明了關目布置之法，及中國古典戲劇在關目布置上的缺點。本節欲先論述各劇的主要關目及特色，接著再就畫工圖形、琵琶遣懷、匈奴逼婚或按圖遣嫁、臨行送別、出塞和番、借夢寄託六項常用的關目，列表做一比較，以見各劇相襲的情形及差異。

首先論述各劇的主要關目及特色：

《漢宮秋》以畫工圖形、琵琶遣懷、匈奴逼婚、孤雁漢宮秋爲主要關目，可謂提綱契領，安排適當。其中前三項係取材自《西京雜記》和〈王明君辭〉，至於第四項佔第四折全部，爲東籬新創，其它諸劇所無，就關目布置而言，它和一般元人雜劇相同，都有「強弩之末」的缺點，且安排正末一人獨唱獨白，場面顯得十分冷清；然而就文學術藝來看，此劇因受講唱文學影響，以詞采、音樂見長，可算是案頭劇的代表，所以反收「餘音裊繞」、「豹尾響亮」之效，甚至以此名劇，這是較爲特別的。

《昭君出塞》全劇僅以昭君出塞之悲涼爲主要關目，至於畫工圖形、按圖遣嫁的關目則由宮女口中簡單道出，而元帝與昭君間的情感及昭君出塞後的結局則予以省略。在布置上，其優點是重心集中、凝鍊明確，結尾予人更寬廣的想象空間；至於缺點，則是少鋪陳，乏起伏，就戲曲藝術而言，實非佳作。

《弔琵琶》的主要關目爲畫工圖形、琵琶遣懷、匈奴逼婚、蔡琰祭弔。其中前三折的關目大體本《漢宮秋》而來，尤侗只做了小部份的修改，使情節更加合理適切。本劇的特點在第四折蔡琰祭弔的部份，觀尤侗的雜劇，發現其往往在第三折即結束劇情，而在第四折借由特殊的安排對主角人物加以讚嘆，如《讀離騷》、《桃花源》、《黑白衛》均是，《弔琵琶》也不例外，這樣的方式一方面改除了元人雜劇虎頭蛇尾之弊，使全劇不致草草了結，而能在低迴婉轉中回味無窮；另一方面，作者亦可借此發表自己的議論，這可說是尤侗雜劇在關目布置上的匠心獨運處。

《昭君夢》以睡魔敘道、昭君魂夢歸漢爲主要關目，創作別出心裁，與眾不同。全劇以睡魔貫串，引領昭君入夢、出夢，層次分明，緊扣主題，至於夢境部分，佔了二、三、四共三折，篇幅頗長。夢中昭君經過玉門關、古戰場、黑龍江，最後才抵達漢宮，好不容易在第四折終於見到漢元帝，這可說是整個夢境的主要目的，沒想到作者僅安排醉眼昏花的元帝和昭君說了幾句無關痛癢的話，隨即起駕離去，使人頗感遺憾不足，若作者能就此點再加發揮，劇情應可更爲精彩。

《琵琶語》的主要關目爲哭廟訴怨、王母相救、番后嫉妒、完璧歸漢、向道登仙。全劇關目新穎，起承轉合，布置得宜，尤其以番后的嫉妒做爲轉折，頗覺靈動有趣，劇末昭君和王母同登仙籍，可說是作者「翻案補恨」思想下的新結局。此劇雖和《昭君夢》相同，均屬較別緻奇特之作，但《昭君夢》尚據史書言昭君遠嫁匈奴，作者不過令其魂夢歸漢，聊表慰藉而已，《琵琶語》則對傳統上爲人熟知的昭君故事做大幅度的修改，新意雖有，卻恐較難被人接受及流傳。

《和戎記》由於是三十六折的傳奇，因此在關目上便多出許多，其中較主要的有：毛延壽改畫儀容、玉皇降旨賜瑤琴、番漢交戰、蕭善音代昭君和番、番兵再寇、昭君出塞、借夢寄託、王秀貞復嫁元帝。而以蕭善音代昭君和番和王秀貞復嫁元帝兩項較特別，前者增加劇情的波折，製造高潮；後者使劇末能達到團圓的旨趣，和樂收場，所以均是不錯的安排。此劇把不甚複雜的昭君故事敷衍成長篇，因此有些關目顯得毫不重要，可有可無，如王嬙姐弟妹慶壽、毛延壽夫人賞春；有些關目則太過冗長，使節奏鬆散不緊湊，如王龍捉拿毛延壽佔了十一～十六共六折、番漢興兵佔了十七～二十一，二十四～二十六共八折。另外，在第三十一～三十三折昭君抵達雁門關至投河的關目中，布置得顛倒謬誤，次序不合。〔註4〕綜上所述，可知《和戎記》的關目雖非常豐富，大體而言，結構卻不夠嚴謹，是其缺失。

《青冢記》的〈送昭〉、〈出塞〉兩齣，主要關目即與標題相合，簡明扼要，劇中有不少插科打諢的情節，就文學藝術而言，它削減了悲劇性及嚴肅性，一路上變成只有昭君在自怨自艾，感時傷國，氣氛頗不搭調；但就舞台藝術而言，其詼諧逗趣，使娛樂效果增添不少。全劇由於不完整，遂不得探討關目布置的總況。

以上是各劇的主要關目及特點。就關目的取材上說，《漢宮秋》、《昭君出塞》、《弔琵琶》的傳沿成份較重；《昭君夢》、《琵琶語》、《和戎記》則較創新；《青冢記》由於不全故不論。綜合言之，在這五部雜劇和二部傳奇中，雜劇由於偏向案頭，作者只求文字優美，能抒懷寫意，在關目上雖可見別緻用心，但對於戲劇本身的藝術和舞台搬演的效果則是較失敗處；至於二部傳奇，可能來自民間，作者不詳，它們在文學技巧上顯見較粗鄙拙劣，然而於戲劇藝術方面可說是較成功的，這是兩者的不同。

從以上諸劇中，可發現有些關目常被引用，接下來就對畫工圖形、琵琶遣懷、匈奴逼婚或按圖遣嫁、臨行送別、出塞和番、借夢寄託六項，列表比較如下：

一、畫工圖形

劇　名	折（齣）數	內　　容
漢宮秋	第一折	毛延壽向昭君要百兩黃金，選爲第一，昭君不肯，毛延壽於是把美人圖點上些破綻，使昭君發入冷宮。

〔註4〕在第三十一折中，昭君向單于要了降書一紙和金箱玉印，隨即命弟王龍將二者先送回漢朝，拜上劉王。接下來番兵請昭君進城，昭君要求單于先斬毛延壽，既斬毛延壽，昭君以天晚爲由，要求明日進城。然而在第三十二折中，王龍竟向漢王稟報：「小臣王龍，領旨跟駕，與姐姐同往和番，如今取了降書一張，金箱玉印一顆，將毛延壽殺了，臣姐姐已投入烏江自喪，著小臣回奉君王，乞賜天恩，待傳聖旨。」前後毛盾，照理說王龍取得降書及金箱玉印後，隨即回漢，他如何得知事情後來的發展？而且，在第三十二折中，王龍向漢王稟報昭君已自投烏江而死，但到了三十三折中，昭君才眞的投江，如此一來，王龍豈不是變成了未卜先知？由此可見其誤謬。

昭君出塞	第一折	毛延壽指寫丹青，遍需金帛，昭君自恃天香國色，不送黃金，因此毛延壽喬點畫圖，故淹珠玉，使昭君不得近幸。
弔琵琶	第一折	毛延壽向昭君索取金銀，昭君不曾與他，毛延壽於是將圖畫點破，使昭君退居永巷。
昭君夢	第二折	昭君入宮見妒，不甘賄賂，被毛延壽破壞丹青。
琵琶語	第一齣	昭君幼入宮闈，留侍掖庭，彼時畫工毛延壽奉命圖寫嬪侍，以備召見，勒索重賄，昭君不肯，果被毛延壽顛倒是非，竟遭廢棄。
和戎記	第四折～第七折	元帝派毛延壽去越州描畫昭君儀容，毛延壽索賄一千兩金子，昭君之父不與，昭君自畫眞容，毛延壽見後大怒，將圖畫改爲左痣右疤，使昭君被打入冷宮。
青冢記	送　昭	毛延壽誤寫丹青。

二、琵琶遣懷

劇　名	折（齣）數	時　間	內　　容
漢宮秋	第一折	在冷宮時	昭君於夜深孤悶時，在冷宮彈琵琶遣懷，巧被元帝聽見，問清實情，逐下令斬首毛延壽，並封昭君爲明妃。
昭君出塞	第一折	出塞時	昭君於出塞途中向護送使者要來琵琶彈奏以遣懷。
弔琵琶	第一折	在冷宮時	昭君夜坐無聊，在冷宮彈琵琶遣懷，巧被元帝聽見，問清實情，遂下令斬首毛延壽，並封昭君爲妃子。
	第二折	出塞時	護送使者於出塞途中請昭君彈奏琵琶，以解愁懷。
昭君夢			
琵琶語	第一齣	出塞時	昭君於出塞途中行經王母行宮，遂向侍兒要來琵琶，在聖母駕前彈奏哭訴。
	第六齣	登仙籍時	眾仙宴樂時，請昭君獨奏琵琶以助興。
和戎記	第十折	在冷宮時	玉皇於夢中降下瑤琴一張，王淑眞醒後果見瑤琴，彈而訴冤，巧被元帝聽見，問清實情，遂下令斬首毛延壽全家，並封王淑眞爲昭君。
	第二十九折	出塞時	昭君於出塞途中向護送使者要來琵琶彈奏以遣懷。
青冢記	〈出塞〉	出塞時	王龍於出塞途中，以爲昭君此去，絲竹之音再不能聽見，遂請昭君彈奏琵琶，之後絃斷，昭君向王龍訴說心中五恨。

三、匈奴逼婚或按圖遣嫁

（一）匈奴逼婚

劇　名	折（齣）數	內　　容
漢宮秋	第二折	毛延壽獻美人圖於單于，單于遂派兵索取昭君。
弔琵琶	楔子	同《漢宮秋》
和戎記	第十七折	毛延壽獻美人圖於沙陀國王，沙陀國王二度派兵索取昭君。
青冢記	送昭	毛延壽誤寫丹青，致使昭君前去和番。

（二）按圖遣嫁

劇　名	折（齣）數	內　　容
昭君出塞	第一折	毛延壽喬點昭君圖畫，元帝按圖遣嫁匈奴，選中昭君。
昭君夢	第二折	因毛延壽誤寫眞容，致漢皇帝將昭君遠嫁絕域。
琵琶語	第一齣	漢元帝因與匈奴和親，指名昭君應召，出宮之日，蒙查悉原委，乃毛延壽毀圖之罪。

四、臨行送別

劇　名	折（齣）數	內　　容
漢宮秋	第三折	漢元帝引文武內官至灞橋餞送明妃。
昭君出塞	第一折	漢元帝派遣中常侍四人、中涓二十人、羽林將領，一一如嫁公主舊例，護送昭君出塞。
弔琵琶	第二折	漢元帝引眾官至長亭餞別昭君，後更護送昭君至玉門關止。
昭君夢		
琵琶語	第一齣	陳湯、甘延壽二將率眾軍士護送昭君出塞。
和戎記	第二十九折	昭君弟王龍及群臣護送昭君出塞。
青冢記	出塞	御弟王龍及文武百官奉旨到十里長亭餞別昭君，後王龍及侍從護送昭君出塞。

五、出塞和番

劇　名	折（齣）數	內　　容
漢宮秋	第三折	昭君行至番漢交界的黑龍江，以酒望南澆奠，辭別漢家後，投江而死。

昭君出塞	第一折	昭君出塞，一路上哀怨悲涼，行至玉門關，全劇終了。
弔琵琶	第二折	昭君出塞途中，吟詩一首，以表悲怨，修書一封，以寄漢王，後行至番漢交界的交河，乃投河而死。
昭君夢	第二折	昭君出塞後，嫁給單于爲閼氏。
琵琶語	第五齣	昭君行至番漢交界，番王因番后嫉妒，遣使令其回漢。
和戎記	第二十九、三十一、三十三折	昭君行至雁門關，番將迎接，她向番王要求降書一紙、金箱玉印、斬首毛延壽三事，番王應允。翌日番兵請昭君進城，其藉口沐浴，自投烏江而死。
青冢記	出塞	昭君向御弟王龍訴說心中五恨後，哀哀哭進了雁門關。

六、借夢寄託

劇　名	折（齣）數	作夢者	內　　容
漢宮秋	第四折	漢元帝	明妃和番百日後，一夜，元帝對著昭君的美人圖思念不已，一時困倦，夢見昭君的魂魄歸漢，隨即夢醒，後丞相上場言昭君死訊。
昭君出塞			
弔琵琶	第三折	漢元帝	元帝聞知昭君死訊後，一夜，掛起昭君眞容思念，一時困乏，夢見昭君的魂魄歸漢相會，傾訴離情，並請元帝代爲照顧家人。
昭君夢	第二折～第四折	王昭君	昭君遠嫁番邦數年後，思鄉不已，氤氳大使遂遣睡魔予昭君一夢，使其返漢，昭君於夢中見到元帝，並傾訴思念之情。
琵琶語			
和戎記	第十折	王昭君	昭君夢見太白金星降下瑤琴一張，醒後果見，遂起而彈奏，爲元帝聽聞。
	第三十四折	漢元帝	昭君死後數月餘，元帝思念成疾，一日夢見昭君前來訴說思念之情，她請元帝代爲照顧家人，並娶其妹王秀貞。
青冢記			

在上述六個常見的關目中，畫工圖形、匈奴逼婚或按圖遣嫁、出塞和番三項各劇均有：畫工圖形根據《西京雜記》所載，只是各劇均將畫工認定是毛延壽而已。在昭君出塞和番的原因上，各劇使用的關目不外是匈奴逼婚或按圖遣嫁，前者據〈王明君辭序〉，後者據《西京雜記》而來，兩者對於胡漢間的強弱敘述正好相反，因此，以匈奴逼婚爲關目者，含有對國家積弱不振的批判，而

以按圖遣嫁為關目者，則側重對昭君身世悲涼的感嘆。至於出塞和番，源自《漢書》，各劇均沿用，但結局不同，在《漢宮秋》、《弔琵琶》、《和戎記》中，昭君投水殉國；《昭君出塞》、《青冢記》寫至昭君入關；《昭君夢》據史實讓她在匈奴當閼氏；《琵琶語》則令其重回漢土，後登仙界，可說各具特色。

而另外三項關目方面：琵琶遣懷只有《昭君夢》未使用，此乃因昭君彈奏琵琶幾乎都在冷宮或出塞時，此劇的時間既安排於和番數年後，故將此關目刪除；《琵琶語》中昭君登仙籍時，曾應眾仙女之邀獨奏琵琶，突顯了她的特色和專長，而這也是昭君彈琵琶唯一快樂的時候；《和戎記》的第十折，把昭君一向彈奏的琵琶，換成了玉皇於夢中所賜的瑤琴，但結果無非是為引起元帝的注意，這三處是較特別的。其次是臨行送別，此關目亦只有《昭君夢》未使用，原因同樣在於此劇取材的時間較晚，在送行的人選上，不外乎元帝、王龍及文官武將，其中以元帝親自送行，可突顯兩人愛情的深刻，至於王龍，由於之後的小說、戲劇中仍沿用，遂逐漸定型為昭君出塞時護送的專人了。最後是借夢寄託，由於《昭君出塞》只寫至昭君進玉門關；《琵琶語》以喜劇收場；《青冢記》殘缺不全，故這三劇均無此關目，至於其它諸劇，作夢者不是漢元帝就是王昭君，夢境多是昭君歸漢與元帝相會，只有《和戎記》另加入太白金星於昭君夢中賜瑤琴的神化情節，是較特殊處。

綜合上述，可見各劇在關目布置上承襲創新的情形及特色，以下再就人物塑造加以討論。

第三節　人物塑造

元雜劇由於限定一人獨唱，故除了正末或正旦外，其餘腳色僅能從賓白和科介（按：指演員的身段動作）來表達，明清雜劇改進此種體製，給予各腳色任唱的自由，至於傳奇，源自宋元南戲，本無任唱限制，因此，元雜劇中的主角，以及明清雜劇、傳奇中的人物，除了賓白和科介外，往往能再透過曲文刻畫。本節採用的方式，即從各人物具有的賓白、科介、或曲文中，觀其性格塑造，由於引文過多或過長，會佔用篇幅，故以下儘量直接論述，引文則酌量取用或置於註釋。討論範圍主要是王昭君、漢元帝、單于、毛延壽四人，至於各劇分別有的一些重要人物，則列入其它一項，透過此節，期能了解昭君戲曲中的主要人物，並得知各劇在人物塑造上的優劣。

一、王昭君

在昭君戲曲中，無庸置疑的，主腳非她莫屬，然而七劇中，唯獨《漢宮秋》採末本寫作，筆力全放在元帝上，有失輕重，從元帝口中，我們頂多知道她是個傾國傾城的美女罷了！此劇塑造出的昭君形象有正反兩面：就正面而言，她在國家有難時，自請和親，後又因不肯順番，投江而死，展現了愛國情操及偉大人格。就反面來說，她只是個農家女，身分地位不高，在初見元帝時，尚未受封，就急於討賞庇蔭家人，顯得貪慕榮華且俗氣；及至元帝寵愛過甚，久不設朝，她毫不勸諫，難得元帝一日升殿，她只會梳妝打扮，等著主上來好服侍，一副亡國禍水的形象；其出塞既是「只爲國家大計」，口口聲聲又說「妾與陛下閨房之情，怎生拋捨也」、「怎生捨得陛下也」、「妾這一去，再何時得見陛下也」，〔註 5〕悲壯氣勢削弱不少；自殺前既無跡可循，顯得突兀，死後出現於元帝夢中，又無表現，隨即下場，未免可惜。曾師永義批評此劇裡的昭君「變成了無關緊要的附庸，其戲劇的影像非常薄弱」、「毫無個性可言，甚至於顯得庸俗呆板，有如木頭人一般」、「殊無性靈、庸俗、現實與勢力」、「只是個泥雕木塑的美人而已」，〔註 6〕可謂十分正確。東籬未對昭君善加經營，至使她缺點眾多，令人生厭，幸有投江之舉，深銘人心，因此形象才得以大大提昇。

《昭君出塞》免除了《漢宮秋》忽略昭君之弊，全劇集中在她離國遠嫁、投身異域時淒涼惶恐之情的呈現，適切的曲文和賓白，將其心理刻畫入微，令人動容，因此形象統一鮮明，不過，由於關目精簡，平鋪直敘，也顯得單調不少。

《弔琵琶》的關目雖襲自《漢宮秋》，但在細節上多所更易，且以旦角主唱，使得昭君形象良好鮮明，全無漢劇缺點：她並非農家女，庇蔭家人之事移至死後於元帝夢中請託；在幽居冷宮三年後，始蒙恩寵，隨即因匈奴索婚，被迫和親，無主上爲她荒於朝政之述；其出塞既是憤恨填膺、極端不願而非自請，故不但得以理直氣壯地嚴斥元帝及文武百官，也使投江之舉變得自然；作夢情節漢劇簡單帶過，弔劇則花了一整折的篇幅描述。綜上可知，此劇有

〔註 5〕前三句賓白見《漢宮秋》第二折，後一句見第三折。

〔註 6〕此四句評語分別見曾師永義所著《明雜劇概論》第五章；《中國古典戲劇的認識與欣賞》〈中國古典戲劇的體製與規律〉、〈元明雜劇之欣賞與評論〉兩部分；及《中國古典戲劇選注》〈破幽夢孤雁漢宮秋〉部分。

意扭轉漢劇中昭君的負面形象，不但把重心放在她身上，且將言行合理化，劇中的昭君，個行剛強獨立，塑造得極爲成功。

《昭君夢》自其已嫁胡地數年寫起，她一上場便抒發諸多感慨：如「因毛延壽誤寫眞容，致漢皇帝遠嫁絕域」、「我想偌大漢朝，更無一人主張邊事也」、「倒不如尋常百姓人家，做一個妻子」、「輾轉思量，不知可有還漢的日子」，〔註 7〕顯得極端悲傷寂寥，本劇的重心在夢境，她雖得神助歸國見帝，但這畢竟不是現實，以至醒後遺恨更深，全劇氣氛低調，而昭君形象，可說是哀怨惆悵的。

《琵琶語》中的昭君，在家之時父母俱亡，被選入宮又遭陷奉詔和番，以致悲憤心生，怨氣可干王母聖駕；既得歸漢，不企盼獲寵享受榮華，而能看破紅塵，洗心向道，足見個性清心寡慾；最後和眾仙同歡共宴，獨奏琵琶，流露出恬淡逍遙。此劇不同於以往的故事，所以劇中的昭君除了諸劇慣有的哀怨外，是多了一份仙風道骨的。

《和戎記》的昭君形象甚佳：她身爲太守之女，家世不錯，由爲父親安排慶壽、及毛延壽索賂不成乃自畫眞容二事，可見其聰慧有才；迨番邦二度興兵索婚時，她毅然決然上一表章，慷慨陳述捨己爲國之志，〔註 8〕愛國懂事之心表露無遺；既已出塞，向單于要降書及金箱玉印，爭取國家利益，後又投江自盡以全名節，情操偉大；生前於血書中託元帝代爲照顧家人，死後又於元帝夢中重覆叮嚀，並囑咐再娶其妹，孝順顧家。此劇描述昭君的眾多優點，所以塑造出的形象是正面而令人喜歡的。

《青冢記》的〈送昭〉、〈出塞〉兩齣表達的是昭君和番時的悲苦憤恨，她捨不得漢宮帝輦、家中爹娘，恨毛延壽背儀容往外番，更慨歎元帝及文官武將的無能，因此別離淚漣，既而彈琵琶絃斷，向御弟訴說心中五恨，哀怨更深，形象鮮明，倘若全劇猶存，我們將可看到更多面且完整的昭君性格塑造。

〔註 7〕以上賓白見《昭君夢》第二折。

〔註 8〕昭君上奏元帝之表章，在《和戎記》第二十七折中，內容云：「妾聞君之心，情重如山，恩深似海，怎肯拋離，鸞鳳不可拆散，雙雁不分離，終朝晨暮金星燈月相隨，金烏玉兔之期，同諧到老，萬載同幃，恩情未滿，衾枕未溫，何忍生離死別，非惟不得于飛，不幸毛延壽之禽獸，誤我夫妻之歡會，寧別夫婦□情，不可失君臣之禮，妾不棄君之命，恐江山難保，□復傾危，能捨一人之命，保全萬載之邦，救萬民之□難，免吾君之帝掛，與王分憂，妾死無怨，頓首萬歲萬歲萬萬歲。」

二、漢元帝

元帝在昭君戲曲中的作用不外三項：一是鋪敘情感；二是受騙於畫工，按圖遣嫁；三是被匈奴逼婚，令女和番。在七劇中，《琵琶語》、《青冢記》無此腳色，不予論述，以下茲就其餘各部加以探討。

《漢宮秋》由元帝一人獨唱，對他著墨甚多，因此形象塑造得極爲突出，由於劇中的昭君只是平凡的農家女，所以元帝也變成頗富庶民情感的君主，時時從詼諧的口吻中，流露出鮮活的情趣，他的輕浮無賴，正和平劇中的正德皇帝有異曲同工之妙。〔註9〕在對昭君的情感方面，他極痴心悲怨，這由灞橋送別、孤雁漢宮秋的關目中明顯可見。另外，他雖痛罵文武百官，自己卻無計可施；雖捨不得美人，卻只能無奈慨歎；先前因寵愛昭君，久不臨朝，後又因其和番，百日不曾上殿，荒廢國政至此！故東籬在劇中對元帝雖不忍強責，仍有保留（見第一節主題思想部分），但其庸懦無能的一面則表露無遺。

《昭君出塞》中，元帝除了出場唱引外，全劇只唱了一支過曲，戲份極少。他在殿上親見昭君後，驚豔其美，捨不得讓她和番，故唱了些依戀之詞，但兩人終究僅一面之緣，毫無情感，且元帝終因不願失信單于，令其遠嫁。故這段唯一的曲文亦未能動人，元帝不捨的也許只是她的美色罷了！此劇由於篇幅短小，重點又集中於昭君，致使元帝不過「曇花一現」，形象薄弱，黯淡無光。

《弔琵琶》中，元帝在初見昭君後，即言「妃子，今後休離了朕左右也」、「妃子，今夜薦朕枕蓆，早則喜也」，〔註10〕比漢劇更顯風流好色；番邦逼婚，昭君被迫出塞，他只表示十分慚愧，甚至以「匈奴強大，漢室衰微，借你千金之軀，可保百年社稷」、「妃子，你豈不知嫁女和親，是先朝舊例？」〔註11〕此等膽怯強辯的理由掩飾，庸懦無能至極！難怪昭君會加以斥責；在情感上，第四折夜夢昭君固然流露痴心悲怨，但第二折長亭餞別，送酒一杯隨即下場，難免顯得草率薄情，力量削弱不少。總而言之，此劇元帝形象的塑造類似《漢宮秋》，但少其庶民色彩，對昭君的情感也較不深刻，至於風流好色、庸懦無能則更勝之。

《昭君夢》中，元帝只在第四折出現於昭君夢境，份量少，形象亦不佳，兩人相見時，他正從長樂宮夜宴後酒醉而歸，追問清實情，只淡淡的說出「朕

〔註9〕參見曾師永義《中國古典戲劇的認識與欣賞》〈元明雜劇之欣賞與評論〉部分。
〔註10〕以上賓白見《弔琵琶》第一折。
〔註11〕以上賓白見《弔琵琶》第二折。

今日見卿，早則喜也」、「昭君你長途辛苦，困頓已極，且到未央宮安息去，內侍們就此起駕。」這類隨便打發的話就下場，一點情感也無！由於描繪不多，故劇中的元帝只有享樂冷漠一面的呈現。

《和戎記》的元帝形象，仍沿襲《漢宮秋》，而和《弔琵琶》一樣，欠缺庶民色彩，削弱情感力量。其風流好色，表現在初見昭君時，對其著迷，且立即封位；而庸儒無能，於番邦的兩次興兵中可見，他生爲一國之君，遇到此等大事，卻龍顏失色、無計可施，只會罵罵奸臣毛延壽，或問群臣如何區處？全沒自己的主張。甚至第一次平王率兵親征，勝負猶未知，他就和昭君至園林遊玩，眞是醉生夢死，缺乏憂患意識；其痴心悲怨，雖由不忍昭君和番、思念成疾、夢中相會的關目流露，但由於傳奇劇末每以團圓收場，所以最後元帝復娶昭君之妹，反不若《漢宮秋》、《弔琵琶》兩劇的餘音裊裊、悲戚感人。

三、單　于

單于在昭君戲曲中，或稱爲番王、沙陀國王，他遣使和親或仗勢索婚，造成了昭君的遠嫁，故令人生厭，但也有例外的情形。七劇裡除了《昭君出塞》和《青冢記》外，均有此腳，以下茲一一論述。

《漢宮秋》中，單于一上場便盛稱其家世，並由眾部落立他爲王及率頭目們射獵，流露自信勇武；其原本稱藩漢室，先前因兩次求親未遂，憤而萌生興兵之念，但尙顧及雙方友好，未爲行動。後是受毛延壽言語挑撥和獻圖慫恿，才擁兵索婚，所以還算理由充分，情猶可原；昭君出塞，他親自送行，並立即封爲寧胡閼氏，及至美人身亡，他令人埋葬，號爲青冢，復因後悔己行，將毛延壽解送歸漢處治，希望依舊兩國好合，永爲甥舅，顯見誠心明理。由此可知，此劇所塑造的單于形象是較正面的。

《弔琵琶》中，單于一上場亦盛稱其家世，但口氣顯然狂妄不少；〔註12〕

〔註12〕在《漢宮秋》楔子中，單于上場言：「某乃呼韓邪單于是也，若論俺家世，久居朔漢，獨霸北方，以射獵爲主，攻伐爲事，文王曾避俺東徙，魏絳曾怕俺講和，獯鬻獫狁，逐代易名，單于可汗，隨時稱號，當秦漢交兵之時，中原有事，俺國強盛，有控弦甲士百萬，俺祖公公冒頓單于圍漢高于白登七日，多虧了婁敬之謀，兩國講和，以公主嫁俺國中，至惠帝呂后以來，每代必循故事，以宗女歸俺番家，宣帝之世，我眾兄弟爭立不定，國勢稍弱，今眾部落立我爲呼韓邪單于，實爲漢朝外甥。」而在《弔琵琶》楔子中，單于上場則言：「咱乃天所立呼韓邪大單于是也，論俺先世，本夏后氏之苗裔，生居北方，逐水草而轉移，因射獵爲生業，太公畏我西去，平王懼我東遷，晉國請

才初次遣使求親，結果尚未知，一經毛延壽搧動，立即引兵入塞，及見昭君投河，未吩咐埋葬，而是下令當場砍殺毛延壽，可見個性極魯莽剽悍。相較之下，漢劇中的單于尚帶文明氣息，而此劇卻是粗霸野蠻的。然而，這樣的形象不但符和番王身分，更增加了戲劇的衝突性，故其塑造較漢劇鮮明成功。

《昭君夢》中，單于只在第四折出現於昭君夢境，說了一句賓白：「自家單于是也，王昭君逃回漢了，快起兵追去。」接著就繞殺昭君下場，由於其作用僅在促使昭君夢醒，所以談不上什麼性格塑造，雖然如此，由他起兵追殺昭君的科介，及第二折胡女轉述他射獵玉門關外致夜不歸營的賓白中，可知仍保有粗霸勇武的形象。

《琵琶語》中，單于的形象是好色懼內：他在見了毛延壽所獻的美人圖後，大爲欣喜，連連稱妙，且封毛爲都管，十分信任，可見喜好女色。在番后得到昭君圖像後，他急忙辯解，並爲其捶背消氣；番后告知和親之舉乃漢朝奸計，他聽後打躬作揖直稱高見；番后要他不讓昭君入境，沿途謝止，他便謹遵妙策，連夜趕辦，由此懼內形象表露無遺，由於番后的嫉妒是此劇轉悲爲喜的主因，故將單于刻畫成如此，透過俏皮的科介和賓白，展現其滑稽逗趣的一面，這是較特別而和它劇不同的。

《和戎記》中，單于野蠻痴情：先前因漢朝未進奉，便欲興兵，後又見到毛延壽所獻圖，乃立即遣軍征伐，粗霸好色之氣可見。其一心想娶昭君，在發現蕭善音只是代嫁女後，毫不顧念三年多的夫妻情感，馬上斬首，再次擁兵強索，即使昭君開出任何條件亦在所不辭，甚至在她死後，還哀傷不已，說出一番願殉情的話，〔註 13〕其實單于不過看過昭君的美人圖而已，且昭君爲元帝正宮已三年有餘，如此一來，其索婚動機未免太薄弱，而痴情亦顯得盲目荒唐、誇張可笑，由於缺乏合理性，故其形象塑造可謂失敗。

四、毛延壽

從《西京雜記》首先提出受賄的畫工中有毛延壽後，至少在唐代，文人已把招君不肯行賄者指名爲他，戲曲亦不例外，雖然七劇中《昭君出塞》、《昭

我講和，趙家從我遺俗，俺祖公公冒頓，控弦三十萬，困高帝於白登，因使劉敬和親，將公主嫁我，老上單臣，代爲漢婿，漢天子，我丈人家也。」口氣顯然狂妄許多。

〔註 13〕在《和戎記》第三十三折，昭君投水後，單于云：「冤家，我生也不得相會，來世也要同一處，我也不如投死入烏江裡，與他成親便了。」

君夢》、《青冢記》的〈送昭〉、〈出塞〉均無此腳，但各劇對其惡行皆有披露，由於大同小異，茲列表綜述如下：

劇　名	身　分	惡　　　　行	結　　局
漢宮秋	中大夫	因索賄不成，點破昭君圖像，行跡敗露後，元帝欲殺之，遂逃往番邦獻眞容，慫恿單于興兵逼婚，致使昭君出塞和番。	單于解送歸漢元帝下令斬首
昭君出塞	畫工	因索賄不成，點破昭君圖像，致使元帝按圖遣嫁，選中昭君出塞和親。	元帝下令斬首
弔琵琶	畫工	同《漢宮秋》	單于下令斬首
昭君夢	畫工	同《昭君出塞》	
琵琶語	向因善畫供奉內廷	因索賄不成，點破昭君圖像，致使元帝按圖遣嫁，選中昭君出塞和親，臨行朝見，元帝查明眞相欲殺之，遂逃往番邦獻眞容，慫恿單于若來者非昭君，則可興兵索取。	單于解送歸漢
和戎記	西臺御史	因索賄不成，點破昭君圖像，行跡敗露後，元帝下令滿門抄斬，遂逃往番邦獻眞容，慫恿單于興兵逼婚，漢以宮女代嫁，被其識破，稟告單于，致使二度興兵，昭君出塞和親。	單于下令斬首
青冢記	畫工	肩背儀容往外番，致使昭君出塞和親。	

由表中可知，毛延壽的爲人行事已被定型，所以即使不上場，觀眾也曉得他扮演的是何種腳色，戲曲中往往將人物類型化、善惡二極化，因此毛延壽就被塑造成奸邪貪財，專門破壞好事的小人了！《漢宮秋》其二首表明心志的上場詩：「爲人鵰心雁爪，做事欺大壓小，全憑諂佞奸貪，一生受用不了。」、「大塊黃金任意撾，血海王法何須怕，生前只圖有錢財，死後那管人唾罵。」，〔註14〕正可說是爲戲曲中毛延壽形象下的最佳詮釋。

五、其　它

除了上述四人外，還有一些腳色是各劇特有而重要的，茲列入此項論述。

1、蔡琰：其出現在《弔琵琶》第四折，並擔任主唱，由於這部分是和《漢宮秋》的最大差異，故以此名劇，可見其重要。在劇中，蔡琰感嘆己身遭遇類似昭君，於是私攜酒餚，親往祭弔，不但爲她鼓胡笳十八拍，彈畢甚至擲琴以殉，極盡悲傷哀痛，塑造出楚楚可憐的形象。

〔註14〕見《漢宮秋》楔子第一折中毛延壽的上場詩。

2、睡魔、氤氳大使：此二人出現在《昭君夢》，睡魔一開始便說明全劇主旨，並引領昭君入夢、出夢；氤氳大使則是在昭君入夢後，親自帶她歸漢，皆擔任了貫串劇情之責。至於個性方面，兩人皆慈悲爲懷、古道熱腸，故費心安排夢境，讓昭君在心靈上稍事彌補，但睡魔以跳舞上場，顯得較活潑，氤氳大使則勸昭君要認命，不須怨悵，流露端莊穩重的形象。

3、王母、東方朔、青鳥使者、番后：此四人出現在《琵琶語》，前三者可歸爲同類，均擔任助昭君歸漢之責，後者則是劇情轉換的關鍵人物。王母悲天憫人，在了解昭君和番始末後，速傳東方朔相救，後又度脫昭君登仙，極盡關愛；東方朔提議援用陳平白登之計，令王母駕前青鳥使者啣圖進呈番后，引起妒心，達到目的，可謂足智多謀；青鳥使者不負所託，既從番王宮內啣圖而出，又變成宮女在番后面前大肆挑撥，致使番后火冒三丈，要番王不許昭君入關，流露機靈聰慧；番后凶悍善妒，一生起氣來便大哭急跳，所以連身爲一國之主的番王亦對她言聽計從，畏懼三分，潑辣形象極爲鮮明。

4、王秀貞、王龍、蕭善音、虜王：此四人出現在《和戎記》，其中王龍亦出現在《青冢記》的〈送昭〉、〈出塞〉。王秀貞爲昭君之妹，於劇中出現不多，形象不明，但昭君說她有杏臉桃腮，萬般嬌怯，元帝亦說她有御妻之色，故封爲賽君之職，同掌山河，她的作用在使全劇歡喜收場；王龍在《和戎記》爲昭君之弟，曾於元帝發現昭君冤情時，奉令誅戮毛延壽全家，後又護送其姐出塞，並帶回降書、金箱玉印和昭君死訊，由於屬附庸人物，個性亦乏塑造，另在《青冢記》的〈送昭〉、〈出塞〉，他亦擔任護送之職，昭君稱其爲御弟，劇中昭君肝腸寸斷，極端憤恨，他卻一直在旁嬉笑怒罵，淨說些插科打諢的話，雖然逗趣，但與氣氛不合，形象輕浮，令人生厭；蕭善音爲一宮女，在國家有難時，挺身代昭君和番，後死於單于手下，良善可憐；虜王爲番邦大元帥，驍勇善戰，曾二度率兵伐漢，並打敗平王，索婚成功，足見威風雄壯。

以上就是昭君戲曲中人物的塑造及優劣，接著再就曲文賓白論述。

第四節　曲文賓白

戲劇屬於說唱藝術，因此曲文和賓白就顯得格外重要，曾師永義綜合前人主張，認爲好的作品應該「曲文高妙」、「賓白醒豁」，曲文高妙就是在遣詞造句上要做到下列五項：述事如其口出，充分表現人物的身分和性情，所謂

「生旦有生旦之曲，淨丑有淨丑之腔。」；使觀眾耳聞即曉，不暇思索，直接感動；明淨而不辭費；與賓白血脈相連，相生相成；表現的韻味機趣橫生，而有清剛之氣流貫其間。唯有如此，聲情詞情才能穩稱，達到雅俗得宜，串合無痕的妙境，倘若只尚辭藻的華麗，芳澤鉛華，肆意塗飾，則最多不過是辭賦的別體而已，已非戲曲之道了。至於賓白醒豁，大抵說來，第一重要的是「語求肖似」，其次是「聲務鏗鏘」、「文貫精潔」和「意取尖新」，當然，它也須和曲文互相生發。本節欲以此兩項標準，來評判各劇的優劣，至於曲文的音律方面，金容雅《昭君戲曲之研究》曾就前六部完整的作品（《青冢記》除外）逐一作聯套、韻腳、音律諧美處、誤律處、句式的詳細探討，茲不贅言。〔註15〕

《漢宮秋》曲文高妙，燴炙人口，歷來頗受稱許：王國維《宋元戲曲考》舉其第三折梅花酒及以下的收江南、鴛鴦煞三曲，〔註16〕認爲是自然有境界的文字，「眞所謂寫情則沁人心脾，寫景則在人耳目，述事則如其口出者」；梁廷枏《曲話》言其「寫景寫情，當行出色」；王季烈《曲談》謂其「詞旨妍麗，與實甫西廂相頡頏」；曾師永義云「本劇妙曲佳製，俯拾即是，其以文字取勝是無庸置疑的」。〔註17〕又云此劇的曲文「眞是達到了秀麗雄爽、俊雅超妙的境界」，並舉數例說明，如首折元帝聽聞琵琶聲，欲見昭君時所唱的混江龍，寫的情景交融、清麗瀟洒，分明勾畫出風流帝王的口吻。第三折灞橋餞送明妃時所唱的雙調新水令、殿前歡，因景生情，別具韻味，充分顯現出東籬騏驥振鬣、神鳳飛鳴的格調，遣詞造句，悲壯沉鬱，自然感人。及第四折元帝思念美人時所唱的白鶴子、么篇，用筆清麗，思致極爲纏綿。〔註18〕上

〔註15〕詳見《昭君戲曲之研究》，金容雅撰，民國七十七年台大中研所碩士論文。

〔註16〕〔梅花酒〕迥野荒涼，草卻又添黃，色已早迎霜。犬褪得毛蒼，人搠起纓鎗，馬負著行裝，馳運著餱粮，人獵起圍場。他傷心辭漢主，望攜手上河梁。前面早叫排行，愁鑾輿，到咸陽。到咸陽，過蕭墻。過蕭墻，葉飄黃，葉飄黃，遶迴廊。遶迴廊，竹生涼，竹生涼，近椒房。近椒房，泣寒螿。泣寒螿，綠紗窗。綠紗窗，不思量。

〔收江南〕不思量，除是鐵心腸。鐵心腸，也滴泊千行。美人圖今夜掛昭陽，我那裡供養。便是我高燒銀燭照紅妝。

〔鴛鴦煞〕我煞大臣行説一個推辭謊，又則怕筆尖兒那火偏修講。不見他花朶兒精神，怎趁那草地裡風光。唱道佇立多時，徘徊半晌，猛聽的寒鴈南翔呀呀的聲嘹亮。卻原來是滿目牛羊，是兀那戴離恨的氈車半坡里響。

〔註17〕語見曾師永義《中國古典戲劇選注》〈破幽夢孤雁漢宮秋〉部分。

〔註18〕〔混江龍〕料必他珠簾不掛，望朝陽一步一天涯。疑了些無風竹影，恨了些

述便是各家對本劇曲文的評價和賞析，由此可見其詞采之美，另外，再如第二折中元帝詠明妃時唱道：

〔梁州第七〕我雖是見宰相、似文王施禮，一頭地離明妃、早宋玉悲秋。怎禁他帶人香著莫定龍衣袖，他諸餘可愛，所事兒相投。消磨人閑悶，陪伴我閑游。偏宜向梨花、月底登樓，芙蓉燭下藏鬮。體態是二十年、挑別就的溫柔，姻緣是五百載、該撥下的配偶。臉兒有一千般、說不盡的風流。寡人乞求，他左右。他比那落伽山觀自在無楊柳，見一面得長壽。情繫人心早晚休，則除是雨歇雲收。

文字對稱，音律和諧，尤其把元帝眼中昭君的美表達得淋漓盡致。總之，東籬以深厚的散曲功底錘煉了詩化的曲詞，好比天生麗質又薄施粉黛，無怪乎此劇能被選爲《元曲選》的壓卷首作，並備受眾人推崇。但是劇中用典甚多，有的已嫌冷僻，〔註 19〕令人不易了解，則是其缺失。

至於賓白，本劇堪稱雅潔，與曲文相稱，然較偏於簡約的敘事及抒發人物情感，反而缺乏人物性格的刻畫，致使主腳昭君淪爲附庸，而凶霸的單于反而變成斯文懂理的君主了（見第三節人物塑造部分）。

《昭君出塞》曲文力寫昭君去國離鄉時的哀愁，如：

〔北折桂令〕聽了些皷角笙簧，氣結愁雲，淚灑明琅。守宮砂點臂猶紅，襯階苔履痕空綠，辟寒金照腕徒黃。關幾重，山幾疊，遮攔仙掌。雲一攜，雨一握，奚落巫陽。道甚君王，想甚風光；單則爲

有月窗紗。他每見宮里君王乘玉輦，恰便似天上張騫泛浮槎。猛聽的仙音院裡，絃管聲中，琵琶一曲哀怨千般，你且輕推綉轂，慢轉迴廊，報孜怨女，迎接鸞輿，雖則密傳聖旨，休得驚唬佳人，則怕他乍蒙恩，把不定心兒怕，驚起宮槐宿鳥，庭樹棲鴉。

〔雙調新水令〕錦貂裘生改盡漢宮妝，我則索看昭君、畫圖模樣。舊恩金勒短，新恨玉鞭長。本是對金殿鴛鴦，分飛翼、怎承望。

〔殿前歡〕則甚麼舞衣裳，怕西風吹散舊時香。我委實怕宮車再過青苔巷，猛到椒房，那一會想菱花鏡里妝，風流相，兜的又橫心上。看今日昭君出塞，幾時得蘇武還鄉？

〔白鶴子〕多管是春秋高、觔力短，莫不是食水少、骨毛輕。待去后愁江南、網羅寬，待向前怕塞北、雕弓硬。

〔么〕傷感似替昭君、思漢主，哀怨似作薤露、哭田橫，悽愴似和半夜、楚歌聲，悲切似唱三疊、陽關令。

〔註 19〕如第二折牧羊關曲文中有「那壁廂鎖樹的怕彎著手，這壁廂攀欄的怕顛破了頭」，用了晉書陳元達和漢書朱雲事，稍嫌冷僻。

名下閼氏，耽誤了紙上王嬙。

〔北望江南〕呀！恁便是鴻雁秋來斷八行。誰一會把六宮忘！儘著他箜篌馬上漢家腔。央及煞愁腸！俺自料西施北方，料西施北方，百不學東風笑倚玉欄床。

刻畫眞切，娓娓動人，焦循《劇說》卷五云：「陳玉陽《昭君出塞》一折，一本西京雜記，不言其死，亦不言其嫁，寫至玉門關即止，最爲高妙。」祁彪佳《遠山堂劇品》將之列於雅品，並言：「明妃從來無南曲，此劇僅一齣，便覺無限低迴。」評價皆不錯。但是，此劇數曲襲自《漢宮秋》：如雙調新水令「征袍生改漢宮妝，看昭君可是畫圖模樣。舊恩金勒短，新恨玉鞭長。」襲自漢劇第三折雙調新水令「錦貂裘生改盡漢宮妝，我則索看昭君畫圖模樣，舊恩金勒短，新恨玉鞭長。」；北雁兒落帶得勝令「宮人，那里是哭虞姬別了楚霸王。端的是送嬌娃替了山西將。保親的像李左車，送女的一似蕭丞相。」襲自漢劇第三折雁兒落「我做了別虞姬楚霸王，全不見守玉關征西將，那里取保親的李左車，送女客的蕭丞相。」；南僥僥令「娘娘，傷心懷漢壤。眾官員呵，攜手上河梁。」襲自漢劇第三折梅花酒「他傷心辭漢主，望攜手上河梁。」用語雖清麗，卻不若漢劇的精鍊遒勁，難怪青木正兒在《中國近世戲曲史》云：「然譜此事之雜劇，前有元馬致遠之《漢宮秋》最爲絕唱，則陳之此作未足於戲曲史上放光彩也。」其言甚是！

本劇賓白一在交代事件簡省關目，二在刻畫人物心理。前者如二郎神曲中，宮女言：「只爲前日毛延壽指寫丹青，遍需金帛，娘娘自恃天香國色，不送黃金，因此喬點畫圖，故淹珠玉，今日官家按圖遣駕，耽誤了娘娘也。」短短數語，即交待完遣嫁原委；後者如南園林好曲後，眾人稟告已到玉門關，昭君言：「俺只著馬兒欵欵行，車兒慢慢隨，緣何這般樣到的快也。左右，替我勒駐馬者。」由於他心中不願，故覺抵關之快，表達甚爲貼切。

《弔琵琶》曲文常櫽括詩文、運用典故，如第一折中：

〔油葫蘆〕慢撚輕攏續續勻，大絃急、小絃溫，梁州獲索更翻新，一聲呵金戈鐵馬沙場震，一聲呵暗風細雨紗窗潤，一聲呵流鶯滑、乳燕輕，一聲呵孤鴻哀、別鶴恨，聲聲嫋嫋留餘韻，分明恩怨曲中論。

即運用了白居易的〈琵琶行〉，再如第二折中：

〔調笑令〕多謝你夜光杯，酌蒲萄，這時節不是簾外春寒賜錦袍，難道醉臥沙場君莫笑，敢要我倚新妝臉暈紅潮，做箇飛燕輕盈上馬嬌，則怕酒醒時記不起何處今宵。

則是運用了王翰的邊塞詩〈涼州詞〉、劉永的別詞〈雨霖鈴〉及趙飛燕的典故而成。又如第四折中：

〔得勝令〕偏教你骨葬綠江邊，魂斷黑山巔，白草黃沙地，梨花寒食天，吞氈比持節蘇卿遠，沉淵似懷沙屈子冤。

又運用了蘇武牧羊、屈原沉江的典故。引經據點，本爲戲曲忌諱，但若能「引得的確，用得恰好」，〔註 20〕則能化俗爲雅、自然高妙，觀此劇用事皆耳熟能詳，並不艱深晦澀，故反覺機趣橫生。

另外，此劇尚利用方言入曲，如楔子中單于唱道：

〔仙呂端正好〕曳剌的把拂廬舖，肉屏跻，打著蔞珂忍鐵立兒獵，唱道治夔離，窪勃辣駭毛和血，鷹兒掣、犬兒拽、笛兒叫、鼓兒疊，俺向那荅兒捺鉢也鎖陀八。

〔么〕那顏兒，塞痕者，畫的薩那罕似肉菩薩，天生比妓忽伶煞，倒喇滑、孛知斜、酥孛逮、軟脂奢，俺待向踏裡彩，耍一會毛克剌。

其中用了大量的蒙古語，若不經解釋，簡直不知所云，所以雖配合人物身分，但實非佳法。

在賓白上，此劇亦好用前人詩文，如第二折中，元帝上場詩云：「秦時明月漢時關，萬里和戎去不還，但使龍城飛將在，不教美女度陰山。」借用王昌齡的〈出塞〉詩。東原樂曲後，昭君吟詩一首：「秋木萋萋，其葉萎黃，……嗚呼哀哉，憂心惻傷。」節取自蔡邕《琴操・怨曠思惟歌》。其用法巧妙，評價與曲文相同。另外，劇中賓白除能較明確的刻畫人物性格外，作者亦借此發表對史論的看法，如第四折借蔡琰之口言：「昭君你投水而亡，生爲漢妃，死爲漢鬼，後人乃云先嫁呼韓邪單于，復爲株絫單于婦，父子聚麀，豈不點污清白乎？」可見有意爲昭君辯白，維護形象。總而言之，尤侗博覽群籍，以洋溢的才情經營文字，故能妙筆生花，油然動人。

《昭君夢》曲文清綺，聲韻悠揚，時露沈鬱惆悵之氣，如第一折睡魔上

〔註 20〕王驥德《曲律》中言：「曲之佳處，不在用事，亦不在不用事。好用事，失之堆積，無事可用，失之枯寂，要在多讀書，多識故實，引得的確，用得恰好，明事暗使，隱事顯使，務使唱去人人都曉，不須解說。又有一等，用在句中，令人不覺，如禪家所謂撮鹽水中，飲水乃知鹹味，方是妙手。」

場時唱道：

〔西江月〕世事一番蕉鹿，人情半枕黃粱，溫柔被底口脂香，現出骷髏粉相，海上驢兒一叫，神仙打點行裝，夢生夢死破天荒，豎起乾坤一棒。

第二折昭君思鄉時唱道：

〔啄木公子〕花能魅，月善妖，花月今宵不自聊，相對著馬卒牛頭，狼籍殺楚袖宮腰，野火荒煙連地繞，玉碎珠零憔悴倒，縱有歸魂去路遙，早又是皷聲敲。

第三折氤氳大使帶昭君在夢中經過古戰場時唱道：

〔寄生草〕雁字朝來瀉，飢烏日暮雜，燐燐白骨無人插，虎頭都護身軀化，猿臂將軍尸骸撒，鬼燐影現堪驚咤。咳！漠漠飛魂，鬼門關驅過英雄駕。

此劇曲文平易，無甚多字詞技巧，但能營造氣氛，直寫人物情感，故亦不失爲案頭佳作。

至於劇中賓白，主要在敘事以推動情節，如第一折中睡魔云：

人生何處非夢，夢境未必非眞，算來日食萬鍾，不若黃粱高枕，儘他位登入座，無過蟻穴乘車，須知富貴的，要與他一個惡夢，貧賤的，要與他一個好夢，這便世界均平了。……今日有個人兒，本是國色天香，送入黃沙紫塹，堪笑那君王雙瞳不瞎，何至全憑繪圖，可恨那畫工一筆模糊，頓令終埋沙漠，頃奉氤氳大使法旨，著俺前去，與王昭君一回好夢，送到漢宮去也。

這段話不但說明昭君之所以能得神助，魂夢歸鄉的理由，也開啓以下作夢的情節，更包含作者對元帝和毛延壽的看法，作用甚多。再如第二折中昭君云：

奴家王嬙，小字昭君，漢宮人也，生來蕙性蘭心，蛾眉螓首，……那曉入宮見妬，不甘賄賂，被譖丹青，因毛延壽誤寫眞容，致漢皇帝遠嫁絕域。

文字精簡，以史傳筆法介紹人物的身分、經歷，接著再引起下文昭君對己身遭遇的感嘆，銜接自然。

《琵琶語》曲文普通，主要用來表明人物心境，如第一齣昭君出塞時行經王母廟哭訴道：

〔甘州歌〕盈庭虛論，竟將軍不武，帷幄無文，儘漢家制度，中國堂堂非窘，因甚的干弋自偃忘磨盾，禮幣輸將去媚人，籲金母叩列眞，可憐我孱孱一女遠沉淪，彈不盡氣難伸，怎當他絃中指上咽逡巡。

語露憤恨哀怨，令人感動。又如第二齣中東方朔上場時唱道：

〔吳小四〕善詼諧，能白賴，游戲人間悟三昧，自從漢武迷仙界，不混紅塵，喚朔來，休說我東方再狡獪。

短短數語，將東方朔詼諧自在的性格表露無遺。另如第四齣中番后見到昭君美人圖後，大哭倒地，急跳起指著番王唱道：

〔浣溪沙〕可笑你走天涯徑路，又滿腹內謎藏賣假，好夫妻不說眞情話，渾身色膽如天大，逞胡拏放你輕籠罩碧紗，我從今後錦帳長年守寡。

極顯憤怒誇張，難怪番王會急忙辯解：「這事從那裡說起？娘娘何由得知？」就文學技巧而言，本劇表現普通，前引青木正兒言補天八劇「曲詞素樸無華，排場亦少可觀者耶？斷非佳作，可不必深論之也。」可謂一語見的。

至於賓白，本劇特色在於喜用唐代不同作者的詩句結集成人物的上下場詩：總計第一齣有三處；第二齣有二處；第三齣有一處，第六齣有三處。雖然頗具巧思，亦顯咬文嚼字、賣弄文才。除此之外，賓白多用在刻畫人物個性，由上節看來，這方面還算成功。

《和戎記》屬民間戲劇，曲文賓白無不淺顯易懂，其中錯字不少，只求音同即可，有些詞句不甚通暢，藝術成就較低，在曲文方面，如第六折中毛延壽因見到昭君自畫的眞容，遂唱道：

〔出陣子〕心中忿恨，怒氣沖天越怒嗔，交人頗耐潑風塵，故逞聰明羞咱每，不許他歸朝見聖君。

又如第二十二折中元帝等待平王征伐的結果時唱道：

〔好事近〕誰知道誤佳期，近日來邊疆烽起，奸臣毒計到沙陀，說是談非，同胞御弟，統兵與他相迎敵，如今未見輸贏，全不見吉兆凶危。

這些曲文無不淺顯，猶如白話。另外，有的曲文不但淺白，還令人覺得庸俗露骨，如第十折中左丞相張槐慶賀皇上喜獲昭君時唱道：

〔下山虎〕滿朝文武盡歡欣，得娘娘，賀太平，風調雨順，萬代江山長子孫，險些做到不和順，誰識寶和珍，玉種藍田才得成。

另如第二十九折中昭君出塞時唱道：

〔點絳唇〕……想我君，思我主，指望鳳枕鸞衾同歡會，誰知道做了鳳隻鸞孤，都一樣肝腸碎。

再如第三十六折中元帝娶王秀貞時，秀貞唱道：

〔畫眉序〕錦繡富豪家，金章紫綬享榮華，喜得藍田種出美玉無瑕，今朝洞房花燭夜，仙郎女郎如花。

以上諸曲均是，明代祁彪佳《遠山堂曲品》批評此劇爲「濫惡詞曲」，非爲無因。

在賓白上，此劇著重在人物性格的刻畫，並仍以文字淺顯爲特色。另外，亦不乏輕鬆逗趣處，如第三十一折中昭君要求單于殺毛延壽的部分即是：

（旦）：虜王，你交單于主殺了毛延壽我方進城。

（丑）：我王，娘娘說要殺了毛延壽方進城。

（外）：老毛，我和你借一件東西，你肯不肯？

（淨）：我王，小臣沒有甚麼東西。

（外）：你有沒有，只要說個肯。

（淨）：小臣有時就肯。

（外）：你肯，你肯。

（淨）：肯、肯、肯。

（外）：老毛，你那個頭借我看看。

（淨）：先間說道天地無反悔，怎樣這樣？

（外）：老毛，自古道天變一時，小番挪了。

（丑）：閻王注定三更死，定不留人到四更，啓聖旨，開刀！

《青冢記》的〈送昭〉、〈出塞〉在曲文賓白方面有一個現象，即只要出自昭君，字詞必哀怨眞切，堪稱雅潔。反之，若出自他人之口，則語多俚俗，甚至粗鄙不堪，如〈送昭〉中，昭君唱：

〔山坡羊〕王昭君好一似海枯石爛，懷抱著金鑲玉嵌的琵琶一面。俺這裡便思劉想漢，眼睜睜盼不到南來的雁，眼睜睜盼不到南來雁！〔阿呀！雁兒呵！〕你與我把書傳，你與我多多拜上劉王天子前：道昭君今生要見無由見！恨只恨，毛延壽誤寫丹青，教奴家紅粉親自去和番。

而王龍與眾人唱：

〔雜板令〕朝庭待漏午朝門。（眾）午朝門。（付）鐵甲將軍去跳井。

（眾）去跳井。（付）跳了一個又一個，不登，不登，不登登！

另如〈送昭〉中，王龍請昭君上馬，她說：「昭君跨玉鞍，上馬啼紅血，今日漢宮人，明朝胡地妾。」而在〈出塞〉中，淨扮苦獨立上場言：

來了一位婆娘本姓顧，端條板櫈攔門坐；坐下來，就把褲襠補。一時來補起，燒盆熱水洗屁股。屁股放在水盆內，鋪！鋪！鋪！大屁放了二十五，小屁放了四十五。希哩呼囉，好像洒鹽滷。養個兒子打金鑼。

王龍亦言：「啓上娘娘，王龍想來，娘娘此去，絲竹之音再不能聽見了。」迨昭君點頭，他接著說：「請娘娘把琵琶扒這幾扒，抓這幾抓。」用語莫不粗鄙好笑，這雖於文學藝術上極不入流，但在舞臺上的效果應是不錯，頗逗人開心的。

第五節 小 結

綜合以上七劇，在主題思想上，唯《漢宮秋》較嚴肅深刻，帶有作者身爲亡國遺民的悲痛、憤恨情感。其餘各劇：《昭君出塞》爲馳逞文才的案頭作品，僅表個人風雅；《弔琵琶》一方面爲改良漢劇，一方面欲藉此抒發個人的抑鬱愁牢；《昭君夢》和《琵琶語》主要在傳達翻案補恨的思想；《和戎記》表彰忠孝節義乃勸善懲惡，說教意味濃厚；《青冢記》剩餘的兩齣則在描寫昭君出塞時的淒涼哀怨。明代以後，戲劇的主題思想轉弱，僅能抒發個人意志或宣揚倫理道德，卻無法反映庶民的心靈及生活，在此可得到印證。

在關目布置上，各劇因取材自歷史與傳說，故傳沿成份高，《漢宮秋》在關目布置方面，有些小節不甚妥當，且第四折「孤雁漢宮秋」單調冗長，有強弩之末的弊病。《昭君出塞》關目太簡，既少鋪陳，又乏起伏。《昭君夢》、《琵琶語》是諸劇中最創新鮮奇者，前者關目單純，後者較富變化，這種翻案補恨的劇作，雖可稱一時快意，使人頓感新奇，但畢竟情趣較低俗，所受評價不高。《和戎記》爲延長篇幅，增添不少情節，但因結構不嚴謹，冗長、拖沓、錯誤處因此所在多有。《青冢記》的〈送昭〉、〈出塞〉關目簡單，唯插科打諢處太多，不太適合。鄙意認爲《弔琵琶》站在漢劇的基礎上，關目既合理順暢，結尾又有作者別出心裁的設計，可說是七劇中較靈動妥貼者。

在人物塑造上，茲先將各劇共同的主要人物列表顯示如下：

劇名＼人物	王昭君	漢元帝	單　于	毛延壽
漢宮秋	無性靈 庸俗 現實 勢力	富庶民情感 風流好色 痴心悲怨 庸懦無能	自信勇武 誠心明理	諂佞奸貪
昭君出塞	淒涼惶恐	薄弱不明		諂佞奸貪
弔琵琶	剛強獨立	風流好色 痴心悲怨 庸懦無能	狂妄 魯莽 剽悍	諂佞奸貪
昭君夢	哀怨惆悵	享樂冷漠	粗霸勇武	諂佞奸貪
琵琶語	仙風道骨		好色懼內 滑稽逗趣	諂佞奸貪
和戎記	聰慧有才 愛國懂事 孝順顧家	風流好色 痴心悲怨 庸懦無能	野蠻痴情 乏合理性	諂佞奸貪
青冢記	悲苦憤恨			諂佞奸貪

對於昭君，《漢宮秋》塑造得非常失敗，它劇則各有特色；相反的，對於元帝，《漢宮秋》卻塑造得非常成功，它劇或承襲、或忽略、或乾脆不描述；在單于的形象上，只有漢劇呈現翩翩人君的良善氣度，它劇則較符合蠻夷國王粗霸無理的性格，毛延壽的形象在各劇中已被定型，所以雖然在《昭君出塞》、《昭君夢》、《青冢記》的〈送昭〉、〈出塞〉中他並未出現，但罪行爲人仍被指斥，各劇中以毛延壽的形象塑造最爲一致，卻也最沒有變化。至於其他各劇分別有的主要人物，大致可謂塑造成功，能推動、貫串劇情的發展，只有王秀貞、王龍塑造欠佳，形象較薄弱。

最後，在曲文賓白上，《漢宮秋》堪稱高妙雅潔、雄爽自然，無疑受到最多最好的評價，其餘諸劇未能出其左右。《昭君出塞》用語清麗，多仿漢劇，卻少遒勁之致。《弔琵琶》文辭典雅，好用詩文、典故，時露作者博學才氣。《昭君夢》清綺悠揚，釋道意味彌漫。《琵琶語》則素樸無華，詼諧有趣。上述五劇中，由於創作背景不同，漢劇尚保有元人活潑流利、蓬勃生機的語詞，其餘明清雜劇，因作者爲文人仕子，戲劇已趨向案頭，變成辭賦的別體，故在戲劇藝術上雖改進不少，但在戲劇文學上顯較僵硬酸腐。至於《和戎記》與《青冢記》屬於明傳奇，作者可能為民間藝人，故文字淺白鄙俗，訛誤不少，斷非佳作。

結　論

昭君故事發生在西漢，自東漢班固《漢書》記載以來，至今流傳不斷，爲何一個原本簡單的故事竟能引致如此繁多且流長的發展呢？這是因爲它的「基型」很簡單，而「基型」中又隱藏著諸多易引發人聯想的「基型」使然。曾師永義在《說俗文學・從西施說到梁祝》一文中言：

> 「基型」含有多方「觸發」的「基因」，一經「觸發」，便自然會有進一步的「緣飾」和「附會」，有時新生的「緣飾」和「附會」照樣含有再「觸發」的「基因」，如此再「緣飾」再「附會」，便幾乎沒有完了的一天。所以民間故事的孳乳展延，有如一滴眼淚到後來滾成一個大雪球一樣，居然「驚天動地」；有如星星之火逐漸燎遍草原一樣，畢竟「光耀寰宇」。
>
> 而我們若考察其孳乳展延的因素，則大抵有兩個來源和四條線索。兩個來源是：文人學士的賦詠和議論，庶民百姓的說唱和誇飾；四條線索是：民族的共同性、時代的意義、地方的色彩、文學間的感染與合流。

昭君及一般民間故事的發展，蓋皆循此原理而來。就現存關於昭君故事的作品來看，傳沿性大於開創性，而其中又以《漢書》、《後漢書》、《琴操》、《西京雜記》、〈王昭君變文〉、《漢宮秋》等作最重要，對後世的影響也較深。

古典戲曲源於宋代，至元代大興，迄今不斷，昭君故事雖在民間流傳久遠，一般人均耳熟能詳，但真正爲此故事撰寫的劇本，民國前僅得七部，既使加上亡佚之作，亦只有十一部，數量可謂不多，這或許是由於其已漸趨成熟定型，後代作者既難另添枝節、踰越前人，故新創者遂少。在現存的元明清七部戲曲中，各劇可說兼有承襲及創新處，既使如《昭君出塞》在情節上幾乎都承襲前代，但由於取材的焦點不同，亦能展現出不同的風貌，所以諸劇實際上可說是各具特色的。由此可知，昭君戲曲雖以《漢宮秋》爲代表，且創造頗高的藝術成就，但後代文人在創作此劇時，仍力求另闢蹊徑，超脫凡俗，這點努力是値得嘉許的。

在七部昭君戲曲中，可分爲三類：一是《漢宮秋》，其屬落拓士人之作，特色在於內容深刻、足以反映時代思想；二是《昭君出塞》、《弔琵琶》、《昭君夢》、《琵琶語》，其屬文人劇，特色在於附庸風雅、抒發個人情感；三是《和戎記》、《青冢記》，其屬民間創作，特色在於通俗鄙俚、詼諧逗趣。至於各劇比較：《漢宮秋》主題思想嚴肅，曲文賓白高妙鮮活；唯對昭君的形象塑造得極爲失敗，關目布置亦有未妥當處。《昭君出塞》中昭君哀怨的形象頗鮮明，曲文賓白尚稱清麗；但主題思想不夠嚴肅，僅爲附庸風雅，關目布置亦太簡單，缺少變化。《弔琵琶》的關目布置和人物塑造都針對漢劇作了修正，故較爲適切，其曲文賓白由於有作者才氣縱橫的經營，顯的雋雅有深度；唯主題思想一方面雖爲改良漢劇，另一方面卻也侷限於表達個人的抑鬱愁牢，涵蓋面不夠寬廣。《昭君夢》主題思想僅爲翻案補恨，關目布置太單純，除了漢元帝外，其他的人物塑造尚可，曲文則清綺悠揚，尚有可觀。《琵琶語》關目布置富變化，人物塑造鮮明有趣；唯主題思想仍於翻案補恨，曲文賓白亦屬普通。《和戎記》在主題思想上強調教化，千篇一律，毫無新意，在關目布置上冗長、拖沓、甚至還有顚倒誤謬處，人物塑造強調忠臣烈女、才子佳人，但對單于的性格刻畫則乏合理性，顯得盲目，曲文賓白則淺白鄙俚，帶有濃厚的民間色彩。《青冢記》的〈送昭〉、〈出塞〉中，主題思想在表達昭君的哀怨愁苦，關目布置簡單適切，人物塑造主要針對昭君，刻畫深入，曲文賓白則雅緻鄙俚均有。由此可見七劇各有優劣，就戲劇藝術而言，五部雜劇均未擅長，但其於戲劇文學上顯較突出，尤其是《漢宮秋》、《弔琵琶》兩劇，成就更在諸劇之上，屬案頭佳作。另二部傳奇在戲劇藝術及文學上仍有待改進，未爲良品。

參考書目

一、史書、地理書

1. 《新校漢書集注》，漢班固撰、唐顏師古注，世界書局。
2. 《新校後漢書注》，南朝宋范曄撰、唐李賢等注，世界書局。
3. 《新校本舊唐書》，後晉劉昫等撰，鼎文書局。
4. 《輿地廣記》，宋歐陽忞撰，文海出版社。
5. 《輿地紀勝》，宋王象之撰，文海出版社。
6. 《太平寰宇記》，宋樂史撰，文海出版社。
7. 《河南邵氏聞見後錄》，宋邵博撰，廣文書局
8. 《吳船錄》，宋范成大撰，續百川學海第三冊。
9. 《明一統志》，明李賢等奉敕撰，景印文淵閣四庫全書，商務印書館。
10. 《欽定大清一統志》，清和坤等奉敕撰，景印文淵閣四庫全書，商務印書館。
11. 《陝西通志》，清劉於義等監修，清沈青崖等編纂，景印文淵閣四庫全書，商務印書館。
12. 《水經注釋地補遺》，清張匡學撰。

二、筆記、小說

1. 《西京雜記》，晉葛洪撰，廣文書局。
2. 《世說新語注》，南朝宋劉義慶撰、梁劉孝標注，華聯出版社。
3. 《歷代名畫記》，唐張彥遠撰，新文豐出版公司。
4. 《妝樓記》，後唐張泌纂，新文豐出版公司。
5. 《太平廣記》，宋李昉等編，明倫出版社。

6. 《隨隱漫錄》，宋陳世崇撰，筆記小說大觀正編第二冊，新興書局。
7. 《野客叢書》，宋王楙撰，筆記小說大觀續編第三冊，新興書局。
8. 《圖畫見聞誌》，宋郭若虛撰、明毛晉訂，廣文書局。
9. 《隋唐演義》，元羅貫中原撰、清褚人穫改撰，世界書局。
10. 《歷代題畫詩類》，清陳邦彥等奉敕編，景印文淵閣四庫全書，商務印書館。
11. 《四大美人》，作者不詳，文海出版社。
12. 《雙鳳奇緣》，雪樵主人，河洛出版社。
13. 《老狐談歷代麗人記》，鵜湖逸士撰，香豔叢書第三集卷四，古亭書屋印行。

三、劇　本

1. 《全元雜劇初編》，楊家駱主編，世界書局。
2. 《元曲選》，隋森編著，宏業書局。
3. 《盛明雜劇初集》，明沈泰輯編，廣文書局。
4. 《盛明雜劇三集》，清鄒式金輯編，廣文書局。
5. 《明人雜劇選》，梅初編，順先出版公司。
6. 《清人雜劇》，鄭振鐸纂集，龍門書店。
7. 《補天石傳奇》，清周樂清著，靜遠草堂藏板。
8. 《全明傳奇》，林侑蒔編，天一出版社。
9. 《綴白裘》，清錢德蒼增輯、汪協如校，中華書局。
10. 《國劇大成》，張伯謹編，國防部總政治作戰部振興國劇研究發展委員會發行。
11. 《修訂國劇選》，教育部國劇劇本整理委員會修訂，國立編譯館印行。
12. 《王昭君》，鄭道貞編，臺灣省地方戲劇協進會、臺北市地方戲劇協會發行。

四、戲劇史、戲劇論著

1. 《中國戲曲通史》，張庚、郭漢城，中國戲劇出版社。
2. 《中國戲劇發展史》，周貽白，僶勉出版社。
3. 《中國劇場史》，周貽白，長安出版社。
4. 《中國戲劇史》，張燕瑾，文津出版社。
5. 《中國近世戲曲史》，青木正兒著、王古廬譯，商務印書館。
6. 《中國戲曲史漫話》，吳國欽，木鐸出版社。
7. 《元雜戲發展史》，季國平，文津出版社。
8. 《明代劇曲史》，朱尚文，高長出版社。

9. 《元明清劇曲史》，陳萬鼎，鼎文書局。
10. 《錄鬼簿》，元鍾嗣成，洪氏出版社。
11. 《遠山堂曲品》，明祁彪佳，歷代詩史長編二輯，鼎文書局。
12. 《南詞敘錄》，明徐渭，歷代詩史長編二輯，鼎文書局。
13. 《曲律》，明王驥德，歷代詩史長編二輯，鼎文書局。
14. 《遠山堂劇品》，明祁彪佳，歷代詩史長編二輯，鼎文書局。
15. 《曲品》，明呂天成，歷代詩史長編二輯，鼎文書局。
16. 《劇說》，清焦循，廣文書局。
17. 《閒情偶寄》，清李漁，長安出版社。
18. 《曲海總目提要》，清黃文暘撰、董康輯，新興書局。
19. 《元雜劇本事考》，羅錦堂，順先出版公司。
20. 《中國古典名劇鑒賞辭典》，徐培均、范民聲主編，上海古籍出版社。
21. 《漢宮秋》，高明總編，錦繡出版社。
22. 《元雜劇選讀》，徐信義選注，華正書局。
23. 《元雜劇析論》，叢靜文，商務印書館。
24. 《元雜劇研究》，陳誠中，東部印刷廠。
25. 《元雜劇研究》，吉川幸次郎著、鄭清茂譯，藝文印書館。
26. 《元人雜劇序說》，青木正兒著、隋樹森譯，長安出版社。
27. 《元雜劇所反映之元代社會》，顏天佑，華正書局。
28. 《元明雜劇》，顧學頡，國文天地雜誌社。
29. 《明代傳奇之劇場及其藝術》，王安祈，學生書局。
30. 《明清傳奇導論》，張敬，華正書局。
31. 《明清文人傳奇研究》，郭英德，文津出版社。
32. 《中國古典戲劇的認識與欣賞》，曾師永義，正中書局。
33. 《中國古典戲劇選注》，曾師永義，國家出版社。
34. 《中國古典戲劇論集》，曾師永義，聯經出版公司。
35. 《中國古典戲劇論集》，張敬、曾師永義等著，幼獅文化公司。
36. 《參軍戲與元雜劇》，曾師永義，聯經出版公司。
37. 《明雜劇概論》，曾師永義，學海出版社。
38. 《詩歌與戲曲》，曾師永義，聯經出版公司。
39. 《說戲曲》，曾師永義，聯經出版公司。
40. 《說俗文學》，曾師永義，聯經出版公司。

41. 《十大戲曲家》，章培恆主編，上海古籍出版社。
42. 《中國古典文學論叢第四冊戲劇之部》，中外文學學術叢書。
43. 《談俗説戲》，汪志勇，文史哲出版社。
44. 《小説戲曲研究》，國立清華大學人文社會學院中國語文學系主編，聯經出版公司。

五、其　他

1. 《琴操》，東漢蔡邕撰，新文豐出版公司。
2. 《敦煌變文》，楊家駱主編，世界書局。
3. 《樂府詩集》，宋郭茂倩編，四庫全書薈要，世界書局。
4. 《青冢志》，清胡鳳丹編，香豔叢書第十八集卷三、卷四，古亭書屋印行。
5. 《昭君詩評》，葉婉之評釋，人人文庫，商務印書館。
6. 《中國俗曲總目稿》，劉復、李家瑞等編，中研院史語所發行。
7. 《梅溪集》，宋王十朋。
8. 《清白士集》，清梁玉繩。
9. 《中國文學史》，葉師慶炳，學生書局。
10. 《中國文學發達史》，劉大杰，華正書局。
11. 《唐人小説校釋》，王師夢鷗，正中書局。

參考期刊論文

1. 〈關於王昭君之歷史與文學〉，梁容若，大陸雜誌第一卷第九期。
2. 〈昭君故事及關於昭君之文學〉，黃鴻翔，廈門大學學報第一卷第二期。
3. 〈中國歷代文人筆下的王昭君〉，余我，暢流雜誌第三十五卷。
4. 〈唐寫本明妃傳殘卷跋〉，容肇祖，民俗週刊第二十七、二十八期合刊。
5. 〈關於王昭君傳説〉，劉萬章，民俗週刊第三十五期。
6. 〈「關於王昭君傳説」的答案〉，魏應麒，民俗週刊第四十四期。
7. 〈青冢志跋〉，容肇祖，民俗週刊第一二一期。
8. 〈王昭君故事的演變〉，黃縈琇，民俗週刊第一二一期。
9. 〈王昭君〉，張長弓，嶺南學報第二卷第二期。
10. 〈王昭君故事演變之點點滴滴〉，張壽林，文學年報第一期。
11. 〈雙鳳奇緣考〉，泖東一蟹，小説月報第四卷第二號。
12. 〈王昭君與毛延壽〉，李則芬，東方雜誌復刊第十卷第二期。
13. 〈漢唐之和親政策〉，王桐齡，史學年報第一卷第一期。

14. 《王昭君故事研究》，鄔錫芬，東海大學七十年中文研究所碩士論文。
15. 《馬致遠雜劇研究》，唐桂芳，政治大學六十五年中文研究所碩士論文。
16. 《馬致遠雜劇之研究》，朴三洙，台灣大學七十五年中文研究所碩士論文。
17. 《尤侗西堂樂府研究》，沈惠如，東吳大學七十六年中文研究所碩士論文。
18. 《昭君戲曲之研究》，金容雅，台灣大學七十七年中文研究所碩士論文。
19. 《陳與郊劇作研究》，林立仁，輔仁大學七十七年中文研究所碩士論文。

明傳奇夢運用之研究

陳貞吟　著

作者簡介

陳貞吟，民國四十四年生，高雄市人。政治大學中文學士、輔仁大學中文碩士、高雄師範大學國文博士，曾任教於婦嬰護理專科學校、空軍軍官學校文史系，目前任教於高雄師範大學國文系，教授詞曲、古典戲曲、現代散文等課程；主要研究領域為中國古典戲曲。研究論文有《湯顯祖愛情戲曲取材再創作之研究》及明雜劇作家賈仲明、朱有燉、康海、葉憲祖等作家之劇本研究。

提　　要

本論文探討明傳奇中夢的運用手法及其搬演方式，並從心裡分析的觀點討論夢所呈現的象徵意義。論文取材以明代毛晉的汲古閣《六十種曲》為研究範疇。

從劇本的歸納分析，得到明傳奇中夢的運用有五大類型：一、與情節有關的夢：1. 神道顯驗，2. 顯示預兆。二、架構劇情主題的夢，主要為湯顯祖的牡丹亭、邯鄲記及南柯記。三、表現思念之情的夢：1. 單純表現思念之情的夢，2. 表現思情並間接影響劇情的夢。四、刻劃心理的夢。五、插科打諢的夢。

夢的搬演方式，主要討論夢的出現方式、入夢與出夢的劇作手法及實場演出的戲劇效果。本論文一則以戲劇理論的原理及觀點，分析夢的運用類型及其舞台演出的效果，一則以心理學的解析方式，用以了解夢所呈現的象徵意義。

目次

前　言

一如唐詩、宋詞、元曲，傳奇是明代的代表文學。歷來對明傳奇的研究，大抵偏於曲文方面。無可否認的，曲文是中國戲劇的主要部份，有其悠久的傳統。但，明傳奇旣以戲劇的形貌出現，則角色分配、劇情結構、表現技巧等研究工作，自亦不可偏廢。筆者選擇「明傳奇夢運用之研究」爲碩士論文題目，其故在此。

筆者嘗試從不同的角度探討明傳奇中的夢，一則以戲劇理論的原理及觀點，分析夢運用的類型及其舞台演出的效果；一則藉近代發展的心理學解析方式，以瞭解夢的本質及種族內心底層的認識和觀念。期此種今古之間的溝通、發微，結合夢的內、外在的研究，可使傳統戲曲留下的寶藏更具價值。艾特略於其論「傳統與個人的才能」一文中，曾如此說：「傳統含有歷史意識……歷史意識包含一種認識，即過去不僅具有過去性，同時具有現代性」，以近代的方法及理論作爲基礎，或許可以發掘出傳統的「現代性」，固所願也。

本論文以明毛晉編的汲古閣六十種曲爲取材的範圍，其中除北西廂南演劇本及還魂記碩園改本外，幾乎已包羅了明傳奇的精華；以此來歸類、分析明傳奇中夢的運用，應足以見其一斑。

第一章　明傳奇中夢運用的分類

夢是文學中常用的手法，大家熟悉的莊周夢蝶，即採用了虛實交錯的手法來表現人生的哲思，得到很好的文學效果，流傳千古至今仍爲我們所熟知。從先秦以來，文學中的夢從來沒有停止過，不論古代的詩詞歌賦、小說戲曲，乃至現代文學的散文、小說等。文學中的夢是既虛且實的，既是人人有的生活經驗，也常是心靈深處的意識呈現。

劇作家藉用夢境來化解現實中不能達成的困境，超現實的夢境在文學中的妙用往往在此。本章從六十種曲分析歸類明傳奇中夢的運用，得到有五大類型的運用方式：一、與情節有關的夢，二、架構劇情主題的夢，三、表現思念之情的夢，四、刻劃心理的夢，五、插科打諢的夢。

第一節　與情節有關的夢

情節是戲劇結構的一大要素。依漢米爾頓對戲劇的定義言：「戲劇是安排由演員在舞台上當眾表演的一個故事。」〔註1〕「故事」則是由一連串的「情節」結合而構成；可見情節在戲劇中占有相當重要的地位。

夢運用於情節中，或具主動的，直接、間接影響劇情的作用；或僅僅是與情節暗合而已。因中國戲劇情節發展的時空處理法，是屬延展的形式〔註2〕；故事自開始至結束，時間的幅度沒有限制，很少，甚至根本沒有經過壓縮。情節延展的過程中，容易吸收偶然的因素而旁生枝節，明傳奇「頭緒繁多」即由

〔註1〕見漢米爾頓「戲劇原理」，趙如琳譯本。東大圖書出版，頁101。
〔註2〕見姚一葦著「戲劇論集」論「戲劇的時空觀」。開明書局，頁8。

於此。即然容易在情節進行中增添即興的旁枝，於劇作結構上就不得不有一些銜接、補償的安排。夢運用於情節推展中，便常作爲此種搭橋工作者；和劇情有關的夢，亦是明傳奇夢運用中最多的一類。六十種曲除掉翻本的北西廂及改本的碩園刪定本還魂記外，其餘五十八本傳奇中，筆者擷取得六十個夢的運用；其中此類和情節有關的夢，就占了三十四個之多，比例高達二分之一強，可見這是明傳奇作者最習用的運用夢的方式。就其內容，可大別爲神道顯驗及顯示預兆兩類。兩者誠難一而二劃分，神道顯驗者亦常具有預示劇情的功能，但通常是藉神力來改變或扭轉情節，神能於戲中占相當重要地位，和顯預兆夢中的神，作用上有輕重之別，故分爲兩類。

一、神道顯驗

神道顯驗的夢，每是在劇情發展遇到阻礙，於現實界無法合理突破時，作者往往利用夢境來引渡神力，藉以扭轉或指引情節的開展。受阻的劇情大都是戲中的主角或善人遭遇困厄，而安排由雲端伸佛手來救助他（她），這一則符合了傳統精神的得道天助、善惡不爽的觀念；一則作爲情節推展的橋樑。神的世界爲幻想的、超現實的世界，人類現世的常理無法約束祂。藉此非現實的國度，劇作家得以馳騁其想像能力，化腐朽爲神奇，使不可能的事情轉變爲可能。這類夢的運用於劇情推展中，較重要而成功者，常是扮演補償和銜接的作用，這或是由於頭緒繁多的延展情節所必需。於此，夢的安排，是劇作家意識活動下的產物；當然，創作本非純理性運作可得，必含有作者感性把握的眞實爲基礎。所以，我們往往於劇作中神的世界，發現了人類本身的秩序，且更形完美，爲意念昇華的結晶。

神道顯驗的夢，計有十一本傳奇中的十五個夢。可區分爲（1）以神鬼之力轉變劇情發展者，（2）顯示神能並兼爲劇情舖路者。前者較後者於劇作結構上，更具重要性，有絕對性的地位。以下分論之。

（1）以神鬼之力轉變劇情發展者

琵琶記第二十七齣「感格墳成」

荊釵記第二十五齣「發水」

尋親記第十五齣「託夢」

焚香記第二十六齣「陳情」

焚香記第三十齣「回生」

玉玦記第二十五齣「夢神」

義俠記店十七齣「悼亡」

飛丸記第二十五齣「誓盟牛女」

飛丸記第十二齣「憐儒脫難」

以上九個夢屬以神鬼之力來扭轉、改變或指引情節者，是明傳奇中運用夢較重要的一類。期於一一討論後，得見其戲劇手法及功能。

a、琵琶記「鍶格墳成」

琵琶記在中國戲劇史上是和西廂記南北並稱的重要劇作，歷來學者對它的研究已多，但大體上偏於考證。例如本事中的蔡邕一人，便眾說紛紜；有以爲是爲蔡邕雪恥者，有以爲託伯喈而諷蔡生者，斥鄧敞者，甚至有說刺五四、蔡卞、蔡二郎、蔡中郎等說〔註3〕。對此，筆者所抱持的態度是笠翁劇論的：「凡閱傳奇而必考其事從何來，其人居何地者，皆說夢之癡人，可以不答也。」〔註4〕

琵琶記取材南宋流行的趙貞女蔡二郎故事，而改蔡邕棄親背婦，招暴雷慘死的結局，爲全忠全孝，夫妻團圓的吉慶終場。這種表揚仁義忠孝的大團圓情節，後來成爲明傳奇的窠臼。任中敏曲海揚波引浴血生語曰：「因小說以規人過，是上上乘也。按昔已有用之者，如琵琶記是也。」〔註5〕在開場一段水調歌頭，高明已明言教化的目的，言「秋燈明翠幕，夜案覽芸編。今來古往，其間故事幾多般。少甚才子佳人，也有神仙幽怪、瑣碎不堪觀。正是不關風月體，縱好也徒然。論傳奇，樂人易，動人難。知音君子，這般另作眼兒看。休論插科打諢，也不尋宮數調，只看子孝共妻賢。正是驊騮方獨步，萬馬敢爭先。」可見作者寫劇時所懷嚴肅的態度。由劇中曲詞、結構，均可見高明匠心獨運的偉業，他是早期有意識地利用戲劇來作爲宣傳工具的作者之一。趙五娘與蔡伯喈故事，流傳頗廣，此不贅述其內容；但夢是情節的一部份，在了解夢運用之前，吾人不得不交待其劇情。茲舉第一齣「副末開場」的沁園春一曲梗概之：

〔註3〕明徐復祚三家村老委談以爲漢末蔡邕而設；胡應麟少室山房筆叢主爲諷蔡生、斥鄧敞之說；清梁紹壬兩般秋雨盦曲談有刺王四、蔡卞之說；祝允明猥談溫州雜劇以爲由趙貞女蔡二郎戲文來；清姚華菉猗室曲話以爲即樂府雜錄中的蔡中郎。

〔註4〕見李漁「閒情偶寄」卷一詞曲部的結構章。長安書局。

〔註5〕見任中敏「曲海揚波」卷一。新曲苑本。

【沁園春】趙女姿容，蔡邕文業，兩月夫妻。奈朝廷黃榜，遍招賢士，高堂嚴命，強赴春闈。一舉鰲頭，再婚牛氏，利綰名牽竟不歸。饑荒歲，雙親俱喪，此際實堪悲。　　堪悲，趙女支持，翦香雲送舅姑，把麻裙包土。築成墳墓。琵琶寫怨。逕往京畿。孝矣伯喈。賢哉牛氏。書館相逢最慘悽。重廬墓。一夫二婦。旌表門閭。

衡以古代的倫理觀，五娘的行徑是理想的女子典型。作者付與她最悲苦的情境，以烘托她孝親的感人，這在戲劇上是具有良好效果的安排。琵琶記的哀感動人，在於作者對悲苦情境充分的掌握。從第五齣生旦「南浦囑別」以後，身不由己的悲哀便在情節中逐層加深。伯喈贅在相府，懾於牛太師的威勢，暗自愁悶；而五娘更是倍受折磨，一介女子獨力支撐家庭生計。又遇荒年，她暗自隱忍吃糟糠；公婆病亡，她祝髮買葬，致倒於長街。作者竭力把五娘推入極苦楚的境地，以換得最大的戲劇效果。「感格墳成」一齣描寫五娘以麻裙包土爲公婆造墳事，負荷這種人力所難達成的情境，愈增加五娘孝行的感人。此時的五娘是：

【五更轉】我只憑十爪，如何能彀墳土高。苦！只見鮮血淋漓濕衣襖。天那！我形衰力倦，死也只這遭。休休！骨頭葬處，任他血流就好。此喚做骨血之親，也教人稱道。教人稱道，趙五娘眞行孝。苦！心窮力盡形枯槁。只有這鮮血，到如今也出盡了。這墳成後，只怕我的身難保。呀！我的氣力都用乏了，不免就此歇息睡覺呵！

【卜算子先】墳土未曾高，筋力還先倦。

一個弱女子，荒郊山上，搬泥運土以築墳，這一幕演來，豈不賺人淚水！悲苦的情境，加深五娘感人的孝行；獨自個人如何可仰仗麻裙包土而把墳造好？！這是作者造境的匠心，並在五娘筋疲力竭，歇息睡覺時，安排了山神奉玉帝旨，遣撥陰兵助她完成造墳工作，並囑付夢中的五娘：

【好姐姐】五娘聽吾道語，吾特奉玉皇勅旨，憐伊孝心，故遣陰兵來助你。

【合】墳成矣！葬了二親尋夫壻，改換衣裝往帝畿。

這個夢一則顯孝感天地，神人共助；更重要的，它指出了「往帝畿」的尋夫壻途徑。使五娘得知伯喈在何方，而改換衣裝，扮作道姑，將琵琶做行頭，沿街彈往孝曲兒，抄化往長安去尋夫。在這之前，五娘一家人只知伯喈往京城赴試，却不知他這幾年飄落何方。藉著夢中神語，使劇情有了另一個開展，結束五娘盡孝的一段悲苦，轉爲尋夫的勞頓。公婆死後的五娘是孤單的；公婆未死之前的五娘必須代夫盡孝，也不能離家尋夫。所以，這個夢的轉折劇情，是安排在一個極恰當的時候。

伯喈離家赴舉時，曾把家人託付給鄰翁張廣才。劇中，他是個忠謹之人，不斷的給五娘一家接濟及照顧。但，劇作家每是安排五娘受苦，然後張公乃出現，而不讓張公主動把五娘的需要先提供出來。如第十七齣「義倉賑濟」演荒年官司放糧濟貧，五娘好不容易請得些糧米，半路却遭里正奪去；蔡父因難活計，欲投井。在這當兒，張公正挑穀來到蔡家，爲他們暫解危困。二十五齣「祝髮買葬」，五娘於公公死後，剪了頭髮，向長街上賣，以爲送終之用。因沒人買，不堪飢餒而倒在街上，此時張公又及時來到，解決了她的困難。此齣的「感格墳成」亦是在山神助五娘完墓，五娘醒來後，張公帶著小二正要來濟她。若此安排，可有三種戲劇上的效果：

1. 增加五娘勞頓的情境，使其孝行被強烈烘托出來，得到最大同情，主題得獲顯現。
2. 張公事後的趕到，爲完成張公人格動作的統一所必須交待的，亦顯示「德不孤」的道德觀。
3. 不以張公代築墓，主要欲藉夢來指引五娘往京尋夫的劇情展向。此夢，不但顯示天道不爽，更具情節發展的橋樑地位。

「感格墳成」的夢，以非現實的神界力量來轉折人力不迨的情勢，使受阻礙的劇情順得發展。

b、荊釵記「發水」

王十朋與錢玉蓮故事，在南戲中，就已不止一本〔註6〕，爲流行甚廣的戲曲。舉「家門」中沁園春一段梗概劇情。

> 【沁園春】才子王生，佳人錢氏，賢孝溫良。以荊釵爲聘，配爲夫婦。春闈催試，拆散鸞鳳。獨步蟾宮，高攀仙桂，一舉鰲頭姓字香，因參相，不從招贅，改調潮陽。　修書遠報萱堂，中道奸謀變禍殃。岳母生嗔，逼凌改嫁。山妻守節，潛地去投江。幸神道匡扶撈救，同赴爪期往異鄉。吉安會，義夫節婦，千古永傳揚。

〔註6〕南詞敘錄有荊釵記兩本，一歸宋元舊篇，一爲明初李景雲撰，可知王十朋故事的南戲，不止一本。

本劇以才子佳人的故事，來表揚夫義妻節的精神。劇中，玉蓮由父親作主，許配窮才子王十朋爲妻。錢母嫌貧愛富，欲許玉蓮於富家子孫汝權，玉蓮以先許王家而不從。十朋赴科時，把母妻二人託在岳家。他一舉中狀元，因拒丞相入贅之意，被由江西饒州僉判改調廣東潮陽僉判。十朋修書與母妻知。不料此家書却被孫汝權使了手腳，改家書爲休書。偏偏錢父尋問究竟時，又碰上自京落第歸來的孫汝權，就把這項入贅相府而休妻的假事誤以爲眞。錢母趁此機，逼玉蓮再嫁孫家；玉蓮爲守節而擬投江自殺。這是二十五齣「發水」之前的情節。介在二十四齣「大逼」和二十六齣「投江」之間的「發水」，插入了一個由溫州太守升調福建安撫的角色——錢安撫，正泊水江邊。他的出現及所作的夢，都是爲卽將投江的玉蓮而預先安排。就劇情發展言，這一齣來得頗爲突然；但對與前面情節毫無關係的錢安撫來說，要讓他介入玉蓮的世界，衹好訴之不能以常理衡量的夢境及神界，使劇情合理化。他帶來了怎樣的夢以銜接劇情呢？他對稍公說：

> （外）你且聽我說，夜來寢睡之間。忽有神人囑付言語，說有節婦投江，使吾撈救。又道此婦人與吾有義女之分，汝等駕幾隻小船，沿江巡哨。不拘男婦，撈救得時，重重賞你。

玉蓮於再嫁與死路之間，她選擇了死亡，這是作者欲以最惡劣的環境來顯示節婦的高操。但女主角一死就沒戲可唱；必然的，需要有救星的出現。衡諸二十五齣之前的劇中人物，却沒有足以擔任這個職務者，作者另外插入一個具有社會地位的錢安撫，也使往後的劇情呈現新的轉折。錢安撫爲救玉蓮而插入，溝通他和玉蓮之間的媒介，就是揆諸常理之外的夢。也可以說，爲劇情而製造的，不只是錢安撫這個角色，更重要的是他所帶來的轉折劇情的夢，補救了在現實上受阻的劇情。由此看，這個口述的夢，在結構劇情上具有決定性搭橋的作用。

c、尋親記「託夢」

這是部藉著富豪欺貧的故事來表張節婦的貞烈及偉大。舉第一齣「開宗」滿庭芳一曲梗概情節。

> 【滿庭芳】（末上）文墨周生，糟糠郭氏，家道蕭然。因官差役，無錢使用，遣妻張郎告債。張郎見色，將實契虛填。信僕奸謀，殺人性命，屈把周生陷極邊。　　單身婦，因財被逼，此際實堪悲。節婦貞堅，遺腹孩兒要保全。剛刀立志，毀傷花面。詩書教子，喜中

> 青錢。棄官尋父，旅館相逢話昔年。歸來日，寃仇已報，夫妻子母再團圓。

周羽和郭氏這一對貧窮夫妻的不幸，是因爲買差代役，向廣放生錢爲富不仁的張敏員外貸款而來。張敏見郭氏姿容而萌私慾，又郭氏疏忽未於空契塡上所借的四錠數字，張敏乃私塡爲四十錠數，欲以債錢使郭氏權做當頭；被夫婦二人斥出。張敏因使一計，令宋清殺了爲周羽代役的黃德，移屍於周家門前，以此誣其爲討回役錢而殺人。周羽因被問罪，下在封丘縣牢中。賴郭氏於新任太爺前力申寃情，得饒了死罪，改配往廣南雖州爲民。張敏欲置周羽於死地，以得到郭氏，乃賄賂了押解差張文，唆於途中打死周羽。這是十五齣「託夢」之前的情節背景。

張文押解周羽，一路上人煙湊集，難以下手。行至鄂州境內供奉金山大王的古廟中，這裡人跡罕至，張文便打算在廟中打死周羽。趁周羽睡去，他拿了棍子，要打周羽腦部，被鬼判扯住；改打脇肋，又被鬼判扯住；張文心奇何以今日棍子如有千斤之重。心想或許周羽不該死於這個時辰，擬先睡一覺再行事。此時，金山大王令鬼判使二人睡魔了，反把周羽身上的繩子綑綁了張文。並於二人夢中顯靈，告以：

> （小生）張文，張文，你受了張敏員外財物，途中打死了周羽回去又找十兩銀子。你却得利肥家，害人性命，聽吾分付。
>
> 【玉胞肚】堪憐周羽，是河南平郡附儒。論殺人果非其罪，是張敏使宋清殺的，休教打死在邊隅。這段寃讎必報取。
>
> 【前腔】周羽聽取。且寬心不須痛悲，他年後定享榮貴，終有日光耀門閭。汝妻必產貴孩兒，這段寃讎必報取。

張文醒來，見身上綑著繩子，又思張敏給錢乃封丘縣內之事，而鄂州界上的神明亦知；正是「人間私語，天聞若雷」，懼怕報應不爽，便決定放了周羽。這個夢的作用有二：

1. 當下解救生角的性命，轉折受阻的劇情。依情節發展，當時一切外在的情勢都是對周羽不利。若無此夢，張文勢必殺死周羽。
2. 埋住後來指引尋親的劇情。張文由夢中已預知周羽的遺腹子必貴；所以第二十九齣「報捷」中，他買下周瑞隆（羽之子）高中的登科錄，往周家報喜，並揭開周羽未死之實，指引瑞隆往鄂州尋親。

此夢兼具有轉折、預兆和指引情節的功能，地位是重要的。若無此夢，尋親記的情節將不得發展。

至此，由琵琶記「感格墳成」、荊釵記「發水」及本齣的「託夢」，我們已可以看出一種戲劇的慣用手法：作者總在現實世界把主角推入沉沉苦難中，爲惡勢力所逼迫；然後藉夢中超現實的神力，來幫助受害者轉換命運。這無非是運用人類同情弱者及迷信鬼神的心理，來醞造戲劇及劇作的起伏、轉折。

d、焚香記「陳情」到「回生」

焚香記描寫王魁與敫桂英故事。且先看末角開場的滿庭芳：

> 【滿庭芳】濟寧王魁，椿萱早喪，弱冠未結姻親。赴禮闈不第，羞澀寓萊城。偶配桂英敫氏，新婚後神廟深盟。試神京，鰲頭獨店，金壘起奸心。　　爲奪婚不遂，將家書套寫，致桂英自縊亡身。幸神明折證，再得還魂。王魁徐州破賊，聞家難兩下虛驚。种諤統兵，萊陽解寇，重會續前盟。

王魁於科場不第時，由命相先生攝合，與本出自名門，因父母雙亡而賣身津送，落在鳴珂巷謝家的敫桂英婚配。謝媽於二人婚後發現王魁貧窮，便每逼桂英改嫁萊陽當地的第一財主金壘。王魁爲前程著想，決定赴科舉；臨走前，夫婦二人往海神廟立盟誓，以示此情不渝。王魁科場高中，韓琦丞相欲招之爲壻，魁以家有糟糠妻辭婚。王魁除任徐州，修家書付與賣登科錄者送往謝家。不意家書被金壘偷改成休書，這一齣改換家書的手法，和荊釵記中孫汝權換十朋給玉蓮的書信是類似的；戲劇搬演中，吾人時常可以看到一些似曾相識的面貌。桂英誤以爲王魁負心，休糟糠另娶韓丞相之女，滿腔幽恨而往赴昔日共盟的海神廟訴情。這是劇情至二十六齣「陳情」的概況。

由「陳情」、「明冤」、「折證」、「辨非」到三十齣的「回生」；這連續五齣的情節，幾乎就是一個大規模夢境世界的展現，也是焚香記最精彩的部份。劇情由陽界轉至陰界，再回至陽界，故事曲折、動人而富神幻飄渺的色彩。「陳情」一齣，桂英因王魁負心而哭訴海神廟，請求明證。訴與海神爺，海神不應；訴與判官爺，亦不應；訴與小鬼，亦復不應。這段旦角的苦戲，演來必定相當叫座。在幾番哭泣之下，她神思困倦，睡在海神爺殿前。睡夢中，海神令鬼判攝其魂，告以：

> 你與王魁前世有善惡相關，爭奈陰陽間隔，難以處分。直待你陽壽終時，到我殿下，纔與你明白折證。小鬼，把那婦人扶出殿門，收拾威嚴。

醒來後的桂英，發現自己在殿門外的東廊下，這證明了神的存在。她想起夢中神言，要待陽壽終始得明證。對古代女子來說，婚姻就是她生命的全部，旣然王魁已負心，生命對桂英已失去意義。現世界旣無法爲桂英討回公平，而超現實的神界又得待她陽壽終後，方與折證；於是，桂英選擇羅帕自縊的路子。畢竟，生命不再爲她所留戀，她所急切希望的是找負心的王魁明證一番，要王魁對自己所曾許下的諾言負起責任。亦可以說，海神王這一夢，促成劇情轉向，因著海神答應「直待妳陽壽終時，到我殿下，纔與妳明白折證」的話，使桂英走往死亡之途。這個夢，爲劇情轉向的關鍵。

二十七齣「明寃」演桂英陰魂向海神王訴告王魁負心，海神王因令差鬼與桂英去攝收王魁陽魂來折證。這一齣中並無明言做夢，此時桂英雖自縊而心口還熱，出現舞台上的是她的魂魄。廣義來說，在桂英回魂之前的陰間諸事，是屬她魂夢之遊，爲非現實的情境，可視爲夢境的展現。

二十八齣「折證」，桂英與鬼兵來拏王魁之魂，此時王魁的感覺是「如病裡、似夢間」，「鬧攘攘虛聲過耳邊」，「眼生花慘霧愁霾，亂庭除沙暗風掀」，「無形有影空中見，瞻前忽後魂飄散」，「滿目間非人非獸」，這是個似夢非夢的情境，充滿戲劇性的氣氛。後來，王魁的魂魄被桂英帶走，留下的是暈倒在書院中的軀體。

二十九齣「辨非」，夫婦二人在海神王面前爭論，一個否認休妻重婚，一個則數說負心把休書寄；於是海神王令判官查善惡文薄，得知是金壘設計套換書信而引起這樁風波。海神王因斷金壘陽壽減除二紀，二世鰥居，其報應待陽司處決，並遣差鬼邱送王魁與桂英還魂。

由這個夢境的過程，得知了：

1. 套換書信是金壘所爲，這使得後來作惡者難逃法網。若不是夢中查明，這一場計謀緣何得知？！人力不逮時，以神力來解決。以示天理昭彰，善惡難匿。
2. 金壘要遭陽報。這應了後日种諤捉拿金壘，杖打一百，下於獄而死。

就金壘暗謀換信之事的被知，是這一段陰判的「結果」；它亦是後來陽司得以處決金壘的指引線索。

桂英自二十六齣「陳情」中被謝公夫婦以心口還熱，移於海神廟殿後祈救，思及算命者曾說過桂英有兩晝夜黃泉之厄，並有起死回生之兆。三十齣「回生」卽演桂英已死兩日；謝公言夜有一夢，見海神爺告以已放桂英還魂，但因其咽喉氣絕，無由接引，要他們拜求近日常遊殿間的青牛祖師救取。此夢使謝公夫婦得知往求青牛祖師，桂英乃得還生。由「咽喉氣絕」的設想，可見作者構思細微處，桂英為自縊而已，故有此說法。這個夢與二十六齣「陳情」中海神爺給桂英的夢，是貫穿陰陽兩界轉折的夢；經由此二夢把劇情由陽界帶到陰界，再從陰界歸回陽界，這種大轉折都是在神力控制之下，富有濃厚的戲劇色彩和效果。於劇情發展上，它找到了作惡的金壘，使善惡昭彰，這是戲劇結束之前必須完成的過程，人力不迨，神力補之，亦顯示報應不爽的信念。不論在劇情或氣氛上，這接連五齣的戲是足為稱道的，也是焚香記中的高潮。

e、玉玦記「夢神」

玉玦記為描寫下第秀才被妓女所惑，一時沉迷，終能幡然悔悟，功成名就而與糟糠妻相逢的戲。明傳奇中有許多秀才與妓女愛變的故事，其中妓女常是出污泥而不染的貞烈女。此戲的妓女李娟奴則是道地煙花行徑。且先看第一齣「標題」的戲情梗概：

> 【滿江紅】鉅野王生，閥閱裔，腹胞琳球。長安下第羞歸去，向狹邪遊。薄倖娼樓懲虎穴，多情才子敝貂裘。遇呂公館穀向芸窗，還自修。　降虜將，成畔謀。統胡騎，陷神州。把令妻秦氏，繫作俘囚。婦守三從甘毀面，夫終一舉占鰲頭。拜貤封重會癸靈廟，作話頭。

王商為赴科舉，與妻秦氏分別。因科場不第，羞歸故里，暫遊京中而遇妓女李娟奴。從此流連平康，並與娟奴設誓於癸靈廟中。囊篋蕭然時，鴇母與娟奴共使金蟬脫殼之計，使王商兩頭尋不著人。這一段擺脫王商的手法，使我們想起李娃傳中，李娃和鄭生之分離亦是這種騙局，所不同的是玉玦記的娟奴是和李媽共謀，而李娃則是在不知的情形下為鴇母操縱。戲劇上之所以常見到許多類似情形的運用，因頗具效果的演出往往會被輾轉模仿使用，換湯而不換藥。王商本以為娟奴有情，至此始覺悟前非，蒙癸靈廟的呂公收留於家中，重溫經史，終於一舉狀元及第。王商的妻子秦氏，在叛逆張安國擾亂山東時被俘，因不從張安國而截髮破面、毀壞形以全操守。藉毀容以全操守的辦法，亦是明傳奇中貞烈女常用的守節手法之一。以上是二十五齣「夢神」之前，與之有關的重要情節。

「夢神」是以秦氏爲主的一齣戲。秦氏與婢女春英被囚於張安國監中，賴截髮毀容，並以寶劍自衛而免遭污辱。她本是忍死以待，指望夫妻重見之日，但三年來的拘囚，使她漸對團圓絕望。此時張安國隨兀朮征戰，秦氏恐逆賊回來時又逼迫她，內心旣已絕望，於是便決定以裙帶自絞來擺脫無情的命運。這是節婦的行徑；作者以自殺來強化秦氏的人格，然後補以神力救其生命。

> （做絞科倒地介，外）神理昭昭疾，天明聽視長。爲非有鬼責，作善降百祥。吾乃癸靈廟神是也，廟在錢塘江上。王商狀元，妻子秦氏慶娘。被擄守節，自絞而死。此人後當兩國封恩，不久夫妻重會，不免救他還魂則個。鯨波使者何在。
>
> （淨上舞判，外）旣忙與我掣斷衣帶，救取烈婦返魂。
>
> （淨救介，外）秦慶娘，擡起頭來，聽吾分付：叛賊將誅滅，夫君已顯榮，團圓逢玉瑰，咫尺在神京。大抵乾坤都一照，免教人在暗中行。（並下）

於此，神固有顯靈及預示劇情的作用，但最主要的功能是救取秦慶娘的生命。救取垂亡的慶娘，不無可由婢女春英來擔任；但作者選擇了神力，以神來救助，更崇高了慶娘的精神面。藉著神力扭轉了慶娘死亡的劇情，是這個夢的主要功能。

f、義俠記「悼亡」

義俠記是取水滸傳中武松事蹟敷演而來。武松慕鄆城宋江爲人，欲投奔之，途次滄州柴進處。一日，武松告別柴進，擬先訪住在陽穀縣的大哥武大郎，再至宋江處。路過景陽岡，殺死了違害地方安寧的老虎，被縣尹留做都頭。武大的妻子潘金蓮嫌丈夫矮醜，在王婆的攝合下，和豪商西門慶有勾搭，武大聞而前往捉姦時，却反被西門慶踢倒。王婆乃唆金蓮於藥中下毒，致武大一命歸陰。這是十七齣「悼亡」之前的主要劇情。

武松自東京辦完公事回來，見堂上供著哥哥的靈位，對此突然的轉變，感到驚愕、悲傷，也滿腹狐疑。他準備了羹飯祭拜武大，說道：

【山坡羊】想我去匆匆程途忙奔，見你哭哀哀別離未忍。誰想生擦擦連枝鋸開，哀歷歷雙雁驚分陣。我那哥哥，你是輭弱人，只恐啣冤死未伸。若還果有終天恨，便在夢裡鳴寃，我去報仇雪忿。

這段話已明示出武松對大郎的死，感到懷疑。雖覺懷疑，但對於嫂嫂，除非有相當證據，他是不能妄言的。這一夜，他在靈前睡覺；夢中，武大的鬼魂哭道：「兄弟，我死得好苦！」就是這句夢中言語，使武松確信「這一死決不明白」，轉而追查武大死因。終查出潘金蓮及西門慶偷情而害死武大事。於是他安排了一宴，請左右鄉親來；在席間，把這項事實當場證實而殺了潘金蓮，又往殺了奸夫，將二人首級祭武大。武松因而吃上官司，被配往孟州牢城；途中又引出許多枝節，被逼上梁山。整個劇情展向的轉變，在於武大的託夢；武松若不是為兄報仇，就不會因殺人而配遠，也無逼上梁山之事。由此看，武大的一句「兄弟，我死得好苦！」是導致劇情轉折的最大關鍵，因著武松的報仇，劇情直轉急下。鬼魂轉變情節的力量和神力一樣，均藉不能揆以常理的非現實情境。

g、飛丸記「憐儒脫離」與「誓盟牛女」

飛丸記演易弘器和嚴玉英二人由世仇之家轉而至結為夫婦的一段故事。易弘器的先人和嚴家有隙，因嚴世蕃官勢大，所以易弘器於鄉薦赴京科考時，仍不得不要參見嚴府。嚴世蕃恐易弘器高中的話，會不利自己，所以勉強他留住在嚴府，打算找機會除掉弘器。一日，弘器為福童帶領，遊府內聚春園，巧遇世蕃之女嚴玉英，興題一詩，此詩遺落而被拾往玉英處。玉英不知何人所作，嘲和了一首。土地神以二人乃「秦晉宿緣，吳越世隙，婚姻怎能自合」便暗中使玉英搓成紙丸的詩，飛落至弘器處。弘器以為奇事，又裁詩一首，作丸擲去，希望「亦到那人手裡」，紙丸又經土地神暗中傳送至玉英處，這亦是「飛丸」得名之故。此時，二人互不知作詩的為何許人。又嚴世蕃找機會要加害易弘器，一日，他邀趙文華、鄢茂卿並易弘器共飲，準備灌醉他。席中，世蕃一時漏洩了要剿除仇嚴的計劃，恐弘器外洩此事，此更促成世蕃暗殺弘器的決心。於是，遣因弘器遊園事被玉英責打四十板而懷怨的園公，於弘器酒醉的夜裡，悄悄地殺掉他。這是十二齣「憐儒脫難」之前的劇情概況。

易弘器遭到了生命的危機，他如何解脫呢？此時，作者於十二齣安排了玉英的夢來改變生角弘器的災難。夢是由玉英口述交待出來：

> 昨夢神言，易生有難，命吾救之。如若不救，災禍立至。想起來，他在我家看書，有什麼難，於我何干，我去救他？！但夢魂屢夜，囑托再三，使我念慮暗移，心思默換，事有可疑。

玉英本不可能得知易生之難，作者藉超人的神力，使不可能的事變爲可能。但，玉英在本戲中所呈現的恣態是個知書達禮，有節有度的閨閣千金，豈會因著夢中之言而冒然往救一介書生？！畢竟「夢」仍是個値得商榷的境界。作者復安排婢女碧桃因偶而送茶，偷聽到這椿園公奉命害易弘器性命的機密，告訴了玉英。由一虛一實的搭配，玉英得以肯定夢中神言，乃遣碧桃取花銀十兩，送給弘器爲盤費，救他逃生。

玉英的夢，直接地解救了易弘器的危機，劇情爲之一轉；間接地構成生旦二角之間的橋樑，使二人之間有了「恩」的關係存在。日後嚴家敗落時，弘器爲報恩而尋救玉英，並得知紙丸的詩原是彼此所作，一段姻緣由此了結。

劇情發展至二十五齣「誓盟牛女」時，嚴世蕃已被彈劾而遭充軍，妻孥配辱。玉英被配在仇嚴府中爲奴，仇欲收其爲侍妾，玉英不從，因而受日間汲水，晚間舂磨的苦役。易弘器得知嚴家敗沒，心思玉英救恩之德未報，於是在與兄弟叩郡實相約試期後，先行告別以訪玉英下落。二十四齣「邂逅參商」玉英正汲泉水，碰著弘器上前求泉，玉英拘男女之禮，暗責此人讀書而不達禮。這個對面不相識的尷尬場面，使劇情又受到阻礙，第三者的出現，從中調整是必要的。仇府中的張媽媽便是安排來扮演這個中間人的角色，她前往協調是得自於夢中土地神的指示。夢的內容依其口述：

> 昨晚似夢非夢，恰像土地與我說道，明日午時三刻，有一秀才，行吟江畔。這是與他有夙緣的，叫老身委曲說合。中間話句，恍惚難詳。果有此事，那小姐倒有出頭日子了，且向江邊一走。

透過張媽媽的居中傳話，易生方知眼前的女子竟是自己四處尋找的恩人；玉英也喜獲故舊。並引說出擲丸事，飛丸之情，便由張媽媽主婚，二人結爲夫婦。就作用而言，張媽媽的夢使即將停頓的劇情，得以合理的發展下去，她的出現調解，是劇情轉折之處。

飛丸記的作者在創作旦角的人格上，很注意到她行爲動作的統一。「憐儒脫難」中，在夢之外，又安排了碧桃的偶得機密事，無非是使玉英的行爲更合於她的造型，有著大家閨範的風貌。「盟誓牛女」安排張媽媽來居中協調，亦襯托出玉英的教養，不隨便與陌生男子搭訕。這種安排，同是使玉英的行徑得到動作上統一的風貌。

以上由琵琶記「感格墳成」至飛丸記「誓盟牛女」，這七本傳奇的以神鬼之力轉變劇情的夢，都是造成劇中主人翁命運的重要轉捩點。除以鬼托夢的義俠記外，其他每本都藉神力幫助困厄的主角，使否極泰來。作者先讓生角或旦角處於極不利的情境，甚至把他（或她）推入死亡的陰影中，再繼以廣大的神力，助其渡過難關，扭轉逆境，開展光明的一面。劇作家利用人性易感的同情心理，讓主角陷入極悲苦的境遇，這是最易賺取觀眾眼淚的場面，亦是戲劇高潮所在。夢的引渡神力，爲主人翁絕處逢生的甘霖，若此安排，讓觀眾含著淚水的臉上綻出笑容，人們心底更深深地相信得道天助，老天絕不會枉顧善人的。

夢和神、鬼同屬現實世界之外的，這給劇作家在創作劇情結構時找到很大的方便。明傳奇延展的情節推移，容易增添旁枝；而枝節的連接上，非現實的夢境便是一個良好的運用對象。常理揆度下認爲不合理或不可能的事情，都可以在夢的引渡下，化爲合理的進展。所以，夢在這一類運用上，每扮演銜接、補償的橋樑工作；於結構劇情上具有較大意義。

（2）顯示神能並兼為劇情舖路的夢

這一類夢的運用和上一類以神鬼之力轉變劇情的夢，同是在神力之下，同是和情節有關，其間分野在於兩者份量的多寡。此一類的夢，固亦與情節有關，但它在劇情的發展上，未若上一類的具有關鍵性地位。相形之下，神力的顯驗在這一類夢運用上，較被強調。此類的夢，有下列五本六個夢：

春蕪記第十四齣「宸游」
金雀記第十九齣「投崖」
贈書記第十七齣「禪關匿影」
玉玦記第三十一齣「索命」
玉玦記第三十四齣「陰判」
曇花記第五十二齣「菩薩降凡」

a、春蕪記「宸游」

春蕪記寫宋玉及東鄰之子季清吳於招提寺偶遇，宋玉拾得清吳遺失的手帕（春蕪），二人暗結情思，以春蕪爲信物。這本傳奇和西廂記的情節頗有幾分相似之處，但缺少西廂的曲折，清吳不若鶯鶯的含蓄、典雅；婢女秋英也不若紅娘的靈巧。就整體的劇情發展，相當平淡無奇；雖有登徒子從中阻撓，但沒有構成威脅。宋玉的境遇是順暢無阻的，衝突愈少，戲劇的吸引力也相對減少。

十四齣「宸游」記楚襄王巡游雲夢，與諸大夫弔古探奇之事。襄王於飲酒時，和大夫談起神女之事；是夜，睡於臺館而夢見神女。這是一齣實場演出的夢：

> （小旦）妾本巫山神女，適見楚國襄王，談妾往事，遂爾神動色飛，念他精誠所積，敢動神祇。今乘他晝臥臺端，不免喚醒他睡魔，顯應一番，多少是好。
>
> （對二旦介）女使，與我喚起襄王睡魔來。
>
> （二貼，介小旦）襄王，你聽我道。塵緣未了意徘徊，暫向人間去復來，欲問妾家何處是，行雲行雨在陽臺。

「顯應一番」是神女喚醒襄王睡魔的目的。襄王醒後，將此夢告與諸大夫，求爲此事撰一賦；諸臣才力平庸，乃轉訪雄奇之士作賦。後日，景差、唐勒薦宋玉爲之。因賦高唐、神女，得封爲上大夫。這是神女之夢所埋下的情節線索。婚、仕是明傳奇劇中生角努力的兩大要事，屆功成名就的大團圓時，故事也就到了收尾之際。神女此夢，間接地解決了生角仕途一事，就此點觀之，該夢於情節上有著一席地位。

神道顯驗是神女託夢的主要目的，但就客觀分析，在春蕪記情節發展的意義上，它倒不若間接舖下宋玉得職的意義來得大。

b、金雀記「投崖」

金雀記以魏晉詩人爲劇中人物，演美男子潘安仁的鸞鳳和鳴故事。劇中潘安仁在與井文鸞婚配後，因應好友山濤之邀，與井氏各執訂情的金雀一隻，依依相別。又，在山濤的攝合下，潘岳得素守貞志的妓女巫彩鳳爲妾。潘岳爲求功名前程，又與巫姬分離。在潘離開後，河中地區遭反寇齊萬年騷擾，巫彩鳳爲齊所擄，以守志不屈而奮身投崖。這已是傳奇故事發展的常態，旦角的危機，每是來自固守貞操，這當然是和傳統社會對婦德的要求相配合。

在十九齣「投崖」之前，作者已於十八齣「顯聖」中爲巫姬安排了救星——白衣大士。菩薩分付二太子前往引渡，由當地土地神化一猛虎負彩鳳於河陽道上，向紫雲峯觀音庵留下。所以彩鳳至觀音庵時，開門的尼僧見之卽說：「檀越莫不是河中巫彩鳳麼？」，其所以知爲巫氏，乃因：

【劉潑帽】三更一夢蹺蹊甚，道巫姬來奔庵門。果逢粧次多欣幸，想節義定超群，致菩薩相憐憫。

以夢來和前一齣「顯聖」相呼應，顯神的靈驗。這種劇情的變化是人力所能之外，置巫彩鳳於河陽道上乃爲後日井文鸞赴潘之河陽縣令任所，途中與彩鳳相遇而設。就尼僧之夢本身而言，這衹是個顯示神能的夢；就神能顯驗的前後情節搭配上看，此神力又暗中爲劇情舖下路子。

c、贈書記「禪關匿影」

贈書記的內容饒富趣味，有一段男扮女妝而女扮男妝錯配姻緣，弄假成眞的趣事。談塵因先父與權臣衛三台有隙，遭讒而被抄沒家私，子孫流邊。官差來時，正巧談塵及老管家奚奴在妓女魏輕煙處，因得逃離。官府張榜畫談塵與管家圖形以捕捉二人，奚乃爲建議談塵改扮女妝，投在尼姑庵裡權住幾時。改扮女妝的談塵，要求三年坐關面壁參禪，進關則需有信徒布施。第十七齣「禪關匿影」寫談塵於尼姑庵進關事。布施的信徒到時，庵主言：

老身昨夜夢見有個女娘，與我幾朵蓮花，說明日到庵裡的都送一朵與他。我醒來思量，那女娘一定是觀音菩薩。列位今朝到此，都是蓮花會上的人，故此觀音菩薩叫我送蓮花與列位。阿彌陀佛。

這個夢很可能是庵主爲加增布施信徒的信心，而製造的夢，其目的在誇示神的顯靈。此類的夢在顯神靈驗之外，兼爲劇情舖路；舖路的工作可遠可近，「禪關匿影」的夢，隨卽演出送蓮花給信徒，乃爲當前情節舖路。這個夢並無多大的意義，增加一點宗教氣氛而已。

d、玉玦記「索命」及「陰判」

玉玦記有關妓女李娟奴與王商之事，前於轉變劇情的「夢神」齣已述及。又娟奴以金蟬之計擺脫王商後，卽隨了富豪昝喜員外去。兩三年下來，昝喜亦花費幾盡，鴇母撚他不去，且情願改名「招財」而爲奴。因他妨礙生意，鴇母乃於酒中下毒，藥死了昝喜，推於江中。三十一齣「索命」，娟奴於昝喜死後，罹病而心神恍惚，夢見昝喜領了癸靈大王的命令，與差鬼使前來索命，說到：

雖是虔婆殺我，娟奴是禍首罪魁，追了他去。這虔婆先受陽誅，後遭陰對。

差鬼兵亦言：

> 只因李娟奴每每到俺大王祠下說誓，口是心非，侮慢神明；欺誘良善，罪惡盈滿。差我引取寃家，同來索命。

娟奴在驚駭喊著「有鬼，有鬼」的情況下醒來。由夢中鬼魂的話，預示我們娟奴必死及虔婆將遭陽誅，緊接著的三十二齣「陽勘」卽是。索命的夢演完之後，鴇母一上場便言娟奴「兩日病重，方纔氣絕」；預示的夢境和現實交融成一片，銜接緊密到我們無法把它認爲是虛幻的情境。娟奴這個被鬼魂索命的夢，主要顯出神的報應，鬼魂乃是奉神令而來；另則，這個夢與情節的關係是必然的，而且夢實際上已成爲質實情節中的一部分，它傳達了娟奴的死訊及死因。

三十四齣「陰判」是一幕由癸靈神主審的陰間法庭。王商被邀請來參加，其目的就是癸靈神上場時所說的「差睡魔請來夢中證些陰報，顯俺神通」，王商是這場判案的證人，更重要的是癸靈王要讓他知道神力的偉大和不可欺罔。客觀論之，筆者以爲娟奴旣是風塵女子，買笑的職業並不允許她對上門的顧客付出眞情。明傳奇中有許多貞烈的妓女，那是經過劇作家美化後的理想形像。走入娼門，本是逢場作戲，而王商及昝喜却要求妓女爲得到的金錢付出眞情愛。依吾人的論斷，這份錯誤是不應該由娟奴來承擔，這種情愛的要求也是一種苛求。然而在陰判的過程中，王商、昝喜一致指責娟奴的食言、哄人，娟奴因而被判罪，她的結果是「罰三世爲牝豬」。値得注意的是癸靈神提審娟奴的理由；依劇中實情，以毒藥死昝喜的是鴇母，而這場陰司，並未論罪於她，反而是娟奴成爲罪魁禍首。這最大的原因該歸於娟奴欺罔神靈一事，這才是她遭陰判的主因。癸靈神不是說了：

> 娟奴，妳累次廟中説誓，轉眼背盟，欺人乎？！欺天乎？！

娟奴的錯誤，在於她褻瀆神靈，「欺天」才是癸靈神對她責罰的最大因素；而王商的被請上殿，有一席之位，也是因他「興造祠宇」，對神靈有所虔信。在此，我們得到「陰判」一齣背後的最大隱意乃是癸靈神於開判之前所言的「證陰報，顯神通」。如果娟奴的「欺人」是罪的話，那麼我們認爲王商的被慾火迷惑，更該予以論罪。對於娟奴，我們應對她有職業上的同情與認識；據此，吾人更可以肯定娟奴是罪於「欺天」，而不在「欺人」。

這齣「陰判」對後來劇情並無直接影響，有的話，只是它指示了王商關於秦慶娘有三年幽囚之災，雖曾臨危，已被救取，夫妻二人不久即可重逢的消息。亦即對將來臨的劇情作了預告，但不具主動影響的功用。

e、曇花記「菩薩降凡」

不論以戲名或齣目名來看，它都含有濃厚的宗教氣氛。整部故事情節的進展，就是主人翁定興王木清泰被度的經過，木清泰原是西天散聖焦鏡圓，因微過被謫于人間。若依日人青木正兒在其〈元人雜劇序說〉所提出對度脫劇類型的劃分，曇花記該屬「謫仙投胎劇」的度脫劇。度脫的過程是要讓被度者備嘗艱辛，歷盡萬端，道心堅定後才得證果。曇花記描寫木清泰如何上遊天堂、下遊地府、東泛蓬萊、西觀佛國，遍歷諸境。因著劇情的需要，故事發展過程中旁枝橫出，呂天成曲品卷下就評它「漫衍而泛節奏」，李漁批評傳奇的「頭緒繁多」，曇花記眞足以爲代表了。

木清泰隨著西天賓頭盧祖師及道士蓬萊仙子山玄卿離家雲遊之後，他的妻子和二妾亦在家潛心修佛。四十三齣「尼僧說法」，靈照菩薩扮作雲水尼僧來開示她們法門大略；又遣宅中土地扮成木清泰歸來，以試取夫人及二姬的道心。這些安排是爲顯現劇中人的成道之心。五十二齣「菩薩降凡」中，夫人才從土地神的託夢，得知菩薩曾對她們的試驗；又得指示當日午時，靈照菩薩將降臨庵中，要她們沐浴焚香，拱候幢幢寶蓋。這個夢一方面對前面的情節有所說明，另一方面也指引當卽要展開的工作。就夢的內容意義，是表現一種尊佛的思想；除了內在心靈的修持，外在形體亦必須潔淨，方得不瀆神靈。尤其是女人，所謂「得婦人身者，最爲不幸，大抵宿染慾根，牽纏恩愛，體多不武；更易妒嗔，以故女人成佛者少。」這種「偏見」在古代是被順理接受的，易以今日則値得商榷了。

總結以上，對這一類神道顯驗的夢，我們可以得到幾個主要概念：

第一、這些夢都是被「安排」的夢。不論是用來改變劇情；抑或用來顯示神能，它們都是劇作家透過意識運用，刻意安排的夢，已含有劇作結構上的技巧；且不論其技巧運用的成熟與否，總是戲劇進步的可喜現象。

第二、現實與夢境一貫相承。兩者交錯運用，夢中情境均被肯定而有實際的效用，這和前項所言劇作家的特意造境有關；旣屬有意安排，其被視爲「現實」，亦屬自然之事。

第三、超能神力的肯定。唯有肯定了神的大能，祂才能於人力不迨時，以居高臨下的姿態出現，發揮轉折劇情的功能。幾乎是不需解釋的，我們承認，也接受這個先決條件。這是古往今來人類共同的心態，對於非現實的世界，我們寧可信其有。

第四、夢是引渡神鬼與人世之間的橋樑。這牽涉到劇情「合理化」的需要，畢竟神界是存於現實之外的，藉夢特有的似幻似眞的本質來溝通，成爲最恰當的媒介。

二、顯示預兆

在三十七個與情節有關的夢中，顯示預兆的夢就佔了二十二個之多。夢是否具有預兆事實的功能，一如鬼神的存在與否，人們寧可對它相信。顯示預兆的夢廣泛被戲劇家運用，正顯出人類這種心態和觀念。此二十二個顯示預兆的夢，又可依其內容上的差異，歸爲四組來討論；於較小的範圍中更易清晰地看出其運用上的特色和風貌。特於此要說明的是，這四組歸類，並非基於一個系統下的劃分，不同組之間非有關係可尋，乃是依其夢在表現上有相同之處而併之。這四組分別是（1）預告主角命運的夢，（2）立卽驗現的夢，（3）可期待的夢，（4）預兆並影響劇情的夢。以下分別論述之：

（1）預告主角命運的夢

主角的命運每相當該劇的主要情節。此處的預告，通常是在戲劇開演不久，就由神藉著夢境，對故事進展中所遭遇的主要事件，以類似謎語的詩句來預言，而在往後劇情中都會一一揭曉。執是可知，劇作家在結構劇情時，是先有成竹在胸，否則焉得前後照應！這組夢有下列四本：

鳴鳳記第八齣「仙遊祈夢」
紅拂記第四齣「天開良佐」
繡襦記第五齣「載裝遣試」
種玉記第二齣「贈玉」

明傳奇的齣目一般是在三十齣至五十齣之間，由於以上四夢有預告全劇主要動向的作用，因此都來得相當早。

a.鳴鳳記「仙遊祈夢」

鳴鳳記是一部表現家國大事的戲，由「家門」的滿庭芳一曲可見：

【滿庭芳】元宰夏言，督臣曾銑，遭讒竟至典刑。嚴嵩專政，誤國

> 更欺君。父子盜權濟惡，招朋黨濁亂朝廷。楊繼盛剖心諫諍，夫婦喪幽冥。　　忠良多貶斥，其間節義，並著芳名。鄒應龍抗疏感悟君心，林潤復巡江右，同戳力激濁揚清。誅元惡芟夷黨羽，四海賀昇平。

劇中爲了舖寫嚴嵩、嚴世蕃父子貪污、弄權的嘴臉，加入了不少枝節，頭緒顯得冗雜些。

第八齣「仙遊祈夢」是生角鄒應龍和林潤往赴福建仙遊縣祈夢，途中又加入孫丕揚，三人同行。他們來到目的地時，廟主對「夢」有一句饒富哲思的話，他說「有其誠則有其神，有是心亦有是夢」，在今日夢的解釋被運用於心理分析之際，這句話是富有機理，值得深思的。此處，我們仍要把注意力擺在夢的運用上。三人在一番禱告、拈香後，當晚便宿於廟中，等候顯驗。夢中，金甲神把他們的終身事業，以十二句詩句透露，讓每人各記四句。祂說：

> 孫丕楊聽首四句：三人名，一在內，千一來，高山退。鄒應龍聽中四句：高山退，功爲最，八丘同，南北異。林潤聽末四句：南北異，木之川，郡無君，諸不言。

三人醒後，各言所夢，而驚異於夢境的相同，廟主以此爲仙機，後日自有應驗而不予斷解。同時，她又說了一句話，言「若是讀書，便能做官，若不用功，只是做夢」，這話含有命運操之在我的意味，反對一味的迷信；在這齣相信夢的靈驗的情節上，這句話顯得頗爲矛盾。不過，對現象界之外的種種情況，於心理上，我們往往會有自相矛盾的看法，作者的心態和我們是一樣的。

夢的揭曉，在第三十六齣「鄒孫准奏」中，鄒應龍與孫丕揚冒死彈劾嚴氏父子。奏本呈上以後，孫乃告訴鄒說，「今日之舉，事在必濟矣」，他的把握來自夢中曾得的指示，「三人名，一在內」，即指二人及林潤俱中丙辰進士，「一在內」即應「丙」字。「千一來，高山退」的「千一」是「壬」字，「山」與「高」含爲「嵩」字，以今正是壬戌之年，嚴嵩可退矣。果然，聖旨下來，准其奏而嚴嵩父子論罪。至於後面幾句，則要待至第四十一齣「封贈忠臣」中才獲揭曉。誅滅奸賊，祭祀忠魂之後，鄒應龍與林潤言，由昔日與孫丕揚推得前數句事；類推後幾句，言：「丘與八是一兵字，郡去了君，諸去了言，合成一個都字，或者我三人分掌南北兵權，同授都御史之職，未可知也」。一番推論後，聖旨即到，正好是他所猜測的結果，全劇便在功成名就的結局下收場，「仙遊祈夢」所預告的事亦一一實現了。預告全劇主要動向的夢，暗中支配著情節的發展，它在戲劇中扮演著類似幕後主持的地位，給劇情平添幾許神秘和曲折，也引發觀眾好奇和期待的心理，爲頗富戲劇性的安排。

b、紅拂記「天開良佐」

紅拂記第四齣「天開良佐」，李靖於未發跡時，問卜未來於西岳大王古廟中。神於夢中以一曲〔西江月〕曉諭他，所謂：

南國休嗟流落，西方自得奇逢。紅絲繫足有人同，月府一時跨鳳。
去處須尋金卯，奔時莫易長弓。一盤棋局識眞龍，好把堯天日捧。

這一段「夢語」把李靖重要的際遇都暗示了。最後一齣（第三十四齣）「華夷一統」中，李靖回想起這首詞，解釋夢所預告的事爲：「紅絲繫足，月府跨鳳」應的是其妻紅拂女乃出自越公府中，「月」「越」二字同音；亦即詞中的「西方奇逢」事。「去處須尋金卯」，「金莫易長弓」，「長弓」即張字，應虬髯客張仲堅。「一盤棋局識眞龍」應第十五齣「棋決雌雄」中，李靖與世民見面，並輸了他一局棋。最後一句「好把堯天日捧」即要他盡忠大唐。這首西江月道盡了李靖一聲的重要遭遇，而主人翁命運的發展，也相當於劇情的「大事記」。預告的夢，一直和劇情開展在冥冥中相互配合，且在劇終前圓滿解謎。

c、繡襦記「載裝遣試」

繡襦記第五齣「載裝遣試」，鄭元和離家赴舉時，其母言夜裡夢見一神，贈她孩兒一首詩：

萬丈龍門只一跳，月中丹桂連根拗。去時荷葉小如錢，歸來必定蓮花落。

鄭父以詩的前二句認爲是吉兆。在這一齣裡，夢仍是個未解之謎。直至第三十五齣，元和狀元及第時，昔日被賣掉的忠僕來興回到元和身邊，再度提及老夫人夢中的詩句。後二句正應著元和曾落魄至行乞事；乞兒沿街乞討時，所唱的就是蓮花落的歌。由此可見，雖是老夫人的一個小小的夢言，亦是前後呼應的。這個夢正預告鄭元和經歷中的兩大極端，一是榮顯的狀元及第，一是落魄的沿街乞討。前後貫穿的情節安排，使筆者想起笠翁閒情偶寄中，關於劇作結構，有「密針線」一款：

編戲有如縫衣，其初則以完全者剪碎，其後又以剪碎者湊成。剪碎易，湊成難；湊成之工，全在針線緊密，一節偶疏，全篇之破綻出

> 矣。每編一折，必須前顧數折，後顧數折。顧前者，欲其照映，顧後者，便於埋伏。…………吾觀今日之傳奇，事事皆遜元人，獨於埋伏照映，勝彼一籌。

明傳奇於關目結構上有長足的進步，笠翁所言「埋伏照映」一事，由此處老夫人做的夢可得証，亦見針線之密。

d、種玉記「贈玉」

如同前面幾本預告的夢，種玉記第二齣「贈玉」，神在夢中預言了生角霍仲孺的主要命運。此時，霍仲孺尚未發跡而執役於平陽侯曹壽府中。一日，他於寫完文卷後，神思困倦地靠著桌子睡覺，夢中，福祿壽三星曉諭他：

> 將相從來無種，婚姻會合有時。天台花下是佳期，更向藍橋重遇。威遠羞稱頗牧，調元不讓周伊。

霍仲孺的榮顯，是得自於婚姻，尤其是日後兒子霍去病與霍光的成就。把夢和劇情對照，可知「天台花下是佳期」應他眼前即將和衛少兒有一段幽情。少兒是衛青的妹子，此時亦於平陽府中做事。霍去病即仲孺與少兒於府中執役時暗結的胎珠。「更向藍橋重遇」指的是霍仲孺離開平陽府後與俞氏婚配之事；就這件事，此句夢言有促成情結的作用，此留待與第四齣「夢俊」同於後面「預兆並影響劇情的夢」中討論。

以上所舉四個預告主角命運的夢，在戲劇演出時，它們以類似打謎的姿態出現，讓觀眾多了一份期待和好奇的心理，可增加看戲時的情趣。把字拆開及運用讀音的聯想作謎，是騷人雅士所喜愛的文字遊戲，傳統習俗盛行猜燈謎、寫對聯等事，均可見中國文人對文字遊戲的偏好。明傳奇作者運用字的符號打謎，亦藉此賣弄文才，作者樂此，觀者亦好之，這實已成為民族的風尚。

（2）立即驗現的夢

這裡所舉的夢，都是於做夢的該齣，夢中所預兆的事立即來到。除去這些夢，戲劇的進行將不受任何影響；它們的存在，僅為劇情增加點綴和修飾。同時，我們也發現傳奇作者安排劇情時，很喜歡來這麼個預兆的夢。就戲劇理論的觀點，如此安排，或許可避免劇情的突如其來，觀眾可於預兆的夢中，預感到即將來臨的事。這組立即驗現的夢計有七個：

鳴鳳記第十八齣「林公避兵」

紫釵記第二十三齣「榮歸燕喜」
南柯記第二十八齣「雨陣」
運甓記第二十八齣「夢日環營」
四喜記第二十七齣「泥金報喜」
焚香記第五齣「允諧」
雙珠記第三十四齣「因詩賜配」

鳴鳳記「林公避兵」是林潤舉鄉薦後，在家等待會試。一日於書房裡點檢舊文，隱几少臥。却夢見一夥強徒，裸形披髮，穿著亦不似中國衣冠，攻殺而來，並盡擄婦女。其妻王氏以爲他是神思不寧才有這樣的夢，但林潤疑近聞海島倭夷造亂，或者有變。夫妻二人在談論間，家人即來報，數萬倭夷盡登海岸，擄掠金銀男女，不久即會攻到他們住的興化。倭寇來侵的消息，在十七齣「島夷入寇」中，已透露這一動向，林潤的夢乃承著情節循序推進，劇情的發展是在意料中的。

紫釵記「榮歸燕喜」的夢，只是小玉口述的二句話:「昨夢兒夫洛陽中試，奴家梳妝赴任。」這個夢亦可說是小玉思念之情的顯現，由於劇情緊接著是李十郎中狀元歸來，故歸於預兆之夢。

南柯記「雨陣」，淳于棼出守在南柯，其妻及兒子在瑤台避暑。他晝寢夢見大兒子誦毛詩「鸛鳴於垤，婦嘆於室」二句，屬下田司農爲他解釋說：「天將雨而蟻出於垤，鸛喜食蟻，故飛舞而鳴。婦嘆於室，似是公主有難，要與老堂尊相見。此乃東山之詩，主有征戰之事。」在這一齣之前的二十七齣「閨警」中，檀蘿兵起，逼近瑤臺之事已披露。此齣淳于棼正談論夢中詩句時，兒子便報信來了，事實和夢境所顯示的吻合。南柯記本身就是個夢，於此，淳于棼的夢，可以說是夢中之夢，夢爲結構劇情需要而安排，是文學藝術的表現形式。

運甓記的「夢日環營」，把事實和預兆的夢，時間距離縮至最小。夢中的預兆正是事實進行的情節，暗場的夢等於實情搬演的劇情，爲同時發生的二件事。做夢者是有叛逆意圖的王敦，夢中他見「紅日曈曈照滿營」，因恐是大架親來覘壁屯，乃於醒後即遣錢鳳統人馬趲上；若果是聖駕則要趁機逼其禪位。事實上，他做夢的當時，晉主正微服率數騎繞營環視，錢鳳雖奉命追趕，奈何宮車先入城去，慢了片刻。夢和現實乃混淆進行，晉主微服上場的戲，說它是王敦的夢亦可，說它是進行中的事實亦可。

四喜記二十七齣「泥金報捷」，婢子紅香告訴宋老爹，說夢見小相公的頭被大相公割了。在前面的「雙桂聯芳」齣中，宋祁中第一甲進士，宋郊中第二甲進士，以皇太后旨，依兄弟序而互換名次，紅香的夢即暗指這樁互換的事。照理說，此夢乃是與已發生的劇情暗合的象徵之夢。若換個角度，我們站在宋氏家人不知二兄弟功名如何的立場，或可說紅香的夢，對他們是一種預兆，隨即報捷的人來到，也使了解到紅香夢言的隱意。

焚香記「允諧」，王魁準備往謝家求婚時，桂英的義父謝惠德言：「昨夜夢一人對我說，你明日有貴客登門，與你有瓜葛之分」，這個夢正兆示王魁的到來及與桂英姻緣的締結。謝惠德方說夢兆之事時，王魁便來到，傳奇中有許多婚姻是因著夢兆而「促成」。謝惠德的夢，使他對隨即上門求親的王魁自然接受，生旦的婚配得以順利成功，夢的心理作用因素不無功勞。

雙珠記寫王楫一家由不幸到轉危爲安，同享榮顯的過程。王楫被勾補軍伍，其妹王慧姬也爲州官報選入京爲宮娥。一日，慧姬於裁製邊軍的纊衣時，心有所感而寫了一首詩縫在衣內，此纊衣正分發給王楫友之陳時策；時策乃以世亂而投筆從戎，勦虜立功。三十四齣「因詩賜配」，慧姬言夜夢：

> 自身化爲一鳳，立于殿下，又見一鳳飛來，與我和鳴交舞，兩兩騰空而去。

這一夢正應著隨卽來的聖旨查縫詩於纊衣內的宮女，因而賜慧姬出宮，與陳時策爲妻。夢中的兩鳳正是象徵王、陳二人，「立于殿下」主此婚爲皇上所賜，「騰空而出」則象徵著慧姬得以出宮。夢的預兆當卽實現了。

（3）可期待的夢

這一組夢和上一組立卽驗現的夢，基本上不同在於預兆驗現時間上的早晚。茲舉其目於下，再做討論：

> 浣沙記第二十八齣「見王」
> 精忠記第十三齣「兆夢」
> 精忠記第十四齣「說偈」
> 八義記第十七齣「舉家兆夢」
> 紫釵記第四十九齣「曉窗圓夢」
> 運甓記第二十三齣「折翼著夢」
> 焚香記第二十八齣「折證」

義俠記第三十一齣「解夢」

四賢記第二十四齣「夢警」

a、浣沙記「見王」

浣沙記以吳越春秋爲背景，由越王勾踐忍辱羈囚於吳國三年，演至夫差敗亡，生角范蠡帶著西施泛湖而去。二十八齣「見王」，吳王告訴太宰伯嚭及大夫王孫駱說，晝臥姑蘇臺，得一夢：

> 夢入章明之宮，見米釜兩隻，炊而不熟。黑犬兩頭，嗥南嗥北。鋼鍬兩把，插我宮牆。流水湯湯，入我殿堂。後房篋篋，聲若鍛工。前園交加，橫生梧桐。此夢吉凶，試爲寡人卜之。

伯嚭是個阿諛之臣，此時吳王正欲伐齊，奈伍員屢屢諫阻，吳王甚爲不悅，伯嚭逢迎而解夢爲應伐齊之事。以章明者，破敵成功，聲朗明也。兩釜炊而不熟，指氣有餘也。兩犬嗥南嗥北爲四夷賓服之意。兩鍬插宮牆者，爲農工盡力，田夫耕也。流水入殿堂指鄰國貢獻，財貨充盈。後房若鍛工者，宮女悅樂，聲相諧也。前園橫生梧桐者，桐作琴瑟，音調和也。伯嚭的解說，聽得吳王龍心大悅，他又問王孫駱如何卜說此夢，王孫駱推以愚昧不能通微，而舉薦公孫聖來解夢。公孫聖的解夢是在三十二齣的「諫父」中，他亦言「應在興師伐齊」，但不是成功的預兆，而是兵敗之徵兆：

> 臣聞章者，戰不勝走憧惶也。明者，去昭昭就冥冥也。兩釜炊而不熟者，大王敗走不火食也。黑犬嗥南嗥北者，黑爲陰類，北走陰方也。兩鍬插宮牆者，越兵入吳，掘社稷也。流水入殿堂者，波濤漂沒，宮一空也。後房聲若鍛工者，宮女嘆息，聲號咷也。前園橫生梧桐者，桐可作俑，要殉葬也。

公孫聖因著解夢而丟掉生命；同一個夢，竟可有完全相反的解釋。由於夢內容的曖昧不明，兩個不同的釋夢，都頗能自圓其說。吾人從劇情中，已知夫差正一步步走向亡國之途，自然地，公孫聖所解釋的預兆現象爲我們所接受。

這齣夢，用來預兆吳國可悲的命運景象；非單純而直接的兆示，乃以陰暗、不平穩的色彩來透露吳國不樂觀的前程。夢的內容，相信出自劇作慘淡經營，並還構思自圓其說的合理解釋，實非率爾操觚可得。

b、精忠記「兆夢」及「說偈」

精忠記演岳飛事，以歷史故事爲劇情之骨架，忠、奸是劇中人物的二大對比。忠臣肝膽的呈現，賴著奸佞者的烘托，反之亦是。人物對比的色調，在彼此照映下得以突出。劇情發展至秦檜假以十二道金牌宣岳飛返京，第十三齣「兆夢」，岳飛的妻子有一不祥之夢：夢見忽然自入深山中，見一虎覓食落到深澗裡，被強徒把它拿住，削爪敲牙損刦身上皮。她請了卜卦先生來，卜者繳卦顯示，男子有血光之災，女子有分離之苦，要出頭直待來世。岳氏又請道士來解禳此夢，盼能將兇化吉。夢境兆示岳飛返京後，將墜於秦檜的陷井中，遭受名爲剝皮拷的新刑，使其含冤定罪而死。剝皮拷的刑名和夢中「損刦身上皮」之說呼應。

第十四齣「說偈」，岳飛於返京途中，訪故人道月長老，並告以夜夢二犬爭言。道長爲他解此夢，二犬爭言卽是「獄」字，又從岳飛氣色看，斷其此去必有牢獄之災。這裡我們又看到拆字的遊戲，明傳奇屬文人之作，故好此。

以上兩個夢，都爲岳飛將遭遇極大的冤屈作了預兆。精忠記的結局礙於史實，並非大團圓的收場，而是以鬼神世界來懲罰佞，並以宋皇的追贈來對冤死的主人翁補償。依亞里斯多德對悲劇人物行爲模式的看法其過程是要由幸到不幸，而非由不幸到幸；精忠記岳飛的際遇可以說正是由幸到不幸的悲劇命運，而這種悲劇含著「壯烈」的意義在，有崇高的精神面。

c、八義記「舉家兆夢」

這是戲劇上有名的趙氏孤兒故事，在第十七齣「舉家兆夢」之前，屠岸賈已安排好計謀，欲陷害趙盾。此齣是趙府上下，夜裡各有一夢，於是請了圓夢者來解說。公主的夢爲：

> 夢見在空房哩，有人相招出門去，待奴家方出房兒，見狂風和驟雨，把房屋四圍一齊吹毀。

圓夢人說「空房」主有幽禁之災，「有人相招」主生貴子，「出門屋倒」爲破家之兆。依著往後劇情，有人相招還蘊含了趙氏孤兒得以被救出。春來的夢爲：

> 夢在名園裡，見一朵烏雲起，把奴家罩刦身軀。回頭見，百花落地。

圓夢人以「百花落地」爲無主之兆。趙盾的夢爲：

> 正三更朦朧睡，夢見虎狼爭血食，欲相吞未見贏輸。東方走出妖魅，如免似犬身赤色，虎見妖魔將身避危，逃竄奔走山谷。是一個小鬼，手持刀當時殺取妖魅。

圓夢人解爲：「虎者，尾火虎也。狼者，奎木狼也。如兔似犬者，婁金狗也。三物爭強，其虎必傷，此事不祥之兆。」我們由劇情的發展，知夢中的虎狼正指趙盾和屠岸賈，二人在朝廷上意見爭執。妖魅乃屠預先先養好的神獒，他平日訓練這隻名爲神獒的犬，向打扮如趙盾模樣的草人撲食。後來，奏以晉侯說此犬能識反臣，於是趙盾便如此爲屠岸賈所陷害。當犬撲趙盾時，爲金瓜武士彌提明所殺，這就是夢中所言「一個小鬼」。趙盾脫出朝廷，爲他曾經於翳桑間濟以銀米的靈輒，馱負往山谷間避難，應了夢中的「奔走山谷」之言。又駙馬趙朔的夢爲：

> 曚曨在船兒裡，一網把魚持起。持將起，走脫其二，擺尾更不回覷。

圓夢人以爲雖脫二，乃一網打空之兆。由劇情知，脫難的二人爲趙朔及程嬰。程嬰的夢爲：

> 夢見與妻子同食，忽主強人急圍住，強人把我而殺取，當時覺來渾無事。

圓夢人解釋「同食」主有口舌，而言殺一子，半年有報應。由後來程嬰把自己的兒子易換趙氏孤兒，可知何以言「覺來渾無事」，他和妻子的口舌，正爲爭子之事，妻子何忍親生骨肉送死？程嬰夫復何忍！但在義的浩氣下，乃坦然殺子。

最後，面貌和駙馬酷似的周堅，也有一夢：夢見合府人都走不動，被他一擔擔了出門去，一跌覺來之時，依然身在牀上。圓夢人因言，合府之憂，都是周堅一擔擔去了。這夢正應著後來周堅以貌似駙馬，義爲代死，趙朔因此逃脫。

「舉家兆夢」是個精心安排的夢，夢本身在此的用意爲預兆將來的劇情，而無決定性的影響地位。但，由夢和劇情巧妙的配合，作者對此夢所費的心思可以想見，既屬著力安排，它必然可增加劇作的深度。如此以較曲折的象徵手法來表現夢，比那些直接預兆有某人將來，和有某事將發生的夢，更要具有作者的匠心及巧思。

d、紫釵記「曉窗圓夢」

紫釵記爲玉茗堂四夢之一，演霍小玉故事，取唐人小說的霍小玉傳爲藍本。生角李益與霍小玉分離後，一舉高中，因受控於盧太尉，不得與小玉相見。小玉則疑李益另娶盧太尉之女，滿懷怨恨，日夜哭泣。四十九齣「曉窗圓夢」演小玉病臥中得一夢：「見一人似劍俠非常遇，著黃衣，分明遞與，一緉小鞋兒。」鮑四娘聽了此夢，解言「鞋者，諧也」告小玉必可與李益重諧連理。這種釋夢法，主以讀音來聯想，和前所言紅拂記李靖夢中的「月府跨鳳」,「月」卽爲「越」的情形一樣。

小玉的夢是帶來黃衫客將促使二人重諧好合的預兆，五十二齣「劍合釵圓」中，卽驗現了夢境的預示。這種經「安排」的夢；是劇作技巧的運用，爲文學作品中可能有的狀況。近世來盛行從心理分析的觀點研究夢，主要依做夢者的經驗來追踪其夢的產生及涵義，由霍小玉生命過程看，黃衫客其人不可能出現於夢中，這純粹是作者爲結構劇情，埋伏照映而製造的夢。

e、運甓記「折翼著夢」

運甓記的劇中人物晉朝諸名士，如陶侃、王敦、王導、溫嶠等等，取陶侃藉運甓自勉爲劇名。第二十三齣「折翼著夢」陶侃夢見：

> 身生八翼，飛而上天。見天門九重，而登其八，惟一門不得入。閽者以杖擊吾墜下，折吾左翼，覺來脇下猶覺微疼。

爲知吉凶，他請了個許夢者來圓夢。這種專門替人解釋夢的工作，在古代的社會裡，或是屬專門職業，因著圓夢而賺取金錢。在這一組安排來預兆可期待的夢，我們將發現較多的圓夢者。他們通常是類似鐵嘴、半仙之流；本齣的圓夢人卽名爲柳神仙，由丑角扮演。陶侃這個夢，依圓夢人的解說是：「天有九門，地有九部，身生八翼，這是際會風雲之兆。飛過八門，定主歷鎭八州。一門未入，這只一州未歸掌握。杖擊折翼，這是美中不足，明明報老爺止可作折臂三公，若過此一門，則貴不可言矣。」，如此解說，在後來的劇情是得到映證的。最後一齣「官誥榮封」，陶侃受封長沙郡王，都督八州諸軍事，這和「折翼著夢」的「飛過八門」相暗合。夢，預兆了陶侃的前程，然僅是預兆，不關乎情節推移。

附帶於此，說明焚香記「折證」中，王魁的一個小小的顯示預兆的夢，不另闢目討論。此夢發生在桂英羅帕自縊後，領了海神王之旨和差鬼兵往攝王魁靈魂之前。王魁正納悶著，何以上回遺賣登科錄的送信，請桂英竟赴徐州任所，却久無消息。乃又提筆修書，此時憶夜來曾得一夢：夢見梨花一枝，纔板在手，却被一陣狂風，將花吹墜。以後又取起來置在瓶中，其花復鮮，依劇情，吾人可瞭解夢中的梨花，正象徵著桂英自縊而復還魂事，象徵的夢境，與情節暗合，並預示了桂英得以還魂。

f、義俠記「解夢」

武松的未婚妻賈氏及母，因被盜而家緣蕩盡，乃往尋武松，途遇孫青夫婦，爲她們安置於清眞觀暫住。三十齣「解夢」，母女各有一夢，觀主爲她們請了跏子道姑來圓夢。賈母夢見：

> 田間種玉光潤，分明照耀寒門。手掌上珠胎滾，猛可裡日光引得珠玉混，使愁人駭魄驚魂。

賈氏夢見：

> 天邊鳳飛方迅，忽然降下山門。奴身已如風引，也化作一隻青鸞同飛奮，上雲霄。

跏子道姑爲賈母解釋，言女婿呼爲玉潤，女兒呼爲掌上之珠，故其夢「應招子壻稱玉潤，會看愛女榮閨閫」。賈氏的夢則「鳳求凰預傳芳信，相將共人青雲」，亦卽母女二人的夢，均兆示著將與武松會面。事實上，在下二齣的「征途」，這個夢便應現了。賈氏和武松這一對未婚夫婦，在義俠記中，此還是第一次碰頭呢！義俠記本非敘兒女之情的劇本，故有以爲賈氏母女可以不必添加。〔註7〕

義俠記以男性角色爲主，然既有但角，不能不爲之安排場面。這個顯預兆的夢，固可增加些戲劇曲折的氣氛；我們也猜想，作者以賈氏母女爲做夢之人，或者有爲她們過少的戲，安排些場面之意。

g、四賢記「夢警」

四賢記表彰烏古孫潤甫一門賢孝，妻妾相敬。第二十四齣的「夢警」，得夢者爲潤甫的老友許益，他歸臥林丘，與潤甫相別十有餘年。這一日，他慵倦打頓片時，却夢到：

> 【滴溜子】烟塵沸，烟塵沸，炎威烈勢。紅旗焰，紅旗焰，掀天捲地。我們祝融之氏，撲逐烏古孫。休得遲滯，渺渺茫茫，恐無著處。
>
> 【前腔】急急去，急急去，登山涉水。行不上，行不上，足將顚躓。回顧追兵來至，潛投林木中。倉皇無計，許兄，願借伊家，爲吾遮庇。

許益以夢中打著紅旗的二卒自稱「祝融之氏」，思祝融爲火神，又「二人」亦是個「火」字，且旗爲赤色；潤甫投林木之間，而木能生火。乃告訴來問候

〔註7〕呂天成曲品言：「義俠激烈悲壯，具英雄氣色。但武松有妻似贅。」增補曲苑本。

的烏古孫家人，轉告要防火患。這場火患的夢，應在二十六齣「遘難」中，稱王僭號的保義王棒胡之亂，棒胡素慕王氏，奈被潤甫娶爲妾，因而懷恨。他此次打破陳州，燒劫烏古孫府，就是爲搶王氏而來，而此時王氏已在白鶴庵中做道姑了。潤甫的投奔許益，是在二十八齣「投栖」，在時間上距二十四齣的預兆，據許益言「應了去年的夢兒」，戲劇時間的延展於此又見一端。

綜合以上，我們發現這組對將來臨的劇情，預先埋伏下的可期待的夢，於夢內容的創造，比起上一組立卽驗現的夢，要來得更生動、曲折而富於變化。顯然地，在創作安排這些夢時，作者必是著力經營，煞費匠心。它們雖無決定情節的功能，却可增加戲劇的趣味和氣氛。透過象徵的寓義來寫夢，有幾本並還費力地圓夢一番，此則要與劇情前後貫穿，非率爾操觚可得。圓夢人出現之多，是這組夢的特色；其所以需要圓夢人，因它以象徵的表現居多，文人亦藉以賣弄才思。

（4）預兆並影響劇情的夢

預兆，是這一類夢的共同現象，但前三組均爲單純的顯現預兆，和情節雖能配合，却是各自獨立，彼此互不牽制的。本組預兆的夢和情節推展，有瓜葛存在，情節受到夢境影響而有所抉擇，以下兩本的夢屬之：

金蓮記第三十齣「同夢」

種玉記第四齣「夢俊」

金蓮記寫東坡宦海浮沉的經過，由受翰林學士到外調杭州，章惇又讒其以詩譏謗朝廷而下獄，賴子由力救，重貶黃州，最後賜還，終封禮部尙書。以皇帝曾令撤殿前金蓮御燭，送軾歸第，劇名因得。

第三十齣「同夢」，是子由、山谷、少游三人抵足共眠時，夢見五戒禪師下山抄化，三人迎接之，五戒爲其講道。三人醒後，彼此驚異於夢中不但事同、話同，而且五戒的狀貌同爲：

> 無垢無塵，幻形駭長身隻眸。翦青螺短衲單條，繡雲花袈裟雙袖。譚禪說呪，早把却無生參叩。

此時正逢東坡到，子由告以同夢事，並說「俱夢接五戒祖師，細譚解脫，密示玄通，不意剛接著哥哥」。東坡却因此而思及：「聞老母分娩之時，有異僧投胎之報。他一目既然成眇，我數齡常夢爲僧。今以三君之言合之，豈我卽五戒後身耶！」，這種認同，很是牽強；不過，它却是作者安排這個同夢的目的。

在第四齣中，我們已由佛印的口中，知東坡的前身是五戒，朝雲前身爲紅蓮。此處藉著夢，使東坡產生認同感，後來佛印告以「眞象」，劇情便有證果的展向。由此看，「同夢」一齣非僅預兆了東坡卽五戒（夢中的五戒即由生角扮演），更使東坡因認同於夢，而走向「證果」，夢和情節並非各自獨立的。東坡看破浮世，歸於修行佛果，是金蓮記的主題所在。種種宦海浮沉的背後，就是欲藉人世波折來點醒東坡的道心，佛印又每適時出現，以富有機理的話來啓悟他。在歷盡塵世滄桑後，藉著「同夢」，使萌道心，而導向一個主題的結束。劇終時，雖東坡仍受朝廷誥封爲資政院大學士，此或是拘於史實，但東坡與朝雲均準備戒行了。「同夢」在證果的主題發展中，爲重要的情節安排。

種玉記第四齣「夢俊」，俞氏夢見一俊俏郎君，手持玉拂，言與之三生有幸，百歲相隨。俞母亦夢年少郎君，手執玉拂，言是其女婿。母女二人同夢執玉拂的少郎，這個夢促成了後來俞氏和霍仲孺的婚姻。此應在第十三齣霍仲孺離開平陽府，突中向俞家借茶，母女同驚於孺手執玉拂，並面龐與夢中相似，乃提締姻盟之事。霍仲孺也因著第二齣「種玉」的夢中，三星曾告知「藍橋重遇」，就這樣，霍、俞二人結爲夫婦。他們的結合，完全和情愛無關，乃是因著夢兆而彼此認同。也可以說第二齣和第四齣的夢，爲這段姻緣設下伏筆。夢不但預兆了仲孺的來臨，也導引婚配的情節。如同許多其他戲劇，種玉記有相當濃厚的宿命觀。

第二節　架構劇情主題的夢

以夢來架構戲劇的主題，有三本傳奇屬之：還魂記、邯鄲記、南柯記，亦卽鼎鼎大名的玉茗堂四夢中的三夢。另外的一夢紫釵記，非以夢來作情節的主要架構，乃指它所透露的思想，是臨川內心的夢。夢，對臨川而言，是代表著一份高超的人生理想，非可以膚淺、世俗的眼光來認識它。還魂、南柯及邯鄲所安排的夢，是臨川文學藝術的手筆，寓言於夢，寫他人生的理想和觀照。夢，一方面是結構上的運用，一方面蘊涵精神面的崇高理想，是一語雙關的。討論架構劇情主題的夢，除了分析臨川如何運用夢來經營他的劇作，還要探討架構下的主題是什麼；才可謂眞正瞭解了這一類的夢。這是本節討論的重要方向。

臨川寫劇，情節多出乎生死醒夢，何以他的作品要托之於夢？吾人由其與丁長儒之信，得一窺之：

> 弟傳奇多夢語，那堪與兄醒眼人著目。兄今知命，天下事知之而已，命之而已；弟今耳順，天下事耳之而已，順之而已。吾輩得白頭爲佳，無須過量。長興饒山水，盤阿寤言，綽有餘思，視今閉門作閣部，不得去不得死，何如也。〔註8〕

這段話裏，散發一股率情、任性的氣息；夢的超脫現實，能自由翱翔，來去自如而不受拘束，和臨川個性的本質可相配合。所謂「天下事順之而已」正是他個性的寫照，不合於當代矯談性理的俗儒。玉茗堂文中，有四夢的題詞，透過他自己的話，吾人更可掌握臨川對夢的態度。題牡丹亭有言：「夢中之情，何必非眞。」題邯鄲記有言：「夢死可醒，眞死何及！」又言「岸谷滄桑，亦豈常醒之物耶。第概云如夢，則醒復何存。」題南柯記有言：「昔人云：『夢未有乘入鼠穴者』，此豈不然耶。一往之情，則爲所攝。人處六道之中，嚬笑不可失也。」又言「夢了爲覺，情了爲佛。境中廣狹，力有強劣而已。」題紫釵記有言：「人生榮困，生死何常，爲驩苦不足，當奈何！」〔註 9〕臨川賦予夢的是一種高超的境界，不是幻夢，甚至是比現實還更眞實的層次。一句「夢了爲覺，情了爲佛」，眞足以詮釋臨川心目中的夢義，那是參透的人生極高的理想。能夢覺的人則具有到達佛境的慧根了，因二者乃是「境有廣狹，力有強劣而已」。但，畢竟茫茫塵世，總是俗緣未了者占大多數，能夢覺者幾何？東坡永遇樂詞中有慨嘆：「古今如夢，何曾夢覺，但有舊歡新怨。」想來，東坡與臨川在這一份人生的觀照上是可彼此相通的。

究竟臨川於夢的寓意和架構下，所揭櫫的內涵是什麼？則不外乎一個「情」字而已。他嘗自言「諸公所講者性，僕所言者情也。」〔註 10〕認爲只有「至情」可以超生死、忘物我、通眞幻、而永無消滅；不因形骸之存否而改變。牡丹亭的杜麗娘因著至情，由死而復生，形骸是空虛的；邯鄲、南柯兩記，更由至情而趨忘情，終得解脫。從牡丹亭到南柯記，臨川的心路歷程亦由入世轉到出世。但，終不脫個「情」字。以荒唐、怪誕、浪漫、不羈的夢來架構他傳奇的世界，坦率的道出人們內心久被抑制的衷曲，如同詩中的太白，詞中的東坡，臨川是飄然不群的。他天馬行空般地抒發熱烈的情感，

〔註 8〕見湯顯祖詩文集卷四十六，玉茗堂尺牘之三。
〔註 9〕見湯顯祖詩文集卷三十三——玉茗堂文之六題詞。
〔註 10〕見朱彝尊著靜志居詩話卷十五。扶荔山房刊本。

豐富的想像，超越的膽識，並出以瑰奇的文采。浪漫自由的風格，開了往後劇壇上的玉茗堂派。這份成就，若非出於至情，焉得如此！文學是情感的眞誠披露，翻看文學史上流傳千古的大家，莫不是在其作品中流露人性至情的光輝，人同此心，心同此理，故可感千百年後之人。

還魂記、邯鄲記、南柯記三本傳奇，臨川在夢的架構下，所要表現的最大主題即上面所言的「至情」。經一番整體綜合的瞭解後，以下再逐一探討臨川如何以夢來架構劇作的主題。

一、還魂記

還魂記是臨川四夢中，最受青年男女喜愛的傑作。它的誕生，使臨川之名得與明代傳奇並垂不朽，他亦自言：「一生四夢，得意處惟在牡丹」。還魂記流傳後，在當時社會的上下階層，都掀起一陣高潮；譽之也好，毀之也好，足資證明它是如何引人注目了。傳說有酷嗜還魂記而爲之斷腸者〔註 11〕；有讀還魂記而自願爲臨川奉箕帚者〔註 12〕；甚且有演還魂記而悲愴過度，竟隨即仆地而亡者〔註 13〕；能使人爲之喪身，還魂記的哀感動人可見。曲家對它的稱譽甚至是「上薄風騷，下奪屈宋」〔註 14〕、「幾令西廂減價」〔註 15〕，如此高的呼聲，使吾人不得不對此傳奇中的「傳奇」刮目相看，也引發了筆者莫大的興趣。但，此處所要探究的重點是臨川如何透過夢來顯示其劇中的主題。

還魂記全劇有五十五齣，在明傳奇中是屬於長篇。故事演南宋時福建南安郡太守杜寶和夫人甄氏，只生了一女杜麗娘，有侍婢春香和麗娘作伴。麗

〔註 11〕靜志居詩話云：婁江女子俞二娘，酷嗜牡丹亭曲，斷腸而死。故義仍作詩哀之云：『畫燭搖金閣，眞珠泣繡窗，如何傷此曲，偏只在婁江。』書同註 10。

〔註 12〕黎瀟雲語云：「內江一女子，自矜才色，不輕許人。讀還魂記而悅之，逕造西湖訪焉。願奉箕帚，湯若士以年老辭之，女不信。一日，若士湖上宴客，女往觀之，見若士皤然一翁，傴僂扶杖而行。女歎曰：『吾生本慕才，將托終身，今老醜若此，命也！』因投于水。」見焦循劇說卷二。

〔註 13〕磵房蛾術堂閒筆云：「杭有女伶商小玲者，以色藝稱，於還魂記尤擅場。嘗有所屬意，而勢不得通。遂鬱鬱成疾，每作杜麗娘尋夢、鬧殤諸劇，眞若身其事者，纏綿淒惋，淚痕盈目。一日演尋夢，唱至『待打併香魂一片，陰雨梅天，守得個梅根相見』，盈盈界面，隨聲倚地，春香上視之，已氣絕矣。」見焦循劇說卷六。

〔註 14〕騷隱居士衡曲麈談：「臨川學士，旗鼓詞壇。今玉茗堂諸曲，爭膾人口。其最者，杜麗娘一劇，上薄風騷，下奪屈宋，可與實甫西廂交勝。」見增補曲苑本。

〔註 15〕沈德符顧曲雜言：「湯義仍牡丹亭夢一出，家傳戶誦，幾令西廂減價。」見學海類編本。

娘十六歲時，其父以「古今賢淑，多曉詩書」，乃聘了老生員陳最良來教她。第一課選的是詩經的關雎篇，這引發了麗娘思春的情緒，而且春香又在一旁鬧學，引誘麗娘言「有座大花園，花明柳綠，好要子哩！」於是，趁著杜太守春分下鄉勸農時，主僕二人背了老夫人，往後花園一遊。麗娘原已「爲詩章講動情」，以爲雎鳩尙有洲渚之興，「可以人兒不如鳥乎！」來到後園中，見百花盛放，鶯燕嬌啼，一時醒覺了她少女懷春的情緒。回至閨房中，不禁暗怨父母「揀名門，一例例裡神仙眷，甚良緣，把青春拋得遠」，無情無緒便睏睡著了。夢中，她見有一持柳枝的秀才，從後園跟著她來到閨房，盡說了些溫情的話語，又抱持她到牡丹亭畔、芍藥欄邊，共乘雲雨之歡。這一夢竟使麗娘從此因念夢中情人，至傷春病亡。她遺下一幅自畫的眞容，並於上題「近覩分明似儼然，遠觀自在若飛仙。他年得傍蟾宮客，不在梅邊在柳邊」的詩句以記夢中之人。此時，杜太守奉旨調鎭淮揚，因麗娘遺言要葬在後園的梅樹下，杜寶乃割取後園，造梅花庵一座，安置麗娘靈位，並請了石道姑來看守。

三年後，麗娘夢中秀才柳夢梅赴臨安考試。途經南安時，病倒在風雨中，被陳最良救起，安置他在梅花庵中養病。柳夢梅病體漸漸康復，一日閒步後園，在假山石間發現了麗娘自畫眞容，就掛在房中把玩，天天對著畫叫「姐姐」。麗娘在陰間得到胡判官查明姻緣之分，准她還陽續前緣。於是她的遊魂出現在柳夢梅房中，夜裡來而雞鳴前卽離去。一夜，麗娘將眞情相告於柳生，請他挖墳開棺，助其還陽，可結爲永久夫妻。夢梅商請守庵的石道姑一同開棺，麗娘從此復活。事後，因恐陳最良發現掘墳事，將他們送官究罪，便帶著石道姑，赴臨安應考；然後轉揚州，求杜寶允婚。

這時，金人南下侵宋，杜寶受命防禦，移鎭淮安。陳最良於發現墳墓被掘後，便輾轉趕到淮安報告。杜寶派陳最良持書致金將李全的妻子楊婆，說動楊婆婉勸李全降宋，淮安之圍竟因而得解。另外一方，柳夢梅科舉後，朝廷因兵亂延遲發榜，麗娘心懸父母，乃要夢梅往淮揚探消息。而杜夫人甄氏和春香避難臨安，中途借宿人家而和復活的麗娘相遇。柳夢梅帶著麗娘眞容到淮揚，以女婿名義求見，正逢杜寶設宴慶功，門人以柳夢梅衣衫襤褸，不許入見。柳夢梅刦衝席而入，觸怒了杜寶，叫人把他綑縛，解送臨安究罪。兵亂既平，朝廷發榜，柳生中了狀元。發榜後，刦遍尋不到狀元郎。杜寶因平寇有功，超遷相位，乃在臨安親審柳夢梅；他以夢梅持麗娘眞容畫，認定必是盜墳之賊，不由分辯，吩咐吊起來打。正好主試官親來尋新科狀元，替柳夢梅著衣冠，插宮花。杜寶不相信麗娘復活，執意奏請天子查明，究治柳夢梅之罪。夢梅亦上疏辯明，麗娘也託因功受封黃門郎的陳罪良伏奏。天子審明始末，證實麗娘的確復活，敕令杜寶夫妻父女相認，返邸成親。

還魂記的故事情節是詭異奇幻，而又不合常理的。這份不合常理的愛情，就是由常理之外的夢境來架構。全劇中，實際言夢的有二齣，一是第二齣「言懷」，柳生上場自我介紹後，言：

> 半月之前，做下一夢。夢到一園，梅花樹下，立著個美人，不長不短，如送如迎。說道柳生柳生，遇俺方有姻緣之分，發跡之期。

因著這個夢，他改名夢梅，而以原名春卿爲字。作者在第二齣便藉著生角，點出「夢」字。所謂夢、梅、柳諸端，均爲與第十齣的「驚夢」遙相呼應而安排。不是巧合，而是作者欲用夢來貫穿生旦二角的關係。幾乎一般明傳奇的發展狀況都是如此：由生、旦各引一端，這兩條路線由獨自發展到相交，〔生旦認識〕，再經種種曲折而圓合〔吉慶終場〕。尤其是以男女戀情爲主的戲，都脫不開這條公式。還魂記就是以雙線進行的夢，來架構生旦之間的關係，更藉其內容以寓意至情的主題。

第十齣「驚夢」由麗娘準備遊園寫到她驚夢而醒，無論抒情道景，這是相當突出的一齣。還魂記的精神是在杜麗娘身上，臨川把這個角色刻劃的淋漓盡致。她長於富裕的生活環境中，享有父母的愛，也接受傳統溫馴、穩重、女紅的閨訓和陶冶。由對父親「刺繡餘閒，有架上圖書，可以寓目。」之訓諭，卽答應「從今後茶餘飯飽破工夫，玉鏡臺前插架書。」可見他溫馴的本性。這樣個養在閨閣的嬌娃，却因到了懷春的年紀，又讀了詩經「關關睢鳩，在河之洲。窈窕淑女，君子好逑。」的詩句而叩動心弦，頓興傷春之意。遊園之前，她刻意的梳妝了一番，「裊晴絲吹來閒庭院，搖漾春如線。停半晌，整花鈿，沒揣菱花，偷人半面，迤逗的彩雲偏。」卽景漾情，顧影自憐的心態，被細膩而深刻的描繪出來。她步入花園，見綻放的紅花綠草，不禁讚歎「不到園林，怎知春色如許！」却又暗傷「原來姹紫嫣紅開遍，似這般都付與斷井頹垣，良辰美景奈何天，賞心樂事誰家院」，感慨於「錦屏人忒看的這韶光賤」，在最美的春光裡，却思及年華易老，爲自己虛度青春而悵然。偏又見「聲聲燕語明如翦，嚦嚦鶯歌溜的圓」，觸景傷情，意興索然的回轉西閣。懷春的少女，豈堪如許惱人春色！所謂韶光易逝，佳人空老；麗娘的愁悵正是爲此。她說「春呵！得和你兩留連，春去如何遣！」念及自己已是二八年華，未逢折桂之夫，不由得長嘆：

> 吾生於宦族，長在名門，年已及笄，不得早成佳配，誠爲虛度青春，光陰如過隙耳。

在思春的情緒下，一面又自怨生爲女子，不得主動追尋愛情，而父母揀選名門，把她青春躭誤許多。想著想著，意念中的情人竟來到她的夢中。他是自花園中尾隨著麗娘而來；他手持柳條半枝，請小姐作詩賞之。他又說「則爲你如花美眷，似水流年，是答兒閒尋遍，在幽閨自憐」；他抱持了半推半就，含蓄欲滴的麗娘，轉過芍藥欄前，緊靠著湖山石邊，共成雲雨之歡。這時，掌南安府後花園的花神還暗中保護二人。一番纏綿後，他送了麗娘歸閨閣，幾聲「將息」後離去。麗娘在癡睡中，喊著「秀才，秀才，你去了也。」因老夫人到而驚起。這一夢便使得麗娘從此悲嘆抑鬱、日漸消瘦，終至爲情而死。

「驚夢」一齣之後，於夢醒之隔日，麗娘滿懷情緒地至園中「尋夢」。希望夢中之人，會突現於現實。但，景物依舊，獨不見意念中人，她幽幽地唱著〔懶畫眉〕、〔不是路〕、〔忒忒令〕、〔嘉慶子〕、〔尹令〕、〔品令〕、〔豆葉黃〕諸曲。尋來尋去，而牡丹亭、芍藥欄竟恁般冷落淒涼，杳無人跡！夢中的纏綿溫存和現實的冷落庭園相比照之下，傷心人的懷抱眞難以筆墨道盡，所謂「昨日今朝，眼下心前，陽臺一座登時變」。幾乎是在一種絕望的情緒下，她看見無人之處，有梅樹一株，而思「我杜麗娘若死後，得葬于此，幸矣！」突興死葬之念，固是當時情緒低沉的反應，而作者更是藉以和第二齣柳生夢梅樹下立著美人之說前後呼應，且暗中點出麗娘死亡的命運。梅樹，於此處是愛情的象徵。從「驚夢」到「尋夢」，少女懷春的情態，在臨川妙筆之下，含蓄、婉約而又濃艷、淋漓地被刻劃出來。麗娘在臨川的塑造下，是個至情而又執情的深閨女，壓抑已久的熱烈情感，因著夢境觸動，終一發不可收拾；看到象徵所愛者的梅樹，而圖「守得個梅根相見」，這種濃烈的執情，註定了她殉情的命運。一句「花花草草由人戀，生生死死隨人願，便酸酸楚楚無人怨」是麗娘「尋夢」不著時，併發的衷心之言，這三句哀感而任情的話，不但是麗娘的心曲，更是臨川的理想，也是普天下至情之人的意願。童伯章說得好：「此情緒，雖以善剖心理之佛祖，以相宗百法例之，將無可歸納；却被心靈手敏之文人輕輕描出。然又一無痕跡，只是隱約流露於聲中言外，誠妙文也。」

但，殉情不是臨川所要揭櫫的理想，乃在於至情得以超生死的意念。所以在「冥判」一齣中，麗娘得准還魂，所謂「前日為柳郎為死，今日為柳郎為生」(「冥誓」齣中語)，才是臨川理想的境界。衡諸情理，這簡直是荒謬而不合常情。但，愈是荒謬，愈是不合理，就愈顯出「至情」之偉大和撼人心弦的力量。如同元雜劇中竇娥罰下的三個無頭願般，愈是常理之外的現象，就愈能緊緊扣住觀眾的心弦，而觀眾也從來不責求於理，劇場的氣氛是訴諸感性的。而且，不合理中，似乎更蘊含著超然的眞理在內；夢中之情，可以為眞，就是這個道理。

還魂記劇情的發展，是賴著生旦二人冥冥中得以感通的夢來架構，主要的情節是因著「驚夢」而導至「鬧殤」，又因著「冥判」的轉折，促成「回生」的復活。三十五齣「回生」以前的劇情，完全籠罩在夢的支配下進行，也是劇作的重心所在。麗娘復活以後到最後的「圓駕」，是把主情節之外的枝節逐一收結，關目則稍嫌冗漫。擴大夢的領域來看，則不祇明言做夢的「言懷」及「驚夢」兩齣中有夢，其他冥判、魂遊、幽媾、回生諸端，無不是非現實之境。尤其「冥判」一齣，使麗娘得以起死回生，王孝重清暉閣本評還魂記就特別讚譽此齣，言:「會眞記以惠明取雄，此以冥判發想，而閎縱過其萬倍。」對作者而言，它們不是虛幻的，乃是一如世界存在般的眞實。這種不是夢的「夢」，已成為作者內心底層理想的代號。

至情可通生死的主題思想，在開場一曲蝶戀花已揭示了，所謂：

> 忙處拋人閒處住，百計思量，沒箇為歡處。白日消磨腸斷句，世間只有情難訴。　　玉茗堂前朝復暮，紅燭迎人，俊得江山助。但是相思莫相負，牡丹亭上三生路。

「但是相思莫相負，牡丹亭上三生路」，何等淒美、執著的純情！苦澀中的甘美，將會留下更多餘味。臨川牡丹亭記題詞更明言：

> 如麗娘者，乃可謂之有情人耳。情不知所起，一往而深。生者可以死，死可以生。生而不可與死，死而不可復生者，皆非情之至也。夢中之情，何必非眞，天下豈少夢中之人耶！必因薦枕而成親，待掛冠而為密者，皆形骸之論也。

這兩段話，使吾人清楚的看到作者重視外形骸、超生死的貞固不滅之至情，此情必是抽象的精神層面。臨川假古來頗多的人死還魂之故事，透過夢來架構、經營、渲染他的人生理想。理想是超乎現實之外的，夢的荒謬、不合理亦如是。

在明代那個封建禮教而又好談性理的社會裡，還魂記却大膽浪漫而又細膩的歌頌愛情的不朽，它在當時社會所掀起的驚濤駭浪是可以想見的。愛情本是人性最基本的情感，劇中人可以爲情而死，讀劇者也有爲之而香消玉殞的事，至情的偉大，臺上、臺下是同有所感的。

二、邯鄲記

邯鄲以唐人傳奇小說枕中記爲骨架，寓以道家虛無的人生思想。下場一首「莫醉笙歌掩畫堂，暮年初信夢中長。如今暗與心相約，靜對高齋一炷香。」這是邯鄲記「人生一夢」的醒覺，也是臨川晚年作此記時的心境和人生觀。

雖是取材於前人故事爲情節背景，但在此記中，臨川更進一步的透露了他所處時代的某些現象，也傳達了他得自於時代與際遇的人生看法。深刻而具有諷刺性的內容，是枕中記所無的，能於舊故事中蘊含新意味，即是邯鄲記成功之所在。以下先敘其情節梗概，再析夢在邯鄲記中的架構情況，並見主題思想。

邯鄲記共三十齣，演仙人呂洞賓，在邯鄲道上用磁枕度脫盧生的故事（磁者慈也）。內敘呂洞賓奉東華帝旨，往塵世覓有仙緣者，度其來供掃花之役。呂洞賓來到洞庭湖畔的岳陽樓上賞景買醉，無人可度，却見邯鄲地區有仙氣上升，知有人將可得道，乃往赴邯鄲，憩於趙州橋北的小店裡。這時窮儒盧生騎驢路過，亦入店來。盧生嗟窮怨命，一心嚮往功名利祿，呂洞賓解下磁枕借與忽覺困倦的盧生打睏，欲在睡夢中度他經歷人世百象。盧生才睡下，忽覺磁枕兩頭透出亮光，漸漸擴大，彷彿有屋宇在其中，於是他走進去，却是一座深院大宅，他被逼和這家小姐結婚；這家原來是山東清河豪富崔氏。婚後，崔氏要他往赴科舉，並教以錢財賄賂要路，以爲登科之途。藉此，他被皇上欽點爲狀元。主考官宇文融本已取蕭嵩爲第一，裴光庭爲第二，未料御筆却點了盧生。又以瓊林宴上，盧生一句「嫦娥不用老官媒」使得宇文融從此和他不合。盧生以聖恩留他掌制誥，三年之外，方得回家。但他却偷返鄉見妻子，事被宇文融知道，奏上一本。後來，他被派往開鑿黃河石路；事成，又被調往西征吐蕃，宇文融本欲以這些難事陷他，但盧生在這兩件事上却都立了大功。宇文融因而反在皇上面前讒訴他受吐蕃之賄，有賣國之嫌，把他流竄廣南，妻子沒爲官婢。直到吐蕃入朝，朝廷贈織錦爲禮物，崔氏所織廻文錦詩句被天子看到，又經吐蕃侍子言「自經盧元帥西征，諸番震恐，方知螢火難同日光」，宇文融誣告的眞象才被揭發。聖召盧生還朝，尊爲上相。二十年後，他貴爲宰相，封趙國公，四個兒子也都有官位，一門榮貴至極。活至八十歲，心滿意足的病死。至此盧生驚醒，原來自己仍在小店中，店主蒸黃粱還未熟哩！他把夢境告訴呂洞賓，呂仙告以:「都是妄想遊魂，參成世界。」他因此醒悟：「人生眷屬，亦猶是耳，豈有眞實相乎？其間寵辱之數，得喪之理，生死之情，盡知之矣！」於是拜呂仙爲師，同去雲遊，到蓬萊仙境，和八仙共度消遣日子。

邯鄲記以夢來架構，是顯而易見的，這一夢，由第四齣「入夢」，盧生進入呂仙的磁枕內，到第二十九齣「生寤」，這一大段情節都是在夢中進行的。幾乎全戲就是一部夢的經歷過程；夢醒後，盧生得以悟道，劇情也就結束了。夢，是劇作的架構，也含「人生一夢」的寓意，爲一語雙關的。虛幻的夢境中，嵌入種種眞實，究竟夢是幻？是眞？抑或現實是眞？是幻？答案是懸疑的，需要高度的哲思，也因著人的稟性而有不同的認識。現實和夢境交融的運用，使吾人對眞幻的現象得以更深入的思考，這是臨川於邯鄲記中側面提出的一個人生問題，晚年的臨川，思想層面已更玄虛於形上的精神追求。

混淆現實和夢境的運用方法，在許多顯示預兆和神驗的夢中，亦採取這種觀點。眞幻混淆的觀念，不禁使筆者想起那位逍遙的先哲莊子來，莊周夢蝶是幾千年來膾炙人口的典故：

> 昔者莊周夢爲胡蝶，栩栩然胡蝶也，自喻適志與！不知周也。俄然覺，則蘧蘧然周也。不知周之夢爲胡蝶與，胡蝶之夢爲周與？周與胡蝶，則必有分矣。此之謂物化。(齊物論第二)

這個混淆莊周與蝴蝶的夢，顯現一種「自適其志」的和諧的美感。以蝴蝶逍遙於陽光、空氣、花朵、亭園之中，象徵人生如蝶兒般活躍於意志自由的世界。如果說「人生如夢」那麼在莊子心目中浮現的，是個和諧的美夢；沒有悲涼的感覺，而是陽光和煦的。戲劇中混同現實和夢境的精神，是不同於莊周夢蝶的，那一些安排作爲劇情需要的夢，大多是文學表現的手法，缺少這一層人生的哲思。但是，邯鄲夢是含有寓意的，作者用來抒發內心的感觸，有著沉沉的時代哀痛和個人的思想，不同於莊子夢中顯出的和諧。近代文學中，也有物化的夢，那是捷克有名的文學家卡夫卡的作品——蛻變。描寫當推銷員的主人翁於一夢醒來時，發現自己變形爲一條大蟲，故事是以高度的象徵來寓意現代人的苦悶心理，就「具有時代寓意」而言，它和邯鄲記的精神是相近的。但，「蛻變」只提出了問題，而邯鄲記更指出一條「從道」的路子。或許，留下疑問的結局是更耐人尋味的！

「人生如夢」是邯鄲記的主題，世人所誤者，就是不能超脫於「情」字。在三十齣「合仙」中，盧生就說：「弟子一生躭閣了個情字」，此「情」字非指至情，而是世俗功名利祿之情，它幾乎是更近於「欲」字的涵義。盧生在夢醒之後，經呂仙指點言夢中的兒子是雞兒、狗兒變的；崔氏是青驢所變；而所有君王臣宰是「妄想遊魂，參成世界」，他突然悟到人生的無眞實相，而終把「浮生稊米，都付與滾鍋湯」。能忘情者方得解脫，盧生亦可謂是至情之人了。盧生的抉擇，亦即臨川的理想，功名利祿等浮雲，塵俗的追尋，其實並未能爲生命留下些什麼，一切都將復歸於無。臨川所啓示吾人的是「超然生命」的追尋，這是邯鄲記「人生如夢」的主題中，所要傳達的理想。在此，臨川已否定了生命的「有」。

劇中盧生本以熱中功名、利慾薰心的姿態上場，其理想是：「大丈夫當建功樹名，出將入相，列鼎而食，選聲而聽，使宗族茂盛而家田肥饒，然後可以說得意也。」在夢悟之前，臨川對夢中追逐名利的盧生，是一再嘲弄的；盧生所代表的是當時社會上的俗夫俗子。以財賂而中舉，更是針對科舉制度腐朽的諷筆。第六齣下場詩一首言：「開元天子重賢才，開元通寶是錢財；若道文章空使得，狀元曾值幾文來！」眞是大膽而鮮明的與科舉制度當頭一棒，揭發了「錢能通」的醜惡面貌。此外，更於劇中極力描繪官吏的傾軋，朝廷的昏庸。宇文融這個劇中的大官僚，因盧生非出於其門，而百般陷害他。在這裡，吾人拿臨川的時代及遭遇來對照，可以更清晰的了解，何以劇中透露如此的社會面貌。

臨川歷經世宗、穆宗、神宗三世，這三世中，君昏政酷，宰輔弄權，有名的嚴嵩父子便在世宗朝。又臨川本身在科場上也吃了權臣張居正的虧，張居正想讓他的兒子嗣修考試及第，於是羅致海內名士，想利用他們以壯大名聲。他想到負有盛名的臨川和沈懋學，但臨川辭而不往，結果，沈懋學和嗣修同榜中進士〔註 16〕。臨川的宦途一直要到萬曆十一年才考中，也就是張居正死後第二年的時候才打開。臨川於邯鄲記揭發科舉的不

〔註 16〕見明史卷二百三十湯顯祖傳。

公平，由此可見一斑。又萬曆十九年，他上〈論輔臣科臣疏〉，劾申時行，楊文舉，胡汝寧，洋洋數千言，語伉且直，帝大怒，遭謫徐聞典史〔註 17〕。由這些事，吾人可窺知臨川爲人的剛直不阿，這種人在腐敗的政權中，必是蹭蹬不前的，他倒也因得致力於文學，爲明代文學生色不少，塞翁失馬，又焉知非福呢！

邯鄲記的「人生如夢」的主題，便是要藉著夢中諸端宦海浮沉、人情冷暖的無情打擊，使盧生清楚的醒悟，而走上超脫塵俗枷鎖的境地。夢架構下的種種經歷，是爲著朝向一個「超然生命」的追尋所必經過的歷練，夢醒後剎那的覺悟，也就是「人生如夢」主題理想的外顯。在此，亦舉本記最後一曲「北尾」作結：

【北尾】度却盧生這一人，把人情世故都高談盡；則要你世上人，夢回時，心自忖。

三、南柯記

和邯鄲記一樣的，南柯記表現的亦是出世的思想，只是所歸爲佛空的虛空。劇作本唐李公佐的南柯太守傳敷演增飾而來。故事梗概如下：

東平人淳于棼，因酗酒失官，當和朋友周弁、田子華在揚州城外的住所內，聚飲於庭南的古槐樹下。一日，聽說城內禪智寺和孝感寺舉行盂蘭會，於是偕友往遊。會中，與來自槐安國的瓊英郡主、靈芝夫人、上眞姑相遇，驚爲絕色；其實彼三人是蟻國使者所幻化，奉命爲金枝公主瑤芳物色佳壻而來。她們對淳于棼也顧盼留情。又一日，淳于棼在外喝醉，被朋友送回，睡於東廡下。忽見紫衣使者二人，以牛車來迎，淳于棼問何往，則云往古槐穴國中去。尋達一城門，樓題「大槐安國」。他被導引見國王，並與公主行禮成婚。舊友周弁、田子華亦出仕在此。婚後，他任守南柯郡，以防檀蘿國入侵，周、田二人爲之輔政。二十年匆匆而過，南柯郡政績斐然。由於南柯暑熱，公主苦之，淳于棼乃在城西築瑤臺與之避暑。檀蘿四太子想奪公主爲妻，發兵圍攻瑤臺，幸淳于棼及時來援，但公主因驚嚇而病倒。國王以淳于棼久在外郡，論功升爲左丞相。公主於歸國途中病死，葬在龜山。瓊英、靈芝夫人、上眞子三人乘淳于棼苦於孤獨之際，設酒招之，乘醉淫蕩。事爲右丞相知道，他夙妒淳于棼，便讒訴於國王，國王亦正疑忌淳于棼，就遣他還鄉。仍令紫

〔註 17〕同上。

衣使者以牛車送出，臥榻如初而去。淳于棼夢醒，見日未西斜，桌上餘酒尚溫。他把夢境告訴朋友溜二、沙三，三人一同到庭中掘開槐樹根看，則其間山川樓臺，一如夢中。淳于棼因而造訪孝感寺的契玄禪師，並請爲亡父、公主及蟻群作福。契玄說他的夢境皆是由情而生；淳于棼忽然頓悟。契玄並幻變出天門開啓之境，讓他見亡父、二友、槐安國王、王后等升天。最後，他看到公主，竟觸發舊情，要強留她再續前緣，被契玄揮劍分開；淳于棼從此徹悟，合掌入定成佛。

全劇有四十四齣，淳于棼這一夢由第十齣「就徵」，被迎入古槐國穴中，至第四十二齣「尋寤」爲止。漫長的情節，就完全在夢的架構下進行。南柯記的夢運用和邯鄲記是相似的，採單線進行方式，此則異於還魂記的雙線接引的夢的進行。不過，三本同樣是藉著夢的安排，來顯現作者劇作的主題。南柯記的主題亦是一「情」字，由第八齣「情著」和末齣「情盡」的呼應可顯見。開場一曲南柯子所揭示的亦是：

> 【南柯子】玉茗新池雨，金柅小閣晴。有情歌酒莫教停，看取無情蟲蟻也關情。　　國土陰中起，風花眼角成。契玄還有講殘經，爲問東風吹夢幾時醒。

南柯記題詞中有云：「世人妄以眷屬富貴影像執爲吾想，不知虛空中一大穴也。倏來而去，有何家之可到哉！」又云：「一往之情，則爲所攝。人處六道中，嚬笑不可失也。」這些話語，否定了人生的「有」，愛情是空虛的。「夢了爲覺，情了爲佛」，「情盡歸佛」是南柯記的收結，也是臨川人生的理想，爲主題思想所在。

藉著夢，讓淳于棼度過二十年顯赫的富貴生活：及醒，乃一夢耳，然夢中忽忽若度一世。在夢及現實的比照下，由南柯的虛浮而悟人生的倏忽，終歸佛門而棄紛紛俗情，這是南柯記「人生一夢」主題的啓示。人蟻的結合，由無情而入於有情，因情而入夢。這種安排，比邯鄲記的由呂仙特意導引的夢，在思想上，是更爲虛玄的觀念。「浮世紛紛蟻子群」的人生觀，已使作者更形超脫於塵俗。

人間諸煩惱，莫不是因情而起，第八齣「情著」即寓此意。淳于棼夢醒之後，意猶戀戀，尚未忘情，賴契玄禪師的點醒乃得超脫。最後兩齣契玄點醒淳于棼的過程，即明顯剖示了作者劇作的主題精神。舉四十三齣「轉情」數端以見南柯記思想的主旨。

淳于：「螻蟻怎生變了人？」
契玄：「他自有他的因果，這是改頭換面。」
淳于：「小生青天白日，被蟲蟻扯去作眷屬，却是何因？」
契玄：「彼諸有情，皆由一點情，暗增上騃癡受生邊處，先生情障，以致如斯。」
淳于：「幾曾與蟲蟻有情來？」
契玄：「先生記的孝感寺聽法之時，我說先生爲何帶眷屬而來，當有二女持獻寶釵金盒，即其人也。」
淳于：「咳！小生全不知他是螻蟻，大師怎生不早道破也。」
…… …… …… ……
契玄：「當初留情，不知他是螻蟻，如今知道了，還有情於他嗎？」
淳于：「識破了又討甚情來。」

至此，淳于棼已有轉情之意，但猶未全醒。故契玄又於四十四齣「情盡」中，幻一虛景，使淳于親疏眷屬升天之時，一一顯現，令其再生情障，而於苦惱之際，斬斷他的情癡，以度其以爲佛家子弟。「情盡」是由有情而之無情，爲臨川所揭櫫的最後理想。在末齣中，淳于見公主將升天界，感念前情，扯其裙而大慟，癡言「我定要跟你上天」，這時契玄以寶劍砍開，道：

【北望江南】呀！你則道拔地升天是你的妻，猛抬頭在那裡？你說識破他的螻蟻，那討情來？怎生又是這般纏戀？（嘆介）你掙著眼大槐宮裡睡多時，紙撚兒還不曾打噴嚏。你癡也麼癡。你則看犀合內金釵怎的提？」

淳于棼醒看犀合金釵，大吃一驚：「呀！金釵是槐枝，小盒是槐篋子。啐！要他何用。」拋釵盒而言：「我淳于棼這纔醒了，人間君臣眷屬，螻蟻何殊？一切苦樂興衰，南柯無二。等爲夢境，何處升天？小生一向好癡迷也。」契玄知道淳于棼已可度，又故言：

契玄：「你待怎的？」
淳于：「我待怎的？求眾生身不可得，求天身不可得，便求佛身也不可得，一切皆空了。」
契玄喝住云：「空個什麼？」
（生拍手笑介，合掌立定不語介）

契玄終大叫云：「淳于生立地成佛也。」滋味是不同於「合仙」或「吉慶終場」之類的傳奇。契玄禪師啓悟淳于棼的過程，也就是南柯記否定俗情的現身說法。夢架構下的人生諸端，待夢醒時，皆消失於現實中，這是萬事皆空的側面點示；到一切成熟，則在最後結尾時，藉著生角的抉擇，把主題正面點出。一如邯鄲記，「夢」在此是一語雙關的。人生的夢，是因著情障而來，唯有至情之人，方得解脫而達忘情之境。

一本劇作所透露的思想，絕不是單一的。主題之外的人生理想及時代心聲，對臨川這個鯁直不遇的有心人，都有著相當深刻的含意。夢所經歷的「俗世」中，臨川也道出他理想的社會，並對官場百態嘲譏了一番。臨川身處一個官場黑暗的時代，所以他的劇作中，總是對爲吏者的不忠職守、擅作威福，專務擾民等醜態，極盡其能的諷刺之。二十一齣「攝錄」，藉著南柯郡幕錄事官及郡吏的對話，現形出腐敗的政事。所謂「日高三丈，不見六房站班」；又賄上司以物品（公雞）之事，可見旁門走私之風。尤爲恥辱者：

> 錄事官：「我從來衙裡，沒有本大明律，可要他不要？」
>
> 郡吏：「可有，可無。」
>
> 錄事官：「問詞訟可要銀子不要？」
>
> 邵吏云「可有，可無。」
>
> 錄事官惱云：「不要銀子，做官麼？！」
>
> 郡吏云：「爺既要銀子，怎不買本大明律，書底有黃金。」

這段話是以一種輕鬆的場面穿插在劇作中，但愈是嘲諷、可笑的對白背後，愈是涵蘊著沉沉的時代悲痛的心聲。邯鄲記有以錢賄賂而中舉的事，此處又寫斷案不公，但憑錢財作主，吏治的不清是可以想見的。相信這是臨川有感於當代的政治而發。二十四齣「風謠」中，臨川藉著父老、秀才、婦女、商人對南柯郡德政的歌謠，道出他理想的政治社會情況：

> 父老：「征徭薄，米穀多，官民易親風景和。老的醉顏酡，後生們鼓腹歌。」
>
> 秀才：「行鄉約，制雅歌，家尊五倫人四科。因他俺切磋，他將俺琢磨。」
>
> 村婦：「多風化，無暴苛，俺婚姻以時伐柯。家家老小和，家家男女多。」

商人：「平稅課，不起科，商人離家來安樂窩。關津任你過，晝夜總
　　無他。」

從另一角度看，也許這種理想，正是現實不足的渴求。如果，主題代表的是作者的思想，那麼以上提出的或可說是僅次於「情盡」的主題思想之外的副主題。

總結以上這三本架構劇情主題的夢，還魂記是以雙線進行方式來架構入世的兒女之情，邯鄲記與南柯記則以單線「人生一夢」的方式來架構出世的佛道之情。三夢均是文學藝術的形式，同時又是臨川人生最高的理想，用意至爲深遠。還魂記是夢了情未了，認爲至情得以超生死之限；南柯記及邯鄲記則夢了情亦了，了的是俗世之情，而另開展永生的追尋。這種不同對象的「情」，正顯出臨川心路歷程的轉變。「理之所必無，安知情之所必有」，臨川亦可謂「滿紙荒唐言，一把心酸淚」呵！

第三節　表現思念之情的夢

在戲劇中，言「夢見某人」，那意思亦即「思念某人」。日有所思、夜有所夢的觀念廣泛而普通的存在於一般人的心目中。戲劇表現的正是反映當時社會上的觀念，所以運用夢來顯示思念之情的地方也特別多。有些往往流於陳套而氾濫使用，非劇作家用力所在。不論此類夢運用的份量、得失若何，茲就其內容爲思念之情的表現，歸爲一類。其目如下：

南西廂記第三十齣「草橋驚夢」
紫簫記第十一齣「下定」
紫釵記第二十七齣「女俠輕財」
玉環記第十一齣「玉簫寄眞」
錦箋記第十八齣「重晤」
東郭記第三十九齣「妻妾之奉」
尋親記第十八齣「局騙」
飛丸記第十九齣「全家配遠」
荊釵記第三十五齣「時祀」
四喜記第三十四齣「夢後傷懷」
玉簪記第二十六齣「相寬」

以上共十一本戲。其中前八本純粹是劇中人情緒的透露，後三本則在情感表露外，有其戲劇性的作用－間接引導劇情的開展。下文分兩小節來討論。

一、單純表現思念之情的夢

a、南西廂記「草橋驚夢」

西廂記故事的起源，可溯至唐代元稹所作的傳奇「會眞記」（亦名鶯鶯傳），轉而爲宋趙德麟的「商調蝶戀花」，再轉爲金董解元的「西廂記諸宮調」。董西廂把悲劇的結局改爲團圓的喜劇收場，這是王實甫西廂記直接的底本。此後又有明傳奇中的南西廂記。張君瑞與崔鶯鶯這段才子佳人的故事，便變得家戶喻曉、耳熟能詳了。往往，一部膾炙人口的故事，會成爲此後舞台上不斷搬演的對象，如王昭君、楊貴妃、梁山伯、三國故事，其中部分至民國以來，仍不斷爲各種戲劇所取材。這些幾乎老掉牙的故事，卻依舊爲喜愛看戲的觀眾所歡迎。從這裡，我們可以瞭解到漢米爾頓對劇場觀眾心理的分析。他說：

> 對於情感和理智，觀眾是安於陳俗的。民眾，當他是觀眾的時候，不能產生新穎的思想和一些新的東西；有的只是傳統的情緒。他的眼裡不曾有沉思默察，他所感覺的是洪水時代之前的感覺；他所想的是他的祖先曾經想過的。〔註 18〕

好的劇作應是舊材料的新綜合。亞里斯多德也曾說過，藝術的快感起於認識；若欲藉戲劇來表現進步的思想，無疑地，將收不到預期的效果，因觀眾是一般的群眾，而不是哲學家或思想家。

南西廂記的內容，幾乎是王實甫西廂記的翻版，只是在結構上改成傳奇的形式。草橋驚夢一齣和西廂記中的詞曲也幾乎是一樣，姑不論承襲的成分若何，我們於此要探討的是這個夢在戲劇上的效果及運用方式。由於它是一般人熟知的故事，此處把第一齣「家門正傳」中盧籠大意的〔沁園春〕一曲錄作劇情交待。

> 【沁園春】西洛張生、博陵崔氏，一雙白璧兩南金。寄居蕭寺，無計達佳音。忽遇張彪作耗，君瑞請兵退賊，當許下成親。　豈料功成後，老母背盟。托紅娘傳密意，遂初心。喜登黃甲，鄭恒何故

〔註 18〕見漢米爾頓「戲劇原理」論「劇場觀眾之心理」，東大圖書公司印行，趙如琳譯本。

更相尋。終藉蒲東太守，重諧伉儷，傳說到如今。

「草橋驚夢」是發生在君瑞與鶯鶯成婚後，老夫人以「我家三代無白衣女婿」爲由，於大喜之隔日，即促張生上京應舉。新婚夫婦正當濃情蜜意，乳水交融之際，兩下子分離，相思情緒自不在話下。作者繼二十九齣「秋暮離懷」之後，即安排草橋客宿的一夢，來具現生旦二人的情感。

夢是這樣來臨的，張生赴京的一路上，滿懷愁思的唱著掛眞兒、步步嬌、江兒水、清河水諸曲。下榻在草橋客店，神思困倦的睡著了。接著鶯鶯登場，她小心翼翼的背了老夫人，獨自出城追趕張生。一個女孩家，夜中行走，難免叫人爲之暗捏了一把冷汗。她一路上唱著玩仙燈、香柳娘諸曲，曲調中襯托出她恐懼、嬌喘而又情切的氣氛。例如：

【香柳娘】走荒郊曠野，走荒郊曠野。把不住心嬌怯，喘吁吁難將兩氣接。瞞過了能拘管夫人，穩住廝齊攢侍妾。疾忙趕上者，爲恩情怎捨，爲恩情怎捨，因此不憚路途賒。誰經這磨滅。

在草橋客店中，生旦二人終於相見，一個望著「衣袂不藉、繡鞋兒都被露泥惹，腳跟兒敢踏破也」心疼不已；一個則悲傷「你衾寒枕冷，鳳分與鸞拆，月圓被雲遮；這牽腸割肚，到如今義斷與恩絕，尋思來痛傷嗟。」一番互訴情思，直至內鳴鑼，張生抱住琴童，喊著「小姐」時，才使觀眾亦如夢初醒；在這以前，我們幾乎以爲鶯鶯眞背了夫人出城來會張生哩！

這齣夢的安排，在劇作上，它達到渲染和強化生旦二人感情的效果。就情節發展來看，是需要而適時的。我們知道，自第五齣「佛殿奇逢」二人巧遇到紅娘百般撮合，老夫人許婚，這一大段發展過程，大都屬爲劇情推展而設。在張生與鶯鶯之間，不是夾個慧黠的小紅娘，就是夾個嚴峻的老夫人，屬於生旦二人同場訴情的對手戲，是相當短暫的。然而，在看才子佳人戀愛劇時，觀眾總期待著有情人聚合的場面。「草橋驚夢」不但提高了戲劇氣氛，也讓觀眾感到「滿足」的愉悅；雖然夢中是一片濃濃的相思愁緒。這種具有感傷情調的愛情場面，比任何其他戲劇場面富於浪漫色彩，而易獲得情緒上的共鳴。夢的運用，在此強化、肯定了愛情的主題，而且藉著實場的演出，使之波折爲具體、鮮明的立體印象。

b.紫簫記「下定」

紫簫記是湯顯祖五種曲中最早的一本，與紫釵記同本於唐蔣防的傳奇小說霍小玉傳，但在關目和角色上有許多不同。紫簫記十一齣「下定」，李益有一段暗場口述的夢；在此，仍須先把夢之前的劇情略為敘說，以利了解夢的產生。

劇情始於李益上京科舉時，與友人花卿等飲酒賦詩。後日，花卿招益至營中飲酒，並出愛妾鮑四娘把盞；會郭小侯至，花卿見小侯所乘駿馬，羨而以愛妾易馬。四娘入郭家後，心念花卿而啼泣不止，小侯乃遣其往霍王妾鄭六娘家中教小玉歌唱。李益知四娘寄寓鄭六娘家，乃乘閒訪之。四娘告以小玉美而有才，許為李益作媒；又至鄭六娘處，稱揚李益詩才，勸以小玉嫁給李益。六娘於是先遣使女櫻桃佯作鮑四娘的養女，至李益處探其故鄉有妻無及其性情如何。

夢的來臨是在李益託鮑四娘後，獨自滿懷春情，而輾轉不寧。「睡得不沈，醒得不快」的景況下，索性拿了昭明文選來醒眼，一翻竟就翻到十九卷的高唐賦、神女賦、好色賦、洛神賦諸寄情之作。作者藉題發揮，舞文弄墨了一番。才子多情的風貌，使李十郎沉醉其中而萌發遐想，學高唐晝寢而眠。夢中他見：有一佳人，貌甚奇麗，含笑含嚬，如來如去，在咱眼前，四顧青衣，向前相訊。正交接間，只聽得紅蕉搏雨，翠竹敲風，原來是陽臺一夢。使女櫻桃奉命來探，人來戶響把他驚醒。

戲劇情節的發展，是層層推進的；所以吾人論夢運用在劇情中的地位、得失，亦當自情節推移的整體情緒來看。誠然，單就夢本身的內容，這個夢並未見特色；這一類表現思情的夢，所重在一種氣氛、情緒的烘托和造成，藉以傳達戲中人的情感。以此觀之，夢前情緒的安排，也是夢運用技巧上，要列入考慮的範圍。紫簫記「下定」齣，對入夢的情境，有一番極力的舖排。少男懷春，如痴如醉的神態，透過十郎對著高唐賦而思「可惜止是朝暮之間，若久長相處，真個延年益壽」；觀神女賦遐想「這樣神女，只夢一夢也彀了」；羨宋玉有東家之子「三年未許，東牆自窺，芳花有意，春風幾時，教人頓有章臺思」；對洛神賦而為子建嘆「當年未偶，明珠獻遲。人神異路，君王怎歸？教人灑遍長川淚。」被表現出來。由這些賦，他因而想著「小玉姐呵！不知你為是瑤臺客，為是宋家鄰，為是章華艷，為是洛川神」，睡而夢佳人。這一連串的動作，可謂「銜接緊凑」。夢的來臨是在極自然的氣氛下進行，四篇賦的舖寫，為十郎的夢作了良好的前奏曲。以這樣的方法來表達劇作人的情緒，顯得活潑有致，深刻而不呆板。並且，此時的李十郎只知小玉是個有才情的美女，尚未謀面。夢中的人兒，依十郎口述，僅言「有一佳人」，由小處觀之，得見作者創作態度的謹慎，絲毫不含糊。戲劇中的每一個情節都是向著作者預定的相標前進，李十郎此夢雖非結構劇情的重心；然而，於戲劇動作的推移中，藉著夢的安排，它傳達了十郎內心求偶的情癡，有其戲劇性的效果。這種人類最基本、原始的欲望，是一切情緒中最爲人所熟知的情緒，易爲觀眾認同和接受。

c、紫釵記「女俠輕財」

紫釵記描寫的仍是李益與霍小玉故事。二人婚配後，李益赴科得中狀元及第，然因未往拜盧太尉，遭其表薦玉門關外參軍。第二十五齣「折柳陽關」，夫妻二人灞橋傷別，第二十六齣「隴上題詩」即顯露別後赴邊途中十郎的心境，隨即第二十七齣「女俠輕財」霍小玉夢李十郎，表現的是旦角的相思情緒。此時戲劇呈現的是愁情滿場，例如：

> 【月兒高】（旦上）嫌單愛偶，迭的腰肢瘦。離愁動頭，正是愁時候。首夏如秋，這冷落誰生受。君知否，池塘綠皺，雙鴛鎮並頭。

她告訴使女浣沙，夜來夢見十郎：

> 【銷金帳】心情宛舊，遶定咱身前後。咱低聲問還去否。問他這般不湊，那般不抖。（低介）便待窗前窗前推枕兒索就。呀！回首空牀，斜月疏鐘後。猛跳起人兒不見，不見枕根底扣。

這裡，小玉很含蓄的把夢李十郎的情境述出，暗場口述只能是內在情緒的剖露。在明傳奇中，幾乎是慣例的戲劇開展法，生旦二人「墜入」情網，然後或因生角的赴舉，或因外力壓迫，使男女主角分離。別後相思是情感呈現的基本方式，而「夢中相見」更是一種「思之極致」的代表。以接連二齣戲來分別展現生旦彼此相思的情緒，在氣氛上可收強化勢力的效果。

d、玉環記「玉簫寄真」

玉環記的生角韋皋在秋場不第後，買笑平康，與妓女玉簫有一段情。床頭金盡時，爲虔婆所逐。乃轉而投奔其父生前舊友張延賞，並入贅張家。玉簫在韋皋離別後，有夢見韋皋之言：

> （貼作驚醒介）春兒，我正睡著，夢見與韋相公相會。是什麼東西，將我好夢驚覺了。
>
> （丑）姐姐，這是日高花弄影，啼鳥春歸。

夢中情境，並未被述出，夢所代表的只是一種「觀念」，表示情思的觀念。在運用上，幾乎是作者無意識的使用法，並無技巧可言，效果是薄弱的。在第九齣「韋皋思憶」和本齣（十一齣）「玉蕭寄眞」之間，夾了個第十齣的「韋謁延賞」，相思情緒的傳達，比起前面紫釵記的連續強化，在效果上因分割而明顯遜色多了。入夢之前情緒的舖寫：

【一翦梅】（貼上）鴇母頻催貼翠鈿。花也慵拈，酒也慵沾，此情誰肯再移天。

於辭、情表現上都嫌不足。但就其運用的實質目的而言；亦是爲了傳達劇中人的思念之情，而期劇情發展的合理化和產生情調上的氣氛。

e、錦箋記「重晤」及東郭記「妻妾之奉」

錦箋記「重晤」和東郭記「妻妾之奉」，在夢的表現和作用上頗類似。就夢的本身內容來說，均是通俗的情感上的「交待」，一如前面的玉環記。但，這亦是劇作家不能不交待的事，交待的好壞，端視作者是否著力，此即表現技巧的差別。西樓記「錯夢」之所以優於這一類「表現」情思的夢，卽在於作者不但運用夢來表現劇中人的情緒，更含有作者意識上技巧的處理，使夢的呈現更活潑生動，而不僅是「觀念」而已，此將於下節詳細討論。

錦箋記第十八齣「重晤」的夢是如此的：

（旦）芳春，梅生一去兩月，音信杳然。如今天氣漸涼，不知他尚想來否。

（小旦）昨宵夢見他來，小姐今恰說起，敢是來也。

（旦）我嘗夢見，那裡得來。正是夢好偏無准，情多慣惹愁。

這個夢，是交待旦角柳淑梅思念梅生的情懷，爲一種陳俗的情感傳達方式。其中言及梅生離去兩月，事實上梅生的離去是在上一齣（十七齣）的「聞訃」，這是中國戲劇重寫意而不重寫實的特色，七八人可以是千軍萬馬，三五步又可是涉水登山。又因採延展型的時空處理，劇作家得有較大的創作自由；可惜明傳奇作者，並未發揮此型式的優點以表現人物的性格，卻使文人藉以大作曲詞，舞弄文墨，而劇中人情緒得到大幅度的描寫。

東郭記的「妻妾之奉」，有關夢的描寫如下：

（旦）妹子，自從寒衣寄後，轉眼又是而今。雖則孩兒稍長，不知良人已歸國否。昨夜燈花頻燦，我又夢見他來接俺。敢目下有個喜信也。

（小旦）姐姐，這都是記心夢，俺那夜不夢見他在家裡哩！如今那得來也，且和你中庭一望。

藉著齊人的一妻一疾彼此對話中言夢見良人，來表露相思的情緒，就表現思情言，和錦箋記是一樣的。另則，從「重晤」和「妻妾之奉」的齣名上，我們可測到生旦卽將會面。「重晤」中芳春言「敢是來也」，「妻妾之奉」亦有「敢目下有個喜信也」，她們都對夢有若干程度的相信。這二個夢隱有透露劇情的意味，並且在該齣裡，生旦均隨卽會面了。

f、尋親記「局騙」與飛丸記「全家配遠」

這兩齣戲，就夢內容的對象而言，異於前面諸戲；前所言的思情都是男女戀情之思，而這裡所透露的思情是鄉國之思。不論是戀情抑或是鄉情，都屬人性最基本的情緒，爲與生俱來的天性。戲劇表現人生，這種通俗陳舊的情感，最常被應用，也最易爲複雜的大眾所接受。尋親記十齣「局騙」，生角周羽被害而遠配邊隅：

【蠻牌令】幾度夢還鄉，妻子又驚惶。只道我是沙漠魂，問我魂魄在何方。

披露的是鄉思，尤其是思念家鄉中的妻子。對於夢中情境，生角只是略述了一些。夢在此，亦僅是角色情感的交待。「交待」則無技巧可言。

飛丸記十九齣「全家配遠」，嚴世蕃作惡而累及妻女。旦角嚴玉英與母親在流配遠方的途中，她說：

（貼）方纔夢到家鄉，樵樓又敲四鼓。

（旦）正是鵜鴂音斷家千里，鄉夢初回已四更。

這純粹是思鄉之夢。夢所披露的思念之情，依劇情需要而有不同的對象，但均僅是情感的代號，沒有深入的劇作表現技巧的運用。

以上這些表現思念之情的夢，無疑的是一種象徵，是劇作的表現方法之一。以夢來代表「思情」，傳達抽象的內在情感。在明傳奇中，幾乎已成爲一種約定俗成的用法，不祗在舞台上被接受，它是得自於吾人生活中的經驗，你我或許都曾擁有這種夢的經驗。在戲劇上，這類夢的象徵運用，祗是屬於局部的象徵，不是劇作整體「完整動作」的象徵。〔註19〕

〔註19〕參姚一葦著「藝術的奧秘」第六章「論象徵」，開明書局出版。

二、表現思情並間接影響劇情的夢

荊釵記「時祀」、四喜記「夢後傷懷」及玉簪記「相寬」屬之。這三齣夢，單就內容言，一如前八本，亦是劇中人因思念情懷而做的夢。所不同的是，透過夢而有間接影響劇情的作用。如荊釵記「時祀」是因著十朋的夢來引發一場祭祀，四喜記及玉簪記則是因著夢導致第三者的窺知生或旦的往事，藉以助劇情推順情合理。以下分別討論之。

a、荊釵記「時祀」

在以鬼神之力轉變劇情的夢中，曾提及荊釵記中的錢安撫及時救了投江的錢玉蓮。王十朋的母親於江祭玉蓮後，便往京師尋找十朋，並告以玉蓮爲守節而死，十朋在傷心的情緒下，帶著母親赴潮州任職。另外一方的錢安撫以爲十朋任於饒州，遣使者送信，巧合的是饒州另一王姓僉判因水土不服而死，使者誤以此即王十朋，這個死訊使得玉蓮痛不欲生。從三十一齣「見母」到三十六齣「夜香」，是荊釵記中關目緊湊的一段，而下一齣的三十六齣「夜香」即是演玉蓮求天廕庇父母及痛亡夫。以連續的兩齣來演十朋與玉蓮彼此的哀悼，其戲劇性的氣氛是可以想見的。

「時祀」的夢是由十朋口述給老母，言「夜來夢見渾家扯兒衣袂，說十朋只與你同憂，不與你同樂，覺來卻是一夢」，王母以爲是來「討祭」，因而演出一場「時祀」。換句話說，十朋是夢是「時祀」一齣的引線。就表面言，在於引出祭祀的關目。由此亦可見，它和單純表現思念之情的夢，在作用上是有不同的。

另則，十朋的這個夢，顯然是不太愉快的夢，從角色內在心理來剖析，它透露了十朋對玉蓮的歉疚感。「我不殺伯仁，伯仁卻爲我而死」，玉蓮的投江是爲了守節，逼玉蓮再嫁雖是誤中孫汝權更改家書爲休書所引起，但十朋心裡不無憾恨及負疚。「時祀」中有一段極爲哀感動人的曲文：

> 【沽美酒】（生）紙錢飄，蝴蝶飛。紙錢飄，蝴蝶飛。血淚染，杜鵑啼。覩物傷情越慘悽。靈魂恁自知，靈魂恁自知。俺不是負心的，負心的隨著燈滅。花謝有芳菲時節，月缺有團圓之夜。我呵！徒然間早起晚寐，想伊念伊。妻！要相逢除非是夢兒裡再成姻契！
>
> 【尾】昏昏默默歸何處，哽哽咽咽思念你，直上姮娥宮殿裡。

淒涼哀感之情，不下於東坡夜記夢王夫人的「江城子」一詞〔註 20〕。「要相逢除非是夢兒裡」眞足以詮釋這種表現思念之情的夢的由來。

b、四喜記「夢後傷懷」

四喜記的宋祁於鄉試之前，曾和青樓女子董青霞有一段情。在赴京科舉，中第二甲進士後；因塡了一首鷓鴣天，仁宗愛其才而賜宮娥鄭瓊英爲其妻。宋祁婚後，仍時思青霞，「夢後傷懷」便是在這樣的情緒下產生。夢的展現是青霞背了鴇母，私自到京，找到了宋祁的住處，生旦相見而彼此互訴衷曲；此時，內鳴鑼，宋祁驚嘆而醒轉。

很顯然的，此夢的排演和南西廂記「草橋驚夢」頗爲類似，均是旦角私自來會生角，在夢醒之前的造境是不露痕跡的。這個夢具現了宋祁思念青霞的情感，也因著他夢醒時的驚嘆，引起妻子瓊英的追問：

（貼）你爲何困騰騰晝不醒，悶懨懨宵廢眠。囀流鶯爲何聽了番成嘆，海棠開爲何見了轉淚漣。我和你伉儷情天地遠，合懽意鸞鳳聯，你爲何不肯全抛心上言。

因此，宋祁才道出曾和董青霞許了同衾願，瓊英也才得知這段往事，並表明若青霞心性不錯，可娶爲妾。這使得後來宋祁與青霞重會時，順情合理的爲瓊英所接受，而有大團圓的結局。由此見，這個夢在情節上是有穿針引線的功能，並不僅止於渲洩做夢人的感情而已。

c、玉簪記「相寬」

玉簪記爲典型的才子佳人故事，寫潘必正和陳嬌蓮事。二人本爲指腹爲婚的夫妻。嬌蓮於父亡後，又因兀朮南侵，而與母親分散，乃皈依於女貞觀中，法名妙常。潘必正於赴京科舉時，因病而投住其姑娘主持的女貞觀中，與陳妙常情投意合。主持恐敗壞山門清淨，遂遣必正赴選。臨別時，妙常贈以碧玉鸞簪，必正亦贈之玉鴛鴦扇墜。這原是二人的聘物，但此時彼此並不知。二十六齣「相寬」的夢，便是妙常在朝思暮想的心境下，懨懨成病，與妙常結拜爲姊妹的觀鄰張二娘來探她，正聽見妙常夢醒後的言語：

〔註 20〕東坡江城子「十年生死兩茫茫。不思量。自難忘。千里孤墳無處話淒涼。縱使相逢應不識。塵滿面。鬢如霜。　　夜來幽夢忽還鄉。小軒窗。正梳妝。相顧無言惟有淚千行。料得年年腸斷處。明月夜。短松崗。」見華正版「東坡樂府箋」卷一。

（旦作驚介）方纔著枕，又夢見門外有書報說潘郎中了。我驚將醒來，又是南柯一夢。可怪可怪！

就正面的瞭解，這是表現妙常思念之情的夢。若從劇情安排來看，更重要的是因張二娘聽到妙常的夢語，使得這椿難以語人的事情，終有個傾訴的對象。後來，潘必正寫書回來給乃姑（觀主）告以與妙常一段情時，觀主以山門清譽而先遣妙常至張二娘處，等候完娶。故事情節的發展，必須先把二人不可告人的事洩與人知，藉著夢以使張二娘得知這件事，是最恰當的處理法。也因著張二娘的幫忙，使生旦二人的婚事順利完成。所以，「相寬」中的小小的夢，在戲劇情節的推展，有著實質上的需要；也可以使吾人瞭解到，戲劇中的任何細節，都是朝著一個預定的目標推進。

又，「相寬」一齣是介於二十五齣「奏策」及二十七齣「擢第」之間，妙常夢中言書報潘中舉事，這種情節的安排，隱約中也是一種暗示、一種期待。就戲劇理論的觀點，除非是劇作家把觀眾所期待的先暗示出來，否則使他們期望是無用的。就算劇作家想要製造「驚奇」，這個驚奇也是在預先暗示後，才把驚奇的關頭小心引進。若是突如其來的驚奇，大抵會分散了觀眾的注意力，使他們因激動而致不瞭解這一場的概念〔註 21〕。在明傳奇中，我們幾乎看不到高度懸疑的戲劇手法，在暗示之後，通常是一呼即出。懸疑的戲劇手法，莎士比亞的「哈姆雷特」劇可以爲代表；劇中，哈姆雷特將刺殺國王以報父仇的消息，在第一幕未完時，觀眾便已從預示中得知。但，這一場戲卻直讓觀眾等到最後一幕，才正式出現。期待的心理，可以造成劇場的高度氣氛。暗示的手法在明傳奇中雖被普遍運用，但運用技巧處理的高度藝術化，卻是尚未達到的境界。當然，這和中西對戲劇的要求尺度不一樣有關。

總結這節表現思念之情的夢，筆者擬從劇情需要及劇場觀眾心理綜論之。就劇情需要而言，角色內在的情感必需藉著動作或語言才能傳達給觀眾。以生旦戀情爲主的明傳奇，必有一番聚散的周折，以造成劇情的起伏跌宕。情感的強儘亦每藉著二人分離時的不負和相思來傳達。「相思」本是個抽象的感情意念，而「夢見」往往就成爲「相思」這個抽象意念的具現。人們對夢的觀念是得自於經驗，這種思情入夢的經驗一直被肯定著，且運用於作品中。劇作家以夢來宣洩劇中人物的感情，幾乎流於一種無意識的運用，它傳達了思念的情緒；至於運用的技巧化，則是有待努力的。

〔註21〕參漢米爾頓「戲劇原理」論「增強勢力之法」，東大圖書，趙如琳譯本。

另則，從劇場觀眾的心理來分析，人們大都為娛樂而看戲，呈現於場內的氣氛必是輕鬆、散漫的。劇作家所要建立的中心主腦，如愛情等，必須重複在劇情進行中被利用各種場面交待出來，以強化觀眾的印象；而且常是以習熟的、因襲的方法去處理。群眾常是不耐煩於思考的，來到劇場的人，大都是帶著易感的心來「接受」，而不是來「思考」。這種本質上的要求，使戲劇不同於其他的藝術，因它的對象是一群複雜的民眾。就此而看，以眾所熟悉的「夢見某人」來表現思念的情緒，是易為觀眾所接受並產生認同感。法國的M·Gustave Le Bon的Psychologic des Foules 探討「群眾心理」，有一段很好的見解，他以為「當一個人是群眾的一份子的時候，大都趨於把他的異於同儕的那些內心品質底意識消失了，而產出一種比往常更其熱切的與眾一致的內心品質底意識。人所以異於同儕的內心品質是習得的智慧與性格上之品質；但是與眾一致的品質，卻是種族之內在的基本熱情。因此，群眾比之個人，多富於感情，而缺乏理智。它大都是無理性的，判斷力薄弱的，偏於自私的，而是易於輕信，較為質樸，容易結黨的」〔註 22〕。劇場觀眾的心理既是如此，那麼劇作情感主旨的傳達不但要陳俗，而且要重複再三，才能收到效果。表現思念情感的夢，只是傳達手法之一而已。

第四節　刻劃心理的夢

「刻劃」不同於「表現」或「描寫」，而是一種更深入的傳達技巧。

藝術表現情感，依著形式、媒介的選擇，而有深淺、濃淡、直接與間接的不同。托爾斯泰在其藝術論裡，為藝術下了極廣泛的定義。他說：「衹要觀者、聽者能感到製作者所感到同樣的情感，這就是藝術。」〔註 23〕「感到」就是傳達效果的達成。其中，須賴媒介物的溝通，舉凡聲音、語言、文字、圖式、動作等都是普遍的傳達媒介。媒介不一樣，效果就不一樣。戲劇不同於詩歌、小說，因它以動作、語言來傳達，較以文字為傳達工具的詩歌、小說，更直接、活潑而具象。由活生生的人在舞台上把故事呈現在觀眾眼前，是一種「距離」最近的藝術。至於傳達效果的好壞、深入與否，就端視「製作者」運用的工力了。

〔註22〕引見如註 18。
〔註23〕見托爾斯泰「藝術論」，耿濟之譯本，地平線出版社。頁 67。

夢的運用於明傳奇結構中，屬劇作家傳達技巧表現之一。檢視六十種曲夢的運用後，發現西樓記的「錯夢」一齣是相當突出而例外的。其特點在於它屬有意識的「刻劃」劇中人的情緒，比第三類「表現」情感的夢，在傳達上有深淺的差異，「刻劃」亦無不是藉以「表現」情感。但它是較後者更著力而深入，故特提出單獨討論之。

探討「錯夢」一齣，仍必須對做夢前的內容梗概有所瞭解，夢既隸屬於情節，故由整體的情節發展上，更能看出其安排的好壞。故事是這樣的：

于叔夜是京畿道御史于魯的兒子，善詞曲、有才名。穆素徽是平康里中名妓，愛好于叔夜的錦帆樂府，並抄了其中一闋楚江情於花牋上。這首花牋偶然間被于叔夜在老妓劉楚楚家中看見，叔夜感其知己，乃袖了花牋親拿至素徽住的西樓求見，言「謝花牋而來」。素徽扶病而出，並爲叔夜唱楚江情一曲，癡情由此種下。二人互約生死而別。劇中引起愛情曲折的衝突力量，則由趙祥、池同及于御史展開。趙祥是于叔夜之友，因叔夜偶於不知中刪改了他的曲子，因而懷恨在心，藉機譖言素徽與叔夜事於于父之前。于父本已恐兒子耽於詞賦小道，忽略了經史課業，現又聞迷戀青樓，自然怒不可遏，於是禁止叔夜出門。趙祥又以于父在地方上的勢力，逼迫素徽與鴇母另遷別處。素徽不得已而決定遷往杭州之前，書與叔夜，囑他設法到船邊一會，並剪髮封入信內。適時，因池相國之子池同又來纏她，素徽爲避池同，慌忙中誤把白紙與斷髮同封於信中。這一紙空白信，使得于叔夜百思不解。池同愛慕素徽已久，乃與鴇母計賺素徽於池同杭州別宅中。素徽堅守貞操，不從池同而遭毒打，另一方的于叔夜則思念素徽而病重。其時，于父陞順天府尹，鎮山東，因使醫師包必濟看護叔夜往任所，「錯夢」即叔夜在二人不得見，夜觀素徽親筆楚江情花牋的情況下，睹物傷情而做的夢。

以才子佳人戀愛爲主的明傳奇，劇作家每把握生旦分離時的相思情緒，與以大力舖排，來顯示並建立愛情這個主題。西樓記穆素徽的情感，透過她對池同的反抗，忍受打罵而不屈從中，被強烈的烘托出來。而于叔夜呢？他的情感世界如何被傳達給觀眾？阻礙他和素徽情感發展的，正是乃父于魯。在固有孝道精神下，劇作家不可能讓于叔夜做出反抗父親的行爲，他必須是個孝子；傳統戲劇中的男女主角，品格通常是高尚的，是完美無瑕的。魚與熊掌不可兼得的情況下，于叔夜的熱烈情感又必須被強調；劇中叔夜雖亦因相思而致病幾亡，但這種情緒的表現卻嫌薄弱且流於通俗。於是，作者安排

「錯夢」一齣來顯現于叔夜內心的感情世界，實可謂具有「柳暗花明」的巧思。透過夢，于叔夜內在情緒被淋漓盡致的具現了．劇情的中心主腦－堅定不渝的愛情，也被強有力的傳達給觀眾。

適時選擇夢作爲情節，是作者取材、結構運用上的一著高棋。尤爲可貴的是「錯夢」內容的極特殊，不但是于叔夜情感的「表現」，更是他內心深層的心理「刻劃」。這個內在情緒的顯露又承著前面劇情密切配合而來，入情入理。夢的來臨是在這樣的情況下：叔夜因害相思，一病幾亡，「誰想癡魂不斷，三日後心口還熱，被父親救醒」。他在魂不守舍、相思不斷的心境下，又拿了素徽親筆花牋來看，睹物傷情，只有更加愁悵了。入睡前，叔夜也期待著「夢中萬一重相見，再向西樓續舊緣」，夢中相見的希望，對叔夜來說還祇是「萬一」，由此亦可見此時他內心有著絕望的悲哀感，難怪夢境中的氣氛是不愉快的。他夢見夜訪素徽，老鴇態度冷淡，以「有客在堂」爲由，不予接待；又言素徽不認得于叔夜，閉門而入。叔夜再度叩門，有丫鬟開門，言「俺姐姐說從來不認得于叔夜」，並告以素徽正「在舞榭歌臺薰蘭麝」，若要見面，「除是酒散筵撤，或者醉遊明月」，語畢而入。叔夜只有在門外苦苦等候。良久，終看到素徽和闞客出來步月。叔夜上前責其負情，意欲撞死她身上。但，近身一看，卻發現素徽變成奇醜婦人，與西樓時的嬌怯全不似。正不解時，因喫小廝打散，人不見而一派大水淹來，因此醒轉。

這齣不愉快的惡夢，充分顯露了于叔夜內心的不安、恐懼、焦慮和思念的情緒。這種情緒的產生是配合劇情而且密切縫合的，不仔細思量，我們將忽略掉劇作家此處的匠心獨運。創作正像司空圖所說，要「超以象外」，卻又「得其環中」。一面要設身處地，體物入微的揣摩該角色的情境；一面又要入其情、吐其詞。就此觀之，「錯夢」一齣的表現可以說達到極佳的境界。我們分析劇情就可得以印證此說。

叔夜和素徽自西樓一會後，便被父親拘於家中。由素徽遣來的周旺口中，方得知乃父欲驅她們遠去。在這緊急的節骨眼，他如籠中之鳥，振翅欲飛，卻又無門而出。在父親的壓迫下，他只能像個輭弱無助的孩子般哭泣、焦慮。他對素徽的現況牽掛、縈懷、擔憂而又茫然不可知。偏偏素徽又胡塗的誤封了一紙空白書信來，使他如丈二金剛，摸不著頭緒。這不由叔夜不滿腹狐疑，以爲「多應把斷髮空書做了決絕回音」由此亦可見叔夜對存在於二人之間的情感，沒有相當把握。西樓一會，二人雖互約生死，信誓旦旦，然而畢竟是初相識。不穩固的基礎，加上外在環境強有力的壓迫，大力打擊這份剛萌芽的愛苗。素徽又是當時負有盛名的名妓，覬覦者甚多，于叔夜在「不利」的情況下，內心愛懼的矛盾心理是可以想見的。作者藉著夢中情境，把于叔夜這種內心深層的情緒，巧妙的表現於舞台上，亦是掌握了傳達人物心理的機會。

夢見素徽不認得他及在舞榭歌臺陪客，這反映出于叔夜憂疑、嫉妒和不安的心理狀況。從另一角度看，這種心理的產生亦正顯示了叔夜對素徽的深情。素徽的變成奇醜婦人，正是叔夜意願的滿足，他希望陪客的不是他西樓中的素徽，而是另一個醜婦人。「錯夢」是緊接著第十九齣「凌窘」而來，「凌窘」齣中素徽遭池同逼親不從，被凌打了一頓。連續的兩齣戲，分別表現了素徽及叔夜爲彼此的情愛而受折磨；好事多磨及生旦二人眞摯不變的愛情印象，得以深入觀眾的腦海裡。叔夜於夢醒後，疑筆架之筆爲刀槍密密，庭下臺榭爲城池，爐烟幔風爲火起，樹影搖月爲鬼影的恍惚神情，是他歷經夢中惡劣情境打擊所致。看到此，觀眾不由會對于叔夜產生同情感，也達到戲劇氣氛的造成。戲劇之生命正如音樂只存在於它被演奏出時，舞台演出則不能忽視觀眾心理和氣氛的蘊釀。

由懷想而入夢，到夢後重重疊疊的話語，都是劇作家匠心獨運的目的所在－強化于叔夜的感情世界；使主題印象更鮮明活潑，是「錯夢」刻劃心理的巧妙表現手法。戲劇異於詩歌、小說等其他藝術，最大特點在它以「動作」〔註 24〕來貫穿各個不同層面，完成一個完整的整體〔註 25〕。動作的感染力是最直接有力的，訴諸吾人的視覺，「百聞不如一見」人總是特別相信得之於眼睛的。

「錯夢」一齣不關乎戲劇情節的推展，但若無此夢，則這部戲就好像建築在沙石上的房屋，它的根基是搖擺不穩固的。唯其生旦二人不渝的感情被肯定、被強化，劇情的展開才有重心，才順情合理。運用夢來刻劃人物心靈

〔註 24〕亞里斯多德「詩學」第六章言「今者戲劇所完成之動作係通過故事或情節來具現。」又「悲劇爲對一個動作之模擬，其動作爲嚴肅，且具一定長度與自身的完整」引見姚一葦「詩學箋註」，中華書局。

〔註 25〕見姚一葦著「藝術的奧秘」第七章「論對比」，言「凡是具有結構形式的都是發展的、生長的形式，都不是片斷的不相關聯的活動，所有的活動都必須嚴密組合而成爲一個完整的整體，形成一個邏輯的形式，此一貫串各個不同層面的是爲動作」開明書局，頁 195。

的底層，六十種曲中僅此一齣。第三類表現思念之情的夢，亦無不是心理現象的呈現，但「表現」不同於「刻劃」。我把西樓記的錯夢單獨提出。不歸於表現思念之情的夢，因它不僅是浮淺的表面情緒的傳達，更含有角色內心深層的個性存在。雖說僅此一本，但我們也喜見戲劇表現在傳統上有所躍進和突破者。

第五節　插科打諢的夢

笠翁閒情偶寄言：「插科打諢，塡詞之末技也。然欲雅俗同歡，智愚共賞，則當全在此處留神。」〔註 26〕戲劇的對象是複雜的群象，要能維繫各種不同程度的觀眾，的確不能忽視到「雅俗共賞」的創作原則；畢竟戲劇有它不同於其他藝術的本質和使命。娛樂的功能是戲劇所必須具備的，也是最基本的要求，唐宋時的參軍戲、滑稽戲等，大抵以詼諧娛人爲主。

插科打諢的夢，便是藉著做夢者詼諧的夢語或動作，來引人發噱。明傳奇中生旦淨丑各角色的劃分已很細密，各角色有各角色不同的唱腔、賓白，所謂「塡生旦之詞，貴於莊雅，製淨丑之曲，務帶詼諧」〔註 27〕尤其是丑角的造型，不論是言語、動作、面貌，都給人一種滑稽的感覺，每是戲劇中的「開心果」。所以，我們可以發現插科打諢的夢，大都以淨角或丑角來擔任做夢人，因這一類的夢以輕鬆、滑稽、娛人爲主。

下列七個夢是用來插科打諢的：

玉鏡臺記第三十七齣「蘇獄」
懷香記第十齣「蘭閨復命」
西樓記第二十齣「錯夢」
蕉帕記第五齣「詢醫」
飛丸記第五齣「交投設械」
雙珠記第八齣「假恩圖色」
四賢記第十五齣「招納」

由於這些夢，在戲中的份量是淺薄的，故由齣目上看不出夢的痕跡。西樓記「錯夢」主要是生角于叔夜的夢，而丑角文豹亦有一個小夢，此處打諢

〔註 26〕見李漁閒情偶寄詞曲部科諢第五。
〔註 27〕同上，見詞曲部結構第一。

之夢，便是指丑角的夢。就夢的內容，吾人可以發現這一類的夢，大都出以淺陋、粗俗、淫褻，而偏於表現食、性的欲望。以揭發人類非理性欲望爲取樂的對象。

西樓記「錯夢」文豹的夢，蕉帕記「詢醫」胡連的夢，雙珠記「假恩圖色」李克成的夢，是以淫褻的言詞說出夢境，均和性欲的追求有關。雖然明代社會在歷史上是較爲開放的，荒淫的小說如金瓶梅，便是明代的產物；但性的問題，畢竟還是教人諱言的，揆以今日的觀念便可想得知。戲劇中，藉著非現實夢境的「障礙」，把平日較難啓齒的性欲，由地位卑下的淨丑之角，大膽的「說」了出來。娛人的快感便是產生在由禁忌到放縱的過程。戲劇既表現人生諸象，它就不完全是板著臉孔說教的場合，所謂「食色，性也」，戲劇中以此娛人，亦不爲過。但，表現上卻失之卑俗，缺少藝術的美感。笠翁對「科諢」提出的第一條便是「戒淫褻」，他說：「戲文中花面插科，動及淫邪之事，有房中道不出口之話，公然道之劇場者」認爲這是「鄭聲宜放」，言「科諢之設，止爲發笑。人間戲語儘多，何必專談慾事」，並在「重關係」一條中，舉老萊子舞斑衣、簡雍之說淫具、東方朔之笑彭祖面長，爲古人中之善於插科打諢者。以下仍分別言之。

西樓記丑角文豹，是于叔夜的家僕，「錯夢」齣中，于叔夜喊他點火，他上場時邊言道：「手銃放不完，朦朧忽睡去。夢進一小房，劈面見老嫗。老嫗抱了我，撮弄我肉具。掀裙剛湊著，精來�不住。連忙叫噯喲，恨其太急遽。既是這般快，何如手銃趣。相公敢是要我耍子！」這是明傳奇中最大膽的淫褻言詞。齷齪的話語，配以丑角演出，在劇場上是有引人發笑的滑稽效果。滑稽又作俳諧，在劉勰文心雕龍諧隱篇言：「諧之言皆也，辭淺會俗，皆悅笑也。」指的便是滑稽言語可使人發笑。於此，文豹的說夢，的確失之太淫，若能如笠翁所提「說一句，留一句，令人自思，則慾事不掛齒頰，而與說出相同」〔註 28〕則較好。

蕉帕記的淨角胡連，是旦角弱妹之兄。因其母病，弱妹教他去請個太醫來，這是第五齣「詢醫」一上場的戲。胡連說道：「剛纔睡去，夢見與表子喫醋撚酸，好不有趣。被這些丫頭叫我起來……」。比起文豹的夢，這段話是掩斂多了。

雙珠記演王楫被勾補軍伍發配在荊湖節度使帳下的營長李克成處，擔任

〔註 28〕同註 26。

抄寫軍前文冊事。李克成見王妻貌美，而假意對他們夫妻照顧周到。第八齣「假恩圖色」，李克成惑於王妻美色，而獨自思想，夜裡並做了一夢，這夢也是口述的。他說：「近時喪偶，孤幃獨宿，如何熬得。捱到五更頭，正要做夢與那娘子雲雨，忽被小廝高聲來叫，將我驚覺」李克成的夢，依佛洛依德的說法，正是願望達成的夢，而且是性欲滿足的夢。雙珠記的表現，又比前面的蕉帕記含蓄些。以上三本透露性欲的淫褻之夢，都是以卑俗、大膽的話語，來表現滑稽的詼諧之感，引人發笑。有些人會爲之爆出笑聲，有些人則會靦覥而笑，對這觸及人性的話題。

另外有以食欲爲取笑內容的打諢之戲，如玉鏡臺記和飛丸記。玉鏡臺記三十七齣「蘇獄」，演溫嶠的母親及妻子被王敦屈陷獄中，其岳母即劉琨之母，前來探獄，婢女見劉老夫人來，說到：「我道老夫人一定來，昨夜夢見牙齒相打。」劉老夫人問：「爲何？」婢女言：「有肉喫。」這一段話，還頗有幾分幽默之感。在美學上，幽默的言語屬滑稽形式的一種，亦足以引人發笑的。此由丑角的婢女來主演這個夢，在戲劇上是具有詼諧逗笑的效果，造成一種輕鬆的氣氛。

飛丸記第五齣「交投設械」，生角易弘器要上京，家僕眞幻負責挑行李，他有段頗爲生動、詼諧的科白。

> （丑挑行李上）眞幻眞幻，跟隨極慣。急收拾，忙打扮，背了衣包拿了傘。收緊頭巾條，拔起後鞋攀。快快跑，急急趲，這條路兒行得慣。早起跑到日頭晏，方知百步無輕擔。
>
> （作歇肩科）暫卸行囊打個盹。
>
> （作立閉眼科）呀！卻有十分好殺饌。烹風先喫一大甌，嗄酒奉來鹽鴨蛋。雞又肥，肉又爛，鹿脯羊羔醬酒蘸，主人意思忒慇懃。勸酒花嬌兩傍站，眼底行來步步嬌，耳邊唱的聲聲慢。滿盆五隻口裡喊，兩謊三枚手中甩。好快活！好快活！
>
> （生內叫云）眞幻，快些趕上來。
>
> （丑驚科）啐啐啐，原來做夢哩！屈也屈也。早知好景不多時，夢中何不都喫辦。屈也屈也。
>
> （笑科丑）你們有酒有飯及早吞，總來世事如雲幻。
>
> （生上見科）還不快走！
>
> （丑）怪你不知趣的主人公，把我上好的筵席都沖散。好喫好喫，

有趣有趣。

（生）你還在夢裡！

（丑）啐啐啐，夢裡華筵滿眼，醒來綠草連天。

貴爲席上佳賓，華筵滿眼，嬌娃侑酒，這對於窮書生的家僕來說，那的確是個難得的好夢。夢中的景象，滿足了他潛藏的願望，佛洛依德的欲望達成之說，可用於解說眞幻的這華筵一夢。這個夢，演來相當活潑，丑角如癡的自我陶醉相，必使觀眾爲之莞爾。眞幻挑著行李，立地打盹而又滿口癡言癡語，這幕有科有白的景象，舞台搬演時，必是生動的；而且言語唸來具有歌謠般的節奏感。言語內容的淺陋是和角色的身份相搭配。眞幻這一場戲，或可符合笠翁的「科諢之妙，在於近俗，而所忌者，又在於太俗」〔註 29〕的要求吧！

懷香記和四賢記中用來揷科打諢的夢，其滑稽的效果是藉著角色錯誤的言語和動作來引人發笑。懷香記的打諢之夢是旦角所做；這裡，吾人必須有個正確的認識，即科諢並不是止爲花面而設，通場的腳色都不可少，生旦有生旦的科諢，其要求是要「雅中帶俗」，淨丑的科諢作用則是他們份內之事。懷香記第十齣「蘭閨復命」，旦角賈午姐自從青瑣偷窺了韓壽以後，暗自懷情，婢女春英於是扮起小紅娘，代傳情於韓壽。此齣，午姐獨自思念韓生，倚桌而睡。這時，春英回來覆命，午姐正做著夢：

（旦做夢低聲）韓德眞，你來了，我愛殺你也。

（貼倚旦聽介，旦手抱貼介）想得你緊，你知之否？

（貼笑介）小姐不要性急，韓官人就來也。

旦角這一段癡人夢語，演來令人覺得過於坦白而覺好笑。「錯抱」的情形，在傳奇裡還是運用頗多的怡人方法。如此動作，亦足產生滑稽感而惹人發笑。這段揷曲，實際上是藉著夢的名義，演出一場諢戲。固屬賈午姐思念韓生而做夢，但此處的效果偏於揷科打諢的效果，故不列於第三類表現思念之情的夢。蓋第三類的夢，氣氛上較爲沈重，而這個夢，卻是輕鬆娛人的。

四賢記第十五齣「招納」，是演棒胡欲招納叛亡，於是有弓伯長及烏六禿者往投之。弓伯長帶了一本從函關過來時拾得的書，送棒胡爲禮；烏六禿也帶了一幅彌勒佛的古畫，二人同往。棒胡接了二人書畫，說道：「這書是讖諱

〔註 29〕同上。

之書，正思仰間，忽焉而至。那畫兒是布袋和尚，好古怪！昨夜夢見他來拜我，今日果應其然，二位莫非天上差來的」說來是頗爲詼諧的。一種錯誤、不合理的判斷，觀眾極易看出而感到好笑。淨、末、丑都是劇中的次角，作者常以嘲弄的筆調來寫他們，無知、愚昧、邪惡常被加諸其上。這個夢便是用來對棒胡做側面的愚弄，託夢的名義演出而已，具插科打諢的娛樂功能。

這些插科打諢的夢，其內容表現，較偏於卑俗、淫褻的低級趣味，屬無意的滑稽形式而少出以機智、幽默或弔詭等有意的滑稽〔註 30〕。藉著夢的名義，來暴露人類食欲、性欲的追求，道來便較順暢，欲望總是人所正面諱言的；或者，透過夢語而出以淺俗、卑抑的科白，引發滑稽的效果。這些插科打諢的夢，在戲劇中主要是擔負娛人的作用，格調雖不高，但卻是創作時不可忽視的一環。

〔註 30〕見姚一葦著「美的範疇論」第五章「論滑稽」，「笨拙、粗俗、誤會等所產生的滑稽形象、言詞或行爲，屬無意的滑稽。有意的滑稽則純然是理性的表現，是聰明的賣弄，在言詞的滑稽中最常見，如機智、幽默、弔詭、諷刺均是」。開明書局，頁 241。

第二章　明傳奇中夢的搬演方式

傳奇旣屬戲劇形態，其中任何安排，都可納入搬演的範圍中。前章就夢內容所呈現的效果，歸爲五種夢運用類型，廣義地說，亦屬夢的搬演。此處，筆者把重點放在探討入夢與出夢的場面處理，及這些夢的演出，可收何種戲劇性的效果。

第一節　夢出現的方式

明傳奇中的夢，不外以兩種方式呈現：（1）暗場口述，（2）實場演出。前者由做夢者口述其夢若何，後者則由角色實際將夢中情境呈現於舞台上。本章討論夢的搬演，重在實場演出者，然對暗場口述的夢，亦必須有所交待。

暗場口述的夢，旨在獲得該夢的「結果」，亦卽由夢所得到的消息。或藉著言夢見某人來傳達抽象的相思之情；或預知一個原於現實界不可能獲見的事情；抑或透過口述的夢來爲劇情穿插一場諢戲等等。例如鳴鳳記十八齣，林潤告訴他的妻子：「娘子，你聽我道。」

> 【素帶兒】方成睡夢，一夥強徒仗劍芒。只見他裸形披髮，不似我中國衣冠模樣。他攻殺來時，英雄似虎狼。又見許多婦女盡皆擄去。見幾處悲號欲斷腸，還思想。這夢兒呵！非常災異不比高唐。

此是暗場口述的夢，用來預兆將發生的倭夷之亂。又如演元劇趙氏孤兒故事的八義記，劇中有全家人均做夢的「舉家兆夢」一齣，亦是由口述來交待各人的夢中情境。由做夢述說夢之內容，便屬暗場的表現法。在時間上，也許是夢醒後卽被告訴出來，也許是做夢之隔日，總是發生不久的事。

實場演出的夢，同樣可以得到暗場口述的「結果」，且由於它是實際搬演於舞台上，更能產生特殊的戲劇性效果，尤其是能製造戲劇氣氛。劇作家對實場演出的夢，通常有較刻意的安排，如南西廂記的「草橋驚夢」、西樓記的「錯夢」，二夢不外是張生和于叔夜內在感情世界的披露。但以實場來搬演，透過演員動作的呈現，比起口述夢見伊人，這份情感的傳達就更深刻而且具象化了。把平面的口述，波折爲立體鮮明的動作印象，是更能震人心弦，引起共鳴的。由此亦可見劇作家在創作時，表現技巧及用力深淺的差別。

但，並非所有的實場演出的夢，均優於暗場口述者。實、暗場的選擇，是依劇情需要及作者所欲強調及表現的事項而定。許多暗場口述的夢境，其內容是象徵的意境，很難在落實的舞台上呈現出來。例如雙珠記「因詩賜配」中，以夢見鳳凰的和鳴交舞，象徵王慧姬得皇上賜配給陳時策事；焚香記有王魁夢見梨花復鮮，以象徵桂英復活事；精忠記有岳飛夢見二犬相爭，以象徵牢「獄」之災；義俠記賈母夢見象徵女壻的「田間種玉光潤」，凡此皆是以象徵的夢境來和情節配合。這類夢的內容，就難以舞台實場搬演。此種象徵的夢境，作者又往往有解夢或圓夢人的安排，亦增添了場面的變化。暗場口述的夢因其不必實際呈現出來，所以得到較自由、寬廣的造境範疇，但若就給觀眾的印象，則不若實場搬演者深刻。

在筆者所擷取的六十個夢中，暗場口述者店了四十一個之多；其中固不乏好的製作，尤其是有圓夢安排的幾個夢境。但，大多數是利用夢爲媒介，爲工具，以得到「結果」爲目的，而較少去思考如何使夢這個媒介，更具體、活潑且生動地呈現出來。

藝術創作不能沒有理想；戲劇表現人生，是最落實而具體的藝術。夢，這個非現實的領域，很自然地被劇作家利用於結構劇情時，理想與現實之間的橋樑。藉著夢特殊的本質，劇作得以更順利，合理而圓滿地進行。暗場的夢也好，實場的夢亦是，都具有這種功能。

第二節　入夢與出夢的場面處理

入夢與出夢的情形，只有發生在實場演出的夢。暗場的夢既爲口述，乃夢呈現於明傳奇中的方式之一，談不上「搬演」。本節以實場的夢爲對象。實場演出時，又可有下面兩種情況：一爲做夢者參與夢境；一爲做夢者不參與夢境。此二者於入夢及出夢的場面處理上，亦有所不同。前者，做夢者要介入爲夢境演出的一員，故搬演時較後者難處理，更需運用技巧。以下便分上述兩種情況進行討論：

一、做夢者參與夢境

做夢者參與夢境，有八個實場的夢屬之：

南西廂記第三十齣「草橋驚夢」
還魂記第十齣「驚夢」
邯鄲記第四齣「入夢」到第二十九齣「生寤」
南百記第十齣「就徵」到第四十二齣「尋寤」
金蓮記第三十齣「同夢」
四喜記第三十四齣「夢後傷懷」
西樓記第二十齣「錯夢」
玉玦記第三十四齣「陰判」

這八齣夢，做夢的是某人，夢中亦有某人出現。若此場面，劇作家就要面臨如何使該做夢者「分身」的場面處理。處理方法可以有很多種，只要能安排的自然、妥貼，而不覺牽強，便是成功的處理法。做夢者介入夢境的情況，又可分爲直接介入與間接介入兩種。間接介入者，有西樓記及玉玦記二本。因這二個夢，一由另角代替夢中的做夢人，一由第三者引入夢境，和直接介入的夢，在處理上顯有不同。以下先討論間接介入的兩本。

(1) 間接介入者

西樓記「錯夢」一齣，無論在內容上、搬演上，都是別出心裁的佳構。以另外角色來代替做夢的生角于叔夜，使得介入夢境所遭逢難以處理的「分身」場面，得以順利化解。作者運作的巧思，是令人激賞的。

入夢之前，于叔夜正殷殷盼望「幽夢可通，芳魂不隔」，他唱著：

【尾聲】夢中萬一重相見，再向西樓續舊緣。
（睡介，做醒介）呀！幾度要朦朧睡去，又幾度驚跳覺了。奈剛得朦朧還覺轉。
（做睡介，小生扮生魂上）十里平康風露幽，美人家住大橋頭。匆匆尋向橋東去，不見當初舊酒樓。于鵑乘此夜靜，偷訪素徽，不知何處是他家裡。

生角于叔夜幾度欲睡還醒，最後他終於伏在桌上，進入夢鄉。扮演于叔夜夢中遊魂的小生上場，此時，必同時有二個于叔夜在舞台上，一個是于生的靈魂，一個是他的肉體。夢的來臨是顯而易見的。這種入夢的場面處理，使筆者憶起曾於話劇的舞台，看到相同的入夢處理法。在舞台的一角，伏著做夢者；而此時台上所呈現的狀況，便是該角夢境中的情景。想不到此種場面處理法，明代西樓記作者便已運用了。不但是于叔夜由替身代演，夢中的旦角穆素徽，亦改由淨角代演。這是爲了配合夢中所謂的近身一看，穆素徽變成奇醜婦人，和西樓所見的嬌怯全不似。

出夢情況是夢中的于叔夜去拉穆素徽，卻被狠奴攢打，而霎時間人都不見，一派大水淹來，此時「內鳴鑼，小生急下，生做醒介咽轉大哭介」，于叔夜的夢便告一段落。這個「錯夢」於入夢及出夢的處理上，找了替代生角的小生上場，在搬演上不失爲一種方便的場面處理法，也平添幾許新鮮感和曲折感，給人出奇制勝的印象。作者脫穎的構思，該非偶得的吧！在其他本傳奇夢的搬演上，均不見有替代角色的使用，「錯夢」又可稱是獨一無二的。筆者非以新奇則勝，然「錯夢」運用替代角色，使得劇情合理、自然地進行，且于叔夜「分身乏術」的尷尬場面，也得以輕鬆的解決了。因做夢的是于叔夜，夢中之人還是于叔夜，只是易以小生代替生角，故筆者稱它爲間接介入者，仍屬之於做夢者介入夢境的一本。

玉玦記「陰判」的展現，亦卽生角王商夢境的搬演。此齣入夢和出夢的場面處理，被劇作家很巧妙的「閃避」了。吾人知道，此類做夢者參與夢境的情況，該角色如何要一邊是睡著的做夢人，一邊又要現身夢境之中？此時場面的處理，將是劇作家技巧的考驗。西樓記的以另角代替，是一種處理方法，玉玦記的「巧妙閃避」亦是一法，只要能導劇情自然進行，便屬成功，無軒輊可言。何以言玉玦記入夢和出夢的場面，被巧妙閃避了？「陰判」是王商參與癸靈王審判娟奴的夢。這由三十六齣「團圓」中，王商言：「下官前日夢中，分明見癸靈大王報應之事」可證「陰判」是夢境之事。但吾人於該齣中卻找不到王商本人如何入夢，又如何出夢。作者避開分身乏術的場面，轉而藉高高在上，俯視人間的癸靈王之神力來引王商入夢。由癸靈王的自話「有鉅野王商，當年曾與娟奴說誓，此人是京兆府尹，後當拜相。昨日又來興造祠吾神，且是虔信。亦曾差睡魔請來夢中證此陰報，顯俺神通，多少是好。」於是，睡魔引王商上場，入夢便如此被避開，直接進入夢中情境。出夢的情況亦由癸靈王在審判終結時，告訴王商「天色將曙，狀元可歸矣！」一語帶過，結束了陰判，也結束了王商的夢。吾人亦可說，「陰判」齣王商雖是夢境中之人，但在入夢與出夢的處理，是由超然的神力來引導，故筆者稱它屬間接介入。就技巧論之，能不露斧鑿痕，又自然地導劇情入夢、出夢，實是一著值得讚賞的巧妙手法了。

（2）直接介入者

除上述西樓記與玉玦記外，另外六本做夢者參與夢境的傳奇，在入夢與出夢的搬演上，旣不找替身，亦不藉神力，乃做夢的角色直接介入夢境。若此，劇作家必要面臨如何爲做夢者分身的場面處理。這是個頗爲有趣的技巧性問題。雖說，明傳奇大多數爲文人的案頭之劇，很少搬演全劇。但，劇中旣有科、有白、有上下場，又有生旦淨丑諸腳色，可見作者是以作劇的態度爲之，場面處理則是劇作家不能忽略的問題。

六本直接介入者，其中南西廂記「草橋驚夢」、還魂記「驚夢」、南柯記「就徵」、金蓮記「同夢」、四喜記「夢後傷懷」五本是有相同的入夢處理手法，都是做夢者神思困倦，隱几而臥；這時，另有第三者上場，把方睡者的人叫醒或驚醒。其實在這第三者上場時，夢境便已展開，此上場之人亦卽夢中人物。但對觀劇之人而言，非等到最後做夢者出夢時，幾乎不知道方才的情節是夢中之事。夢境進行之時，並未明點出做夢一事，倒好像眞是睡覺的人又已醒來一般，夢境的展開和現實是緊密縫合的。如南西廂記「草橋驚夢」，張生別了新婚的妻子鶯鶯，往京赴考，他途宿草橋店，在「不覺睡思將來，且暫歇一宵」的心理下，「作睡介，旦上」，鶯鶯上場時還說：「今喜得老夫人睡了，不免私奔出城，趕上了他，一同去罷。」爲鶯鶯上場，找了極充分的理由，無怪乎難以教人洞曉這是個夢的展現，而誤以爲鶯鶯眞的背了崔老夫人，私奔出城哩！直到出夢時：

> （內鳴鑼，旦下，生抱丑介）小姐，妳在這裡。
>
> （丑）呸！你好見鬼了，怎麼把我抱住了叫小姐。
>
> （生）呀！原來是一場大夢。開門看時，但見一天露氣，滿地霜華，曉星初起，殘月猶明。正是無端燕雀枝頭鬧，一枕鴛鴦夢不成，好悽慘人也。琴童，收拾行李起程。

張生爲夢後的寂寥感傷，同樣的，觀眾在不知是夢的情形下，隨著作者巧妙的安排，進入夢境而不自知，這種夢後的傷感，將是和張生的情緒一樣的。

能讓人感染如此濃厚的哀傷氣氛，不得不歸功於作者「悄然」入夢的安排。倘若，吾人已先得知那是個夢境，在這種心理準備下看這齣「草橋驚夢」，就無法和劇情有如此融合的心理契合。就此點觀之，這種悄然入夢的手法，有相當戲劇性的效果。

四喜記的「夢後傷懷」，有幾分相似於「草橋驚夢」，這是宋祁夢董青霞的一段情節：

（小生）…………不覺神思困倦，且隱几一臥。

（小旦）奴家青霞是也。思憶子京，只得背了鴇母，私自到京，與他一會。此間瓊樓朱户，想是他的住處，不免徑入則個。

（小生）呀！青霞如何得到這裡？！

【羅江怨】（青）懨懨病，一春難逢可人……

（内鳴鑼科，小旦下，小生醒介，貼上）

青霞那段上場的「理由」和鶯鶯是極相似的說法。以自然的手法入夢，由夢中的另一角色喚起原來做夢者參與夢境。出夢時則以「外力」驚醒，造成忙亂的氣氛。此時或可以想像出，做夢者該是一副昏頭轉向的癡醒相，而不是伏睡在舞台的一角。

金蓮記「同夢」，蘇子由、黃山谷、秦少游三人抵足而眠。然後，夢中的五戒禪師便上場，隨著三人起來迎接五戒禪師，做夢者便如此自然「入夢」了。

（潁黃秦俱起介）呀！這是五戒禪師，須索迎接他。

待彼此一番對話後，五戒下場，三人才知如夢初醒，而互言夢中之事，此時觀眾乃知剛才的一幕是夢境。這種入夢與出夢，演來和前面的南西廂記、四喜記是大同小異。

有名的還魂記「驚夢」一齣，亦是以「悄然」的自然手法入夢：

（旦）……身子困乏了，且自隱几而眠。

（睡介，夢生持柳枝上）鶯逢日暖歌聲滑，人遇風情笑口開。一徑落花隨水入，今朝阮肇到天台。小生順路而來，跟著杜小姐回來，怎生不見。

（回看介）呀！小姐，小姐。

（旦作驚起相見介，生）小生那一處不尋訪小姐來，卻在這裡。

由柳夢梅上場的自白，可見作者特意造境，欲泯滅夢和現實的隔離，這和鶯鶯、青霞上場的「理由」同樣是極具完備性。使觀眾亦不知不覺墮入作者安排的夢境，感染夢中的氣氛。但，在出夢的安排，「驚夢」比前面的南西廂記、四喜記、金蓮記，來得更完善。上述三本於入夢處理上，有不鑿痕跡的自然手法；但，出夢則否，那已醒來參與夢境的做夢人，並未回到原來做夢前的樣子。而是手足失措，慌亂地被拋在場上；藉著說白，繼續情節於夢後的進行。還魂記的出夢，現實與夢境之間，有良好的銜接。且看杜麗娘與意念中的秀才，夢中一度纏綿後，作者如何安排她出夢：

【山桃紅】（生旦攜手上）這一霎天留人便，草藉花眠。小姐可好？（旦低頭介，生）則把雲鬟點，紅鬆翠偏。小姐休忘了呵！見了你緊相偎，慢廝連，恨不得肉兒般團成片也。逗的個日下胭脂雨上鮮。

（旦）你可去呵！

（合前，生）姐姐，你身子乏了，將息將息。

（送旦依前作睡介，輕拍旦介）姐姐，俺去了。

（作回顧介）姐姐，你好十分將息，我再來瞧你。那行來春色三分雨，睡去巫山一片雲。

（下，旦作驚醒低叫介）秀才秀才，你去了也。

（又作癡睡介，老上）夫壻坐黃堂，嬌娃立繡窗。怪他裙衩上，花鳥繡雙雙。孩兒，孩兒，你爲甚磕睡在此。

（旦作醒叫秀才介）咳也！

（老）孩兒怎的來？

（旦作驚起介）奶奶到此！

這段出夢的過程，不是相當圓融，完滿，無斧鑿之痕的安排嗎！柔情款款的秀才，了解麗娘身子乏了，送她回房休息。夢中的背景（空間）原從閨閣移至「芍藥欄前，湖石山邊」，此時又移回做夢前的房中。一方面充分的表現了夢中秀才懂得如何憐香惜玉，另外一方面也使麗娘回至做夢前睡覺的情狀，眞是極佳的一舉兩得之安排。情節的進行，是如許順情合理，出夢之時的麗娘，是在原來睡眠情況下醒來，這齣「驚夢」，作者在場面的處理眞是無懈可擊了！

南柯記亦是臨川的手筆，故處理入夢與出夢的場面，和還魂記類似。淳于棼醉睡家中，此時蟻國的使者引牛車上，叫醒了淳于棼，把他帶至大槐安國，這一切就已入到夢中。出夢時，則是因蟻王欲遣淳于棼離去，仍令紫衣使者送他回來：

（鞭牛走介，生望介）呀！像是廣陵城了。渺茫中遙望見江外影，這穴道也是我前來路徑。

（又走介）呀！便是我家門巷了。

（泣介）還僥倖依然户庭，淚傷心怎這般呵夕陽人靜。

（紫）到門了，下車。

（生下車入門介，紫）升階。

（紫高叫介）淳于棼。

（叫三次生不應，紫推生就榻，生仍作睡介，紫）槐國人何在，淳郎快醒來，我們去也。

（急下，生驚介，醒做聲介）使者！使者！

出夢的安排和還魂記「驚夢」一樣，力求自然、順暢、合理。做夢之人仍回至介入夢境前的睡覺情狀，這是最最完善的場面安排。不論入夢、出夢，均達到現實和夢境極緊密配合的境地。而且，淳于棼下了牛車，使者遇到升階處，還要告訴他，似乎此時他正在恍惚的睡眠狀態中，作者心思的細密可見。

最後，談談邯鄲記的入夢與出夢的安排。限於題材，入夢時，不像前面幾本由另一個夢中人物來喚起做夢者參與夢境。盧生是在呂仙的磁枕下入夢，沒有第三者引他入夢，由盧生自己入夢，在場面處理上較困難讓盧生「自然」地入夢。臨川是如此安排的：

（呂下，生作睡不穩介，看枕介）

【懶畫眉】這枕呵！不是藤穿刺繡錦編牙。好則是玉切香雕體勢佳。呀！原來是磁州燒出的瑩無瑕，卻怎生兩頭漏出通明罅。（抹眼中）莫不是睡起矇瞪眼挫花。（瞧介）有光透著房子裡，可是日光所照。

【前腔】則這半間茅屋甚光華，敢則是落日橫穿一線斜。須不是俺神光錯摸眼麻查。待我起來瞧著。（起向鬼門驚介）緣何卽留卽漸的光明大，待俺入壺中細看他。（做跳入枕中，枕落去，生轉行介）

枕落，卽象徵夢境開始，盧生轉行於夢中。這是以象徵手法入夢，以枕的掉落來暗示夢境的開始。在入夢之前，盧生言枕中有光，有茅屋，這些情景，他當然不可能從一個枕頭的道具中看到，此時仍以象徵的方式搬演。導他從睡覺的姿勢而起來看，看向「鬼門」，鬼門指的是舞台的上下場門〔註1〕。運用象徵的表現法，此固是題材的限制。盧生這一夢，最後他是在極富貴，功成名就的情況下病死。出夢的安排爲「死向舊睡處，倒介，眾哭介」由夢中之死，而使盧生仍舊倒睡下。這種安排具有雙重作用，對於夢的內容是合理的結束，對於現實的境界，又讓他回至原來入夢之前的睡覺情況，使夢和現實得到圓滿密合的銜接。

又，邯鄲記與南柯記的入、出夢，並無超出唐人傳奇小說中的安排；但，把平面的敘途改爲舞台動作的表現，是更要注意到動作之間銜接的自然。敘述可以一語帶過，舞台搬演則必須力求合理、自然；如邯鄲記盧生的進入枕中，唐人傳奇中記載言「生俛首就之，見其竅漸大，明朗。乃舉身而入，遂至其家。」平面敘述透過讀者的想像，很容易被接受，而實際以落實的動作呈現於舞台，在安排上就不那麼容易了。

以上六本直接介入夢境的情況，於入夢的安排均能出以自然的手筆，觀眾在作者悄悄的安排下，也被帶到夢中，直到劇中人如夢初醒時，觀眾始亦覺被「騙」了一夢。但，出夢的場面處理，除臨川的三夢外，其餘三本，夢與現實的搭配有著不能密合的缺陷。做夢者未能回至入夢前睡覺的情況，結構上就不若要臨川三夢天衣無縫般的妥貼、自然。

在此，筆者擬對「草橋驚夢」的結束，有張生誤抱琴童的滑稽場面作一番討論。在明傳奇中，吾人可以看到許多「誤抱」的場面，如懷香記賈午姐作夢，以爲是韓德眞來，卻抱住了婢女春英卽是，此爲戲中生旦科諢的表現法。科諢都帶有滑稽、輕鬆場面氣氛的效果。這個滑稽的產生，是起於錯誤判斷的破滅，觀眾由對照形式的驟然轉換而得；所謂對照形式，如快與不快，緊張與弛緩，興奮與消沉卽是〔註2〕。張生誤抱琴童的錯誤作動，所引起滑稽、輕鬆、好笑的感覺，是否會破壞了原有夢境所製造的哀傷氣氛？一個悲傷的氣氛中，注入了滑稽的成分，在戲劇搬演上是否不當？吾人知道，在王實甫的西廂記第四本，「草橋驚夢」是以卒子趕來，搶去鶯鶯，張生驚悲的喊著「小姐」而被臥在旁邊的琴童搖醒作結。明傳奇把這個哀沈的結束，改爲頗具滑

〔註1〕太和正音譜載有鬼門道一條，所謂：「抅欄中戲房出入之所，謂之鬼門道。鬼者言其所扮者皆是已往昔人，故出入謂之『鬼門道』也。愚俗無知，因置鼓於門，訛喚爲『鼓門道』，於理無宜。亦曰『扣門道』，非也。東坡詩曰：『搬演古今事，出入鬼門道』正謂此也。」見盧師元駿校訂本，卷上頁35。

〔註2〕見王師夢鷗著文藝美學「意境論」，頁217。遠行叢刊。

稽感的場面處理，無可否認的，這個滑稽的動作，將破壞原由夢境所製造的悲傷氣氛。但，這種破壞，並非不當，乃作者有意的製造觀眾與戲劇之間的疏離感，使觀眾的情感得以超然地游離出來；這和戲劇娛人的目的有關。且張生於夢醒之後，見滿地霜華，曉星初起，和醒後孤寂的心情相映照，他又哀傷的唱了傍妝台及尾聲兩曲，把觀眾輕鬆的心情又收斂了些。以美感經驗的心理分析來看，如此安排，使觀眾和戲劇之間保持了一個恰當的距離。如欣賞一幅圖畫，太遠的距離將看不清楚筆觸的微妙，太近了又不能欣賞到畫面整體流露的美感。看戲亦如是，觀眾如果完全投入戲中，他可能從中獲得相當快感，卻無法欣賞到藝術所呈現的美感。如此說來，張生誤抱琴童的搬演，並非一個敗筆了。北曲西廂記驚夢的結束，把人推入沈沈的愁情中，而南西廂記的作者則使觀眾心情較爲持平，這或許和元明兩代社會背景所帶給作者創作心理上的不同有關吧！

二、做夢者不參與夢境

做夢者不參與夢境的，有十一個實場搬演的夢屬於這類型。它們是：

琵琶記第二十齣「感格墳成」
尋親記第十五齣「託夢」
鳴鳳記第八齣「仙遊祈夢」
紅拂記第四齣「天開良佐」
春蕪記第十四齣「宸游」
焚香記第二十六齣「陳情」
玉玦記第二十五齣「夢神」
玉玦記第三十一齣「索命」
義俠記第十七齣「悼亡」
種玉記第二齣「贈玉」
四賢記第二十四齣「夢警」

這些夢，做夢者只是該夢內容的「聽眾」，夢境搬演的主角人物是神，鬼。舞台上的情狀應是，做夢者靜靜地睡於台上，另外有扮演神或鬼的角色，在台上把夢中情境，以科、白、動作呈現出來。這一類的夢，不外是藉著超現實的神鬼之力，來對劇情作預兆、指引和轉折等功能。大都是爲了幫助瀕臨困境的善人，或懲罰邪惡的壞人而安排，其中含有相當的傳統道德觀念在內。

另亦有單純顯示神能偉大的，如種玉記「贈玉」，是以神來預告未來之事，藉以顯驗神道。

此類型的夢，在搬演時，入夢與出夢場面的處理是不費力的。做夢者先因著困倦而睡，如琵琶記的趙五娘；或神遣鬼判使做夢者睡魘了，如尋親記周羽及張文；抑或自絞而爲神所救取，如玉玦記的秦慶娘。不論何種原因，做夢者是先睡在舞台上，呈現睡夢之狀態，然後神（或鬼）登場把夢境內容交待演畢之後便下場，此時原做夢者則醒轉而出夢了。做夢者和夢境中的人物，彼此不受牽制，沒有衝突，若此，在搬演上角色便不會發生衝突，這種場面也就無需如上類做夢者介入夢境的技巧性入出夢的處理。其實前所討論的西樓記「錯夢」，以另角代替的方法，其搬演上的實質，就同於這種各自獨立的場面處理法。

第三節　實場演出的效果

劇作家選擇實場處理的夢，必定是考慮到這一齣夢的演出，是否可以吸引觀眾，可以娛樂觀眾，可以大快人心，可以造成良好的戲劇效果。戲劇氣氛的產生，是實場演出最基本的效果，這種氣氛或許是哀感的，纏綿的，如南西廂記「草橋驚夢」、四喜記「夢後傷懷」、還魂記「驚夢」、西樓記「錯夢」，這些夢都是感性的，以生旦二人的情愛爲主。生旦會合的對手戲，是愛情劇中最讓觀眾期盼、喜悅的場面，無怪乎作者要藉著夢，讓生旦會合，來滿足觀眾「但願人常好，千里共嬋娟」的意願。也藉著夢後的幻滅感，來造成劇場情緒氣氛的起伏波折。若此，實場的演出，使得戲劇更具深度，不是膚淺的故事敘演，而且有更深刻的劇作生命存在。實場的搬演，正是作者用力所在。

善惡報應的不爽及得道天助的事實，都是觀眾所意願的，亦是人類心靈深處所潛藏的公理判斷。因此，戲劇中以神鬼之力來助善懲惡的場面，也就相當多。如琵琶記中山神率陰兵來助五娘築墳；尋親記金山大王救取受陷害的周羽；玉玦記癸靈神的救秦慶娘，陰判娟奴及昝喜員外的鬼魂向娟奴索命；義俠記中武大郎鬼魂哭訴於武松，這些天理昭然的公義世界的演出，會引起觀眾會心的快感，自戲劇中得到一份精神上的寄託與希望。當曲終人散時，走出劇場後的心情，將是持平而愉悅的；大地看來會是充滿燦爛、煦和的陽光。明傳奇幾乎都是以吉慶終場的大團圓作結，這和人們愛好自然、和平的天性有關。傳統農業社會下，人們觀念中的世界是趨於平穩、紮實、不欺、誠篤、和平、敦睦的，這種民族性表現於戲劇的要求亦如是。戲劇是最接近民眾的文學，是反映人生的舞台，有許多人對明傳奇平淡無奇的戲劇內容，表示輕蔑，以爲缺乏西方戲劇的「個性」和「動盪」，這種批評是不公允的，是沒有深入的以明代的社會，及傳統的民族精神爲探究的背景，也忽視了傳奇中所透露的民族性。

鬼神世界本是非現實的，但在人們的潛意識裡，那是個存在的世界。劇作家把這個心底的世界化爲眞實，它將是生動而吸引人的；又陰判之類的演出，更是快慰人心，足以掀起戲劇氣氛的高潮，如尋親記中，解押官張文欲趁周羽睡時加害他，卻被鬼判扯住他的棍子，這一幕戲在舞台上必是活潑有趙，相當討好的場面。作者當然要把握它們而出以實場，每每還是特意製造這種場面以收戲劇效果呢！觀眾的意願，是劇作家必須重視的一層。另有一些顯示預兆的夢，以神來現身預告，可讓這個預兆更具眞實感，如種玉記「贈玉」，鳴鳳記「仙遊祈夢」，紅拂記「天開良佐」。種玉記的三星且還留下紫玉杖、玉拂塵、玉絲環三物品以顯示這個夢的「眞實」。若此安排，多少是增加了戲劇的色彩和氣氛，使不至太平板。金蓮記的「同夢」，子由、山谷、少游三人夢五戒禪師，實場演出於此是別具意義的；同夢的安排，無非是爲了造成東坡對自己前身是五戒禪師的認同感。實場夢中的五戒禪師，作者安排生角來演，這對觀眾而言，也無形中建立起東坡卽五戒禪師的心理認同。於此，實場搬演對劇作而言是必要的，能「迫」使台上、台下共同接受作者意念的安排。

臨川三夢的還魂記、邯鄲記及南柯記，作者旣著力於夢中情景的安排，其用實場演出也是必然的，而且也非用實場演出不可。不但可以造成氣氛，更是整部戲劇進展所不可少的架構。

有時，劇作家是以實場來增加場面熱鬧的氣氛，如四賢記「夢警」，夢中有火神的祝融氏，擧著紅旗追趕烏古孫潤甫。這個預兆有火災的夢，無疑地，它熱鬧而具色彩的場面，可以點綴劇場氣氛的活潑，增加排場上的變化。

角色出場的勞逸，也是劇作家安排演出時所必須考慮的。筆者認爲四喜記中宋祁夢青霞的戲，一則是讓這對彼此思念，卻自第六齣「風月青樓」後不再碰面的戀人，藉著三十四齣的夢境會合；一則也因董青霞自二十六齣「堅持白操」之後，到三十四齣之前都沒有她的戲。主要角色上場的時間是不宜有太久的拉距，也不宜連連頻繁，這些安排，都是劇作家不能忽略的事；所以「夢後傷懷」以實場演出，是具有多重戲劇作用的。義俠記「悼亡」齣中，讓武大的鬼魂上場，或許亦是作者有意安排戲量較少的角色得有機會上場之故吧！當然，增加戲劇氣氛亦是作者選擇實場演出之因；作者選擇的因素不會是單一的，一齣實場演出的夢，往往同兼具多種效果。不但是實場演出可以藉著夢的搬演，讓某些角色有上場露面的機會，暗場口述的夢，亦有此種功能。例如義俠記的「解夢」，此夢是旦角賈氏母女的預兆不久卽可與武松見面的夢，旦角本是戲劇中份量頗重的一員，但義俠記演梁山泊故事，女性角色在劇情中戲分很少。作者安排她們做了這個顯預兆，卻無關劇情開展的夢，該是有意製造旦角上場的機會吧！故「悼亡」以實場讓武大上場，而「解夢」以暗場安排賈氏上場，這種演出方式的選擇，是順應劇情需要，也是作者多方周密考慮的安排。

選擇實場演出，抑或暗場口述，端賴該夢在劇中的份量及作者意念的強調。實場並非就優於暗場，乃視劇情需要。但，實場演出所造成的氣氛及效果是必然的，它往往是劇作家心血的結晶，如西樓記對于叔夜心裡的刻劃，還魂記大膽突破禮教的「驚夢」，邯鄲、南柯的藉夢營造劇情，都明顯地增加劇作的深度，作者意識上用力的深淺可見。許多暗場口述的夢，往往流於陳套、浮濫；而作者創作實場的夢，其態度是較認眞的，此可由十九個實場演出的夢明顯看出。

最後，筆者所要強調的是，一齣實場演出的夢，其效果常是多元的。它可以增加哀感的氣氛，也可以藉以安排角色上場；它可以當卽滿足觀眾的意願，也可以引發愁悵的情懷。而且，對不同情緒下的個體，其產生的效果亦不同。

第三章　明傳奇中夢的象徵意義

夢是幾千年來人類所共有的心理經驗，不論是在古代，在現代；抑或在西方，在東方，都有相當多的夢流傳下來。它本身就像團謎，以象徵的語言呈現。人們對夢的感覺是旣眞實又恍惚。

文學反映人生，由於人類有如許多的夢經驗，很自然的，自古以來，文人筆下的夢也特別多。西方文學中的夢境有著充滿奇幻、浪漫而活潑的氣氛，人可以和貓、狗、鳥雀一起談「話」，可以因喝了一點飲料而使身體長高到看不見自己的肩膀，又因嚼了一些枝葉又使身體變小到下巴觸地〔註1〕；或者，遺忘了自己所愛而愛上原所恨的〔註2〕這些都是令人愉悅、輕鬆、俏皮而又奇異的夢。東方的夢境亦不乏浪漫的格調，但趨於沉綿，在中國古老的神話、傳說中，我們可以俯拾到許多人鬼變愛，甚至是死而復活的纏綿故事；或者陰陽相通之說。無不是透過象徵的語言，富於戲劇性的情調，如同神奇的鳥在焚燒自己後，又比以前更鮮艷美麗地從灰燼中誕生般地瑰麗。

或許，你我都曾有過這樣的夢境：一些清醒時不可能彼此有關係的人、事、物，卻在夢中混淆交錯；一個許久未曾想到的朋友，竟突然現身於夢中，夢的情境並非遵循我們醒覺時的思想邏輯法則，時空的範疇完全被忽略掉，乃是以濃縮、轉移、象徵的「原本思考法則」〔註3〕方式進行。往往，我們於夢醒時很難清楚地記起夢中的一切，它像精靈般地夜訪我們，而於天剛破曉

〔註 1〕西方文學名著「愛麗絲夢遊記」中的情境。
〔註 2〕莎士比亞「仲夏夜之夢」的情節。
〔註 3〕「原本思考法則」是人在孩童時代的思考方式，其思考過程不受時、空、地的限制，而以情感、希望爲因果關係的決定。此是相對於邏輯思考方式的「續發思考法則」。

時消失，留下的是雜亂紛陳而殘缺的記憶。但，遠古以來，人類對於夢，是懷著虔敬的心理，他們相信幽靈可通；死去的親友會於夢中顯靈；神的諭言會在夢中被告訴，以爲夢乃是有神力的人所送來的信息。最著名的例子是聖經中所載埃及法老王的夢，他夢見河中冒出七頭肥壯豐盈的牛，接著又夢見七頭骨瘦如柴的牛從河中冒出，把先前的肥牛吞食了。法老醒來，又再度入睡，而夢見七枝貧瘠的稻穗把七枝美好的稻米吞沒。約瑟被召來分析法老王的夢，他說這是上帝預先通知法老王，埃及將有七年大豐收，後又會發生七年的大飢荒，上帝藉著夢把此意旨傳給法老知道。古人相信夢與超自然間存有密切的關係，夢乃是來自他們所信仰的鬼神的啓示，因此可以預卜未來。事實上，卽使在當今的文明人，不論其意識的進展如何，在心靈深處仍然保有古代人的特性，仍表現出無數古代的特徵，尤其是對非現實世界的觀感。在心理學尙不足以解釋夢的眞正現象時，許多宗教信仰者，深信神靈之力是這種無法解釋的夢現象的原因；夢的預卜力量仍無法完全抹煞於科學文明的巨輪下。

近幾百年來，由於人類自覺意識的抬頭，每每我們對雜亂、荒謬的夢境，斥其爲一堆毫無音義的胡亂的心理活動而已；直到二十世紀佛洛依德從潛意識的觀點，研究夢的心理現象，夢的有意義再度被肯定。猶太古老法典（Talmud）記載：「未分析過的夢境，就像未啓開的信一樣。」的確，藉著對象徵語言的了解，不但可以接觸到自己人格更深邃的層面，也幫助我們了解和接觸人類智慧最重要的根源！神話；那是人類於現實世界外建立的第一個想像世界，亦是充滿象徵語言的世界。心理分析學的開展，肯定了夢的有意義，但對夢意義的解釋和了解，今古是不同的。古人對夢的象徵意義之了解，是超乎吾人一般經驗科學的概念，乃以一種「先邏輯」的集體心象來接受它，而置事物的因果關係於不顧。所謂「集體心象」（Collective Repre-sentations），就布里勒（Levy Brühl）這位研究原始社會學的權威看來，乃是普遍爲人接受，不證自明的眞理；諸如有關精靈、巫術、醫藥效力等等的原始觀念都是〔註4〕。古人相信夢可和死去的親友相通，可獲得神諭，可預見未來，這些對夢意義的了解，都可以在明傳奇作者筆下的夢境中得到印證。文學作品中，夢的形成與表述，雖是作者意識的構成物，是作者爲表達或象徵某一事實與意義所創造的，但亦是作者個人生活經驗所得。吾人乃是透過劇中人的夢，而了解

〔註 4〕見楊格著「尋求靈魂的現代人」，新潮文庫黃奇銘譯本，頁 152。

作者對夢的象徵意義的了解。象徵是存在於我們身外的事物，而它所象徵化的卻是存在於我們內心的事物。譬如一面旗子可以代表一個特定的國家，熊熊火焰中，可以有永恒的象徵，獅子爲勇敢的象徵等。然而，藝術上象徵的內涵意義是不能固定的，隨著時、空的流轉，會有不同的表象意義。但，夢運用於文學上，是一種經驗的呈現和觀念的表現，其象徵意義並沒有太大的流動。明傳奇中，刻劃心理及表現思念情感的夢，不外是藉著夢的符號，來傳達劇中人內在的抽象思情。以夢來象徵抽象的「思念」和「情感」，幾乎成了約定俗成的用法，從我們的老祖宗以迄現代，這種認識毫不猶疑的爲人接受、運用。至於夢的具有神諭及預兆作用，是明傳奇作者運用最多的觀念，許多和劇情有關的夢，無不是顯示出此種對夢的了解。如種玉記「贈玉」福祿壽三星對霍仲儒命運的預告；琵琶記「感格墳成」，山神對五娘的曉諭；荊釵記「發水」神人對錢安撫的兆言等等，不論藉以轉折或預兆劇情，可依情節需要而安排。這种夢具神諭與預卜的認識，已透露當代人對夢意義的了解。這種象徵意義，古今中外，沒有太大的差別。意大利畫家弗蘭且斯卡的作品「君士坦丁大帝的夢」，所呈現的是天使告訴大帝有關戰勝的消息，卽屬神諭的夢。明傳奇義俠記武松夢見武大郎鬼魂訴冤，焚香記桂英遊魂拉王魁陰間折證，人們相信幽靈可通，尤其是自己的親友之靈，亦是古人對夢的觀念。它混合了事實與想像的界限，這種認識，運用於戲劇時，創造了神出鬼沒的場面，一如眞實般地出現舞台上，而人們卻如此自然地接受。鬼神的象徵世界，是古人感情與意念的綜合體，是他們精神寄託所信守的世界。神總象徵著助善懲惡的公義力量，其本質相近於元雜劇中人世的包青天，爲苦難者的救星。這和希腊神話中作弄人類命運的諸神，是迥然不同的。阿爾卑斯山上的諸神，甚至是禍及人類的罪魁；而在中國戲劇中所呈現的神，大都是莊嚴、正義和公理的化身。明傳奇中的諸神，總及時伸出援手，扶住了受害的忠善之士，而把正義的權杖，指向作惡的奸邪者，卽使不受陽勘，亦於陰判中予以嚴懲，甚至是先受陽勘，再遭陰判。鬼魂、地獄的出現，不外是「報應不爽」精神信念的反映，人們相信「人間私語，天聞若雷」，對於不公之事，「天道」將還以眞理。夢中鬼神的象徵意義，是顯而易見的。

臨川架構主題的三夢，其象徵意義是建立在一連串有組織、有秩序的動作中。象徵意義的顯露亦卽戲劇整體精神的呈現，爲作者心靈的理想境地，還魂記的杜麗娘實際上已是個意念化的人物，是臨川「至情」的表徵。她爲情而死，又因情復活，這種唐吉訶德式的愛情行徑，使杜麗娘於劇中，已成為一個抽象意念的化身，是臨川為至情主旨所塑造的象徵人物。整體的象徵意義則要透過劇中意念化人物的動作來架構、呈現，由杜麗娘為傷春病亡至因情復活，這一完整的動作而表露無遺。戲中的其他人物和動作，亦是為陪襯、營運作者主旨意念的象徵意義而設。

南柯記和邯鄲記「人生一夢」的象徵意義是至為明顯的，尤其在夢醒後幡然徹悟的刹那，夢的象徵意義被強烈的送至吾人印象中。藉著淳于棼及盧生遍歷人生諸境，於夢醒後產生幻滅感而走向「超然生命」的追尋與抉擇，在這種強烈的對比情境下，夢的象徵意義卽被烘托出來。南柯記的夢中「人物」，且是由螻蟻幻變，所謂「浮世紛紛蟻子群」，夢的寓意是深長的。「情盡」的覺悟與主人翁人生態度的轉變，已明示了創作的象徵意義。

不論是局部的象徵，抑或整體的象徵，都具意在言外的基本特性。中國戲劇象徵的表現手法是眾所周知的，所謂「無聲不歌，無動不舞」卽此意。舉凡舞台的佈景，演員的動作，臉譜的色彩，角色的分類等，都具有高度的象徵性。劇中丑角的行徑每是充滿嘲弄和詼諧的意味，插科打諢的夢，常以丑角來扮演，便已具象徵性了。觀者由演員的身份、打扮，已「感覺」那股玩笑性，象徵的效果便已由這種不言而喻的感覺中傳達了。象徵往往建立在刹那的感覺上〔註 5〕，依柯勒瑞基（Coler ridge）所說，象徵是「以個物的特色（小種的）或全體的共相（大類的）所透露的微恉為特性…………其特性卽從瞬間透出永恒的微恉」〔註 6〕，刹那感覺到的也就是這種「微恉」。雖是丑角玩笑般不重要的話語，但玩笑背後潛意識的流露，是有其象徵意義的，乃人類欲求的表露，亦為作者所嘲弄的對象。

夢的具有象徵意義是自古以來被肯定的，明傳奇中有圓夢人的職業便是最佳的說明。許多暗場口述的夢，以象徵的內容來呈現夢境，更顯示了作者對夢的象徵性的認識。

〔註 5〕 奧登（W.H.Auden）認為：「一個象徵之能被察覺是在任何可能的意義能被自覺的認識之前；那便是說：一件東西或一件事物它在感覺上所產生的重要性甚於急於去解答它的理由」引見姚一葦著「藝術的奧秘」論「象徵」章。開明書局，頁 143。

〔註 6〕 見韋克勒；華倫著「文學論」。新潮文庫譯本，頁 307。

第四章　明傳奇中夢的解析

提起夢的解析，吾人很快地便會想到佛洛依德那部被譽爲改變歷史之書－「夢的解析」（The Interpretations of Dreams）。解析夢境的前提，即是肯定夢的具有意義；就此點而論，佛氏和古代人類的看法是一樣的。夢的分析工作並非始於佛洛依德，遠古時代，東西方都有釋夢的記載，所差異的是分析方法不同而已。前所提及聖經中約瑟解釋法老王的夢，便是一種釋夢的工作。又巴比倫有所謂「魔術藏書室的學人」（The Learned Man of the Magic Library），其工作是以各種神秘的氣氛，使求助者在廟寺內受夢而予以解析，藉以獲知神意。

這種有意製造的夢，使筆者想起鳴鳳記「仙遊祈夢」所記載的福建仙遊地方，凡在廟中問卜者，俱可得報於夢中，能神奇的受夢，是二者相似之處。清代洪頤煊輯有一部夢書〔註1〕，蒐集藝文類聚、北堂書鈔、太平御覽諸書中對夢的解釋。舉數例以見之：

夢見新歲，命延長也。

城爲人君，一縣尊也。夢見城者，見人君也。夢新築城，有功名。

亭爲積功，民所成也。夢築亭者，功積成也，夢亭敗壞，恩澤傷也。

鶉鷃爲鬥，相見怒也。夢見鶉鷃，憂鬥也。

券契有信，夢得券者，有信士也。

夢得香物，歸女婦也。

夢見竈者憂求婦嫁女，何以言之，井竈女執使之象。

〔註 1〕見百部叢書集成「問經堂叢書」第六函。藝文印書館。

珠珥為人子之所貴，夢得珠珥，得子也。

婦人夢粉為懷妊。

類此的釋夢法，卽佛洛依德所認為非科學界的兩種釋夢法之一的「密碼法」（cipher method）把夢的內容視為密碼般，每一個符號均可按密碼冊，用另一已具有意義的內容予以解釋。西方也有「釋夢天書」（Dreambook）的密碼冊，例如「信」是「懊悔」的代號。此種解釋法，明傳奇中亦可找到，如八義記「舉家兆夢」一齣中，圓夢人的釋夢卽應用了密碼法的解釋，如言空房主有幽禁之災，有人相招主生貴子，出門屋倒為破家之兆，百花落地為無主之兆等。義俠記「解夢」齣中，圓夢人解釋賈氏母女的夢，以玉潤代表女壻，掌珠表示女兒，均屬密碼式的釋夢法。佛洛依德所認為的另一種非科學界的釋夢法是「符號性的釋夢」（symbolic dream-interpretation），卽將夢作一整體來看，而嘗試以另一內容來取代，這是利用「相似」的原則。聖經上約瑟夫解釋法老王的神諭的夢卽是應用此種符號性的釋夢法。明傳奇中，亦可擷取不到不少此類的夢，作者以象徵性的暗示手法，使夢和情節配合，觀眾對該夢的了解，便是透過一種符號性的認識。如焚香記「折證」一齣中，王魁夢「梨花通枝纔扳在手，卻被一陣狂風將花吹墜，取來置在瓶中，其花復鮮」，這個夢的象徵意義必須以整體來看，夢境正與敫桂英死而復活的事情相配合。雖然劇中並未解析此夢，但吾人不難以符號性的相似原則，瞭解到作者此夢的意義。又運甓記「折翼著夢」，陶侃夢「八翼飛而上天，見天門九重而登其八，惟一門不得入，閽者以更擊其墜下，折左翼」，劇中圓夢人解此為預言陶侃未來際遇的夢，卽是以符號性的釋夢法解說。此外，四喜記「泥金報捷」，紅香夢「小相公頭被大相公割了」；南柯記「雨陣」，淳于棼夢兒子誦毛詩「鸛鳴於垤，婦嘆於室」；精忠記「兆夢」，岳氏夢「入深山中，見一虎覓食落在深澗，被強徒擒住，削爪膏牙損卻身上皮」等，這些夢都是以「相似」的情狀來配合劇中的實情，這些夢的被了解，是透過符號性的釋夢法。明傳奇中許多預言未來的夢，作者在運用和創造夢時，大都以相似原則的符號性的認識來編寫，由這種安排，可見古人所得於夢的經驗及認識。

佛洛依德「夢的解析」是由心理學的觀點來探討人類潛意識的精神世界，而明傳奇中的夢是文學作品結構運用的一環。本章，筆者擬從心理學家對夢的觀點，來試析明傳奇作品中夢所顯示的內在意義；因作品中夢內容的創作和安排，亦含有作者本身的經驗和瞭解，故雖是文學作品中的夢，亦可由心理學的解析方式，進而認識古今夢的本質是否有異。當然，探討文學作品中的夢和心理學者實際從事潛意識心理分析工作，有相當差距；至少許多藉追究做夢者過去經驗及心理變化的自由聯想方式以瞭解潛意識，是文學作品中夢的解析所無法做的。而且。並非所有明傳奇中的夢都可由心理學的觀點來解析，畢竟，夢每是爲劇情而造，有些是不可解的，吾人僅可從側面做部分的解析。

佛洛依德言「夢，並不是空穴來翬，不是毫無意義的，不是謊謬的；也不是一部份意識昏睡，而只有少部份乍睡少醒的產物。它完全是有意義的精神現象。實際上，是一種願望的達成。它可以算是清醒狀態精神活動的延續。」〔註 2〕以夢是無理性欲望的滿足，尤其是願望的達成，這是佛洛依德對夢的基本認識。例如，一個口渴的睡夢者，他可能夢見正喝著大碗的水。因此，就不用渴得醒過來，又如一個貪睡者，他可能把早晨鬧鐘的聲響，轉爲夢見教堂星期日所發出的鐘聲，而不必急著起床。吾人常說「日有所思，夜有所夢」，卽屬願望達成的夢。明傳奇中許多表現思念之情的夢，往往是生旦二角分離時，有夢見對方之說，這種夢的產生，卽爲達成做夢者願望的滿足。旣然現實生活彼此分離，能於夢中相見，亦是快慰人心之事。佛洛依德常以密碼法的分析方式，把許多夢境，解釋爲性欲的追求與滿足，這種看法，已爲繼起的心理學家如楊格、佛洛姆等人所修正；偏執一端，總是有所不當。然而，有些夢確是屬性欲願望的滿足，明傳奇中幾本由次要角色所做的插科打諢的夢，便是以嘲弄的口吻來呈現性欲的追求；如雙珠記李克成的夢，西樓記文豹的夢，蕉帕記胡連的夢都是。又玉鏡臺記「蘇獄」齣中，婢女夢見牙齒相打（有肉喫），飛丸記「交投設械」，童僕眞幻夢見華筵滿眼，主人殷勤勸酒；食欲的滿足，亦是做夢者願望的達成。佛洛依德認爲所有的夢都是願望的達成，對有些充滿不愉快內容的夢境，他的解說是「那些痛苦恐佈的夢，如果精心分析的話，又有誰敢說，它不可能是蘊涵著願望達成的意義在內呢？」〔註 3〕佛氏將夢分爲顯夢與隱夢兩種，如果做夢者對該夢的願望有所顧忌的話，則夢常會改裝而變形以另一種形式出現，以通過意識的審察，這就是隱夢的形成。許多不愉快的夢，便是如此。這些看似不愉快、恐懼、焦慮的夢，其實仍是做夢者願望達成的夢。在此，筆者擬舉西樓記「錯夢」

〔註 2〕見佛洛依德著「夢的解析」。新潮文庫，賴其萬、符傳孝譯本，頁 55。
〔註 3〕同上，頁 58

一齣，試爲分析。

「錯夢」是一齣刻劃生角于叔夜的心理狀態的戲。很顯然的，它不是個令人愉悅的夢，而是充滿焦慮、恐懼和不安的夢。這種焦慮是由於于叔夜被乃父禁足於家中，不得與素徽相聚而引起。「隔離感會引起焦慮不安；事實上，它是一切焦慮不安的根源。處於隔離狀態，意思是被切斷與外界的連繫，使我無法運用我的任何人性力量。因此，處於隔離狀態意卽處於無望。我無法主動積極的抓住世界－人和物；它意謂著世界可以進犯我，但我無力對抗。」〔註4〕這段話正足以詮釋于叔夜的心理情狀。叔夜被禁足於家中，對於外界的現狀他都不得知，尤其是穆素徽正被乃父逼迫遷離，究竟如今若何？在在都是于叔夜心理上的徵結。所以，在這種無奈、焦慮、不安的心境下，會產生「錯夢」如此的夢境。夢見夜訪穆素徽，正是于叔夜願望的達成，他眞是振翅欲飛，旣然現實中無法擺脫父親的拘禁，乃轉而於夢中達成；這亦顯出他潛意識裡強烈的欲望。但，生旦二人並不似南西廂記「草橋驚夢」或四喜記「夢後傷懷」，得以於夢中互訴情懷一番；相反的，于叔夜訪穆素徽的氣氛是極爲不愉快的。老鴇、丫鬟不但冷落他，還傳言說穆素徽不認得于叔夜；而夢中的素徽正陪伴闞客於歌臺舞榭，這些豈是于叔夜所願之事！但是，如果吾人從于叔夜內心自我遣責的立場上分析，這個不愉快夢境的呈現，的確是于叔夜願望達成的夢。因著與于叔夜的情愛，素徽才遭于父逼迫遷往他處，堂堂七尺之軀，不但不能保護所愛的女子，還要累其受害，而自己卻若籠中之鳥，一莫籌莫展的被囚於屋中，此時于叔夜的內心焉能不自責？夢中素徽另陪他客的行徑，至少減低了于叔夜的歉疚和自責。也可以說，爲了擺脫良心上沉重的負荷，轉而於夢中移罪素徽，使其格人上有所瑕疵，這無非是爲了減少自己對素徽的負疚。他見素徽和闞客出門步月，而欲上前責其忘恩負義，要撞死在她身上；事實上，這都是于叔夜所自責的，而在夢中，卻移轉爲素徽的不是。就此觀之，夢中不愉快的情境，乃是于叔夜願望達成的需求。但，爲了洗脫自己的內疚，而移罪所愛女子，亦難爲其意識審察接受，所以夢中的素徽又便成奇醜婦人，和西樓的嬌怯全不似，這種僞裝、變形的過程，亦屬願望的達成。于叔夜的確不希望所愛的素徽又另陪他客，因此夢中那移情不貞的女子，變成另一個醜婦人，而不是和他山盟海誓的西樓上含羞帶嬌的穆素徽。夢見素徽的陪客，正是于叔夜焦慮不安心境的顯現；因素徽是一

〔註 4〕見佛洛姆著「愛的藝術」。新潮文庫，孟祥森譯本，頁 18。

名妓，而叔夜被禁於家中，在不能見面的情況下，許多疑慮、憂懼便擁上心頭。他一面自責爲素徽帶來麻煩，一面又擔心素徽變心。夢中呈現的卽是于叔夜矛盾而又複雜的心情；移罪素徽的另陪他客，是逃避自我譴責的願望，素徽的變成奇醜婦人，卻是于叔夜感情占有欲望的達成。

明傳奇中表現思念之情及插科打諢的夢，大都能符合佛洛依德願望達成的夢說，爲純粹欲望滿足的顯意的夢；若西樓記「錯夢」的經過扭曲、變形的複雜的隱意的夢，在明傳奇中尚屬少數。此外，占大多數的與情節有關的夢，則無法以佛洛依德的解析來詮釋。就古老的釋夢觀。它們大都是與神諭和預兆有關的夢，易以今日的心理學家的夢分析法，則可以楊格的集體潛意識或佛洛依德略姆的自我心智活動的智慧來解釋。楊格及佛洛姆均認爲潛意識的心靈可以被假設爲，含有智慧及目的，而且比實際的意識洞識力更優越。楊格以此種智慧爲超越人類的啓示來源爲假設，他修正了佛洛依德以夢是受壓抑的願望所表現出來的空幻現象之看法，而相信夢的內涵有得自於種族的歷史因素，認爲夢是有預期性的，並主張夢和宗教有關，轉從精神結構來解析夢，這和佛洛依得從肉體欲望的解說迴異。明傳奇中許多含有預兆或轉折情節的夢，以神諭爲橋樑，這種超越人類的啓示力量，是合於楊格對夢的認識。傳奇作者運用神能來預言劇情的地方很多，也透露了古人心靈所承繼的種族的歷史因素。於此，筆者認爲楊格偏執於宗教象徵的釋夢法，和佛洛衣德一樣是有缺憾的；或者佛洛姆的認爲「夢是表現任何形式的心智活動，並且表達出我們的不合理需求，也表達出我們的理性與道德，它們表現我們自身的善良或邪惡部分。」〔註5〕是較合宜的看法。明傳奇以神諭來預期的夢，符合了楊格對夢的解析；亦可認爲是做夢者的潛意識比他清醒時，對事情有更透徹的洞悉能力。如四賢記「夢警」許益夢烏古孫潤甫遭回祿之災；飛丸記「憐儒脫難」嚴玉英夢神言易弘器有難；義俠記「悼亡」武松夢武大郎的訴冤；精忠記「說偈」岳飛夢二犬爭言；運甓記「夢日環營」王敦夢紅日曈曈照滿營等等，這些在意識界裡看似不可能的事，卻在潛意識的夢中出現，正說明了潛意識有比意識更敏銳的洞悉力，只是白天時爲意識所阻，乃轉於夢中出現。這種智慧的呈現並不是虛空幻象而來，潛意識心智的活動亦是因著現實界諸事而得，嚴玉英的夢神言易弘器有難，冠以「神言」或是作者得於「集體潛意識」的歷史因素的運用。今吾人若以嚴玉英本身的立場分析，

〔註5〕見佛洛姆著「夢的精神分析」，新潮文庫，葉頌壽譯本，頁105。

這個夢正是她心智活動所表現的潛意識的洞悉能力。劇中嚴世蕃欲加害易弘器，所以假意留易生住在家內。嚴玉英對乃父平素爲人不可能不知道，又她曾在園中巧遇易生，二人之間微妙的感情已蘊釀於潛意識中，夢見易生將遇害，正是玉英對乃父爲人的認識及對易生無形中的關懷。這種認知對身爲嚴家閨女的玉英來說，是爲其意識所排斥不允的，心智的洞識力乃轉而存於潛意識，而出現於夜晚的夢中。夢就像顯微鏡一樣，可以從它透視吾人內心深藏處的潛藏事物。義俠記中，武松夢見武大郎告以「兄弟，我死得好苦！」而肯定武大之死必不明，進而追查得其嫂潘金蓮與西門慶勾搭，害死武大事。古人以幽靈可通來解釋武松的夢，但從心理學的分析方法看，武松回家而突然得知武大命亡之消息，他內心是滿腹狐疑的，首先他必已覺得此事與嫂潘金蓮有關，但意識界卻又阻止他如此懷疑。於是，潛意識的洞悉乃轉而於夢中活動，他能於夢醒後很快地查清眞象，正顯見他對武大的寃死事，已有一種冥冥中的透視，因著夢而驅使潛意識的洞悉轉爲意識界的追查。運甓記王敦夢紅日曈曈照滿營，夢醒後，他立卽反應到恐怕晋主親自來覘壁屯，而事實證明亦是如此。王敦本有逆叛之意，提防晋主來巡是王敦潛意識對事實的洞見，往往，潛意識是比意識更明白事情的眞象。意識界每因著社會要求、道德因素或其他人言語的蒙蔽，使潛意識的洞見被否認、掩遮。尚有許多明傳奇的化不可能爲可能的夢境，都可以此種心智活動的洞識力作爲解析。至於若種玉記「夢俊」，俞氏母女同夢手執玉拂的俊俏郎君，這夢可以說是她們對婚姻的期盼心理下，滿足欲望的夢；手執玉拂的描述則完全是爲劇情而造境，這夢可以說一部分是作者夢經驗瞭解的呈現，一部分則是爲安排劇情而設置，爲兩種情況混同組合而得的夢。像這樣的夢，是部分可析的，明傳奇中許多神奇而幾近於不合理的夢，都屬部分可析的，因作者把經驗和想像夾雜一起；畢竟文學作品的夢是不可能如心理學家分析實際夢境般的絲絲可解。

從以上的分析，吾人可以發現，古今對夢的瞭解雖不一致，但夢的本質卻是不變的。明傳奇所呈現的夢，正顯見了夢的多樣性，它可以是無理性願望的滿足，也可以是潛意識智慧的表現，或是一種心智活動的認知。任何偏執一端的說法，都不足以涵蓋夢的意義。由夢的象徵意義，可以揣測到作者對夢的瞭解及作者藉著夢所透露的「思想」，二者是相輔相成的；而從近代心理學家對夢的解析，來觀看明傳奇中的夢，更使吾人對夢的本質有更一步的瞭解。

第五章　餘　論

有關明傳奇中夢運用的主要問題，大抵均已於上面諸章討論。此處，筆者擬對第一章所言，藉夢引渡鬼神以轉變情節事，再做補充說明。

在夢運用的分類中，顯然可見神祇出現的地方比鬼魂來得多。這主要是作者欲藉超人的神能來補助劇情的發展。事實上，活躍於明傳奇中的神是相當多的，出現於夢中的僅是一小部分而已。可以肯定的是，無論夢中、夢外，神在戲劇情節發展過程，是扮演主導的重要地位。然而，爲什麼大部分的神並不藉著夢出現？又在何種情況下，神要藉著夢來引渡？

神可以不必藉夢出現，主要是基於人類對神能超現實的認識，而且明傳奇每一戲的齣目雖多，但單齣的長度以一事件爲主，許多神祇的影響情節，便是在單齣中呈現神仙世界，把祂們決定要做的事披露出來。如四喜記「天佑陰功」，演城隍把宋郊竹橋渡蟻的陰騭報告給來巡的玉帝，於是宋郊得連中三元，改換形骸骨格的命運，就此交待。又如金雀記「顯聖」，演白衣大士令二太子往救巫彩鳳，神把改變情節的消息傳達給觀眾，而神人之間，並未直接交通。

吾人可以發現，藉著夢出現的神，每是神與劇中人必須有所溝通時，亦卽神要告訴劇中人什麼事情之時。能不藉著夢而使神人對話的情況亦有，此則大都是扮演爲度脫或點曉而下凡的神，並不是高居天堂的神；乃是透過下凡的轉變。如曇花記度脫木清泰的西天祖師賓頭盧及蓬萊仙客山玄卿；運甓記「牛眠指穴」齣中，化爲村老來指引陶侃尋覓喪母福地的伽籃土地神均是。若曇花記「菩薩降凡」齣中，靈照菩薩以天神之尊降臨和凡人交談，這亦先透過土地神於夢中告訴夫人預先焚香沐浴以恭候之。由此可見，神人之間總要存在一些轉折或障礙，才得彼此溝通，這也顯示出人們內心對神是存著敬畏的心理。

至此，吾人可更清晰的瞭解到，非現實的夢與神的搭配，作者是依劇情結構需要而安排。若情節改變需由人來配合時，神便藉著夢與人溝通，如琵琶記山神對趙五娘往京畿尋夫的指引，便是最明顯的例子。若可由神力單獨轉變，則以神在舞台上把事情傳達給觀象。由於神是如此的超人，所以大部分的神並不藉夢來出現。

一如金雀、荊釵、雙珠、玉簪、玉玦等物件的貫穿劇情，「夢」和「神」在明傳奇中的主要作用，是爲劇情結構而設。這已是一種有意識的技巧運用，雖不都是成熟的處理法，但在戲劇發展的過程，卻是相當重要的邁步。

重要參考文獻

1. 《六十種曲》，明毛晉編，開明書局。
2. 《顧曲雜言》，沈德符著，學海類編本。
3. 《衡曲麈談》，張琦著，增補曲苑本。
4. 《曲品》，呂天成著，增補曲苑本。
5. 《南詞敘錄》，徐渭著，增補曲苑本。
6. 《遠山堂曲品》，祁彪佳著，增補曲苑本。
7. 《少室山房曲考》，胡應麟著，新曲苑本。
8. 《堯山堂曲紀》，蔣一葵著，新曲苑本。
9. 《元曲選》，臧晉叔編，藝文印書館。
10. 《太和正音譜》，朱權著，盧師元駿校訂本，自印。
11. 《湯顯祖集》，湯顯祖著，洪氏出版社。
12. 《明史》，中華書局。
13. 《曲海總目提要》，清黃文暘著，新興書局。
14. 《夢書》，洪頤煊輯，問經堂叢書。
15. 《劇說》，焦循著，西南書局。
16. 《閒情偶寄》，李漁著，長安出版社。
17. 《曲話》，梁廷柟著，新曲苑本。
18. 《菉猗室曲話》， 姚華著，新曲苑本。
19. 《靜志居詩話》，朱彝尊著，扶荔山房刊本。
20. 《唐人傳奇小說》，民國汪國垣編校，世界書局。
21. 《曲海揚波》，任中敏著，新曲苑本。
22. 《霜厓曲跋》，吳梅著，新曲苑本。
23. 《顧曲麈談》，吳梅著，商務書局。

24. 《宋元戲曲考》等八種，王國維著，僶勉出版社。
25. 《元明清戲曲史》，陳萬鼐著，鼎文書局。
26. 《中國戲劇發展史》，周貽白著，僶勉出版社。
27. 《中國劇場史》，周貽白著，長安出版社。
28. 《明代劇曲史》，朱尚文著，商務書局。
29. 《中國近代戲曲史》，青木正兒著，王吉盧譯，商務書局。
30. 《中國戲劇論》，盧冀野著，清流書局。
31. 《元人雜劇序說》，青木正兒著，隋樹森譯，長安出版社。
32. 《明清傳奇導論》，張敬著，東方書局。
33. 《小說與戲劇》，蔣伯潛著，世界書局。
34. 《錦堂論曲》，羅錦堂著，聯經書局。
35. 《說戲曲》，曾永義著，聯經書局。
36. 《中國古曲戲劇論集》，曾永義著，聯經書局。
37. 《文藝美學》，王師夢鷗著，遠行出版社。
38. 《戲劇論集》，姚一葦著，開明書局。
39. 《藝術的奧秘》，姚一葦著，開明書局。
40. 《美的範疇論》，姚一葦著，開明書局。
41. 《詩學箋註》，亞里斯多德著，中華書局。
42. 《文藝心理學》，姚一葦著，朱光潛著，開明書局。
43. 《戲劇藝術之發展及其原理》，趙如琳譯著，東大書局。
44. 《戲劇泛論》，王生善著，華岡書局。
45. 《編劇綱要》，李曼瑰著，華岡書局。
46. 《艾特略文學評論選集》，艾特略著，杜國清譯，田園出版社。
47. 《戲劇與文學》，Stanley Wells 著，李約翰譯，成文出版社。
48. 《戲劇的分析》，C.R.Reaske 著，林國源譯，成文出版社。
49. 《文學論》，韋克勒，華倫著，王師夢鷗、許國衡譯，志文出版社。
50. 《藝術論》，托爾斯泰著，耿濟之譯，地平線出版社。
51. 《戲劇原論》，李朴園著，長歌出版社。
52. 《夢的解析》，佛洛依德著，賴其萬、符傳孝譯，志文出版社。
53. 《夢的精神分析》，佛洛姆著，葉頌壽譯，志文出版社。
54. 《尋求靈魂的現代人》，楊格著，黃奇銘譯，志文出版社。
55. 《愛的藝術》，佛洛姆著，孟祥森譯，志文出版社。